Assia
Djebar

Die Ungeduldigen

W0171810

Assia Djebar

Die Ungeduldigen

Aus dem Französischen von
Wilhelm Maria Lüsberg

Unionsverlag
Zürich

Die Originalausgabe erschien 1958
unter dem Titel *Les Impatients*
bei Editions Julliard, Paris.
Die deutsche Erstausgabe erschien 1959
im Scherz Verlag, Bern.
Diese Ausgabe folgt der überarbeiteten Neuausgabe,
erschienen 1991 im Scherz Verlag, Bern.

Auf Internet
Aktuelle Informationen
Dokumente, Materialien
www.unionsverlag.ch

Unionsverlag Taschenbuch 191
© by Assia Djebar 1958
© by Unionsverlag 2000
Rieterstrasse 18, CH-8027 Zürich
Telefon 0041-1 281 14 00, Fax 0041-1 281 14 40
mail@unionsverlag.ch
Alle Rechte vorbehalten
Umschlaggestaltung: Heinz Unternährer, Zürich
Umschlagbild: Rafik El Kamel, »Adolescence«
Acryl auf Leinwand
Druck und Bindung: Clausen & Bosse, Leck
ISBN 3-293-20191-1

Die äußersten Zahlen geben die aktuelle Auflage
und deren Erscheinungsjahr an:

2 3 4 5 - 03 02 01 00

ERSTER TEIL

Inhalt

I

«Was hast du gehört?»

«Ich? Nichts.»

Ohne mich ihr zuzuwenden, ging ich gleichgültig in den hintern Teil des Zimmers. Ich ließ mich langsam rückwärts in die Mulde des Bettes sinken. Dann schloß ich die Augen.

Am andern Zimmerende machte Lella einige Schritte. Ich spürte, daß sie unschlüssig war. Sie schwieg. Ich wartete auf ihre Stimme, die ich allzusehr geliebt hatte, eine ernste und die Worte lang hinziehende Stimme, als wollte sie sie mit einem flüchtigen Adel umgeben. In ihrem Mund fand das Arabische seine Würde wieder.

Ich öffnete die Augen: Sie stand vor mir, neben meinem Bett.

«Ich habe Thamani gesagt, sie soll sich hier nicht mehr blicken lassen. Du weißt, wie ich über sie denke und was sie taugt.»

Ich gab keine Antwort. Heuchlerisch hatte ich die Lider gesenkt; durch meine Wimpern hindurch beobachtete ich sie; sie hatte Angst. Meine Stiefmutter Lella Malika, die stolze, untadelige Lella hatte Angst vor mir! Ich bemerkte ihren gespannten Blick und sagte dann lächelnd, um sie zu beruhigen: «Du hast recht; überall, wo sie ihren Fuß hinsetzt, stiftet sie Unheil. Aber sie wird weiterhin nach unten kommen, zu den Alten . . .»

«Ja», antwortete sie mit einem resignierten Seufzer. Dann wandte sie sich ab und ging erleichtert hinaus.

Ich schloß wieder die Augen. Wenn doch nur der Schlaf sich auf mich herabsenkte! Wenn er doch käme und meinen Körper einhüllte, der nur nach der Weiche der Diwane verlangte, hinten in stillen, vom Sommer vergessenen Zimmern.

Von nun an mochte ich die Augen schließen, den ganzen Tag lang schlafen, in der Nacht sterben – das Geflüster hinten in dem dunklen Zimmer würde ich nicht vergessen. Schon quälte es mich.

Ich war nicht neugierig, mehr darüber zu erfahren. Im Gegenteil, ich war mir selbst böse, weil ich mir nicht die Ohren zugehalten hatte, bevor es zu spät war. Ich war auf der Schwelle stehengeblieben, die Hand am Vorhang, den ich nicht hob . . . und Thamanis Stimme hatte gedroht: «Solange du hier in diesem Hause bleibst, werde ich nichts sagen. Vergiß es nicht . . . Andernfalls werde ich reden.»

Ich wartete auf die Fortsetzung, auf Lellas Antwort, die diese beklemmende Drohung hinwegfegen würde. Sie kam langsam, so langsam.

«Ich werde dieses Haus nicht verlassen. Meine Versprechen halte ich. Aber ich sage dir nochmals: Ich will dich hier nicht mehr sehen.»

Ich wollte gerade den Vorhang heben, als Thamani im hellen Licht vor mir stand. Ihr fröhliches Hexengesicht näherte sich dem meinen, streifte meine Wange. Grinsend warf sie den Kopf zurück. Ich vermied ihren Blick und trat ein.

«Was hast du gehört?»

«Ich? Nichts.»

Nichts. Mit offenen Augen wiederholte ich dieses schwere Wort.

Ich lief auf der Landstraße dahin, immer geradeaus. Ich hörte mein Herz pochen; seine Schläge verschmolzen mit dem Hall meiner Schritte. Ich wußte nicht mehr, welches der beiden Geräusche so meine Qual zum Ausdruck brachte. Immer weiter eilte ich dahin, ohne Ziel, blind. Schließlich empfand ich fast ein Vergnügen daran und blieb stehen.

Dicht neben mir floß der Autoverkehr. Einer der Wagen verlangsamte seine Fahrt. Ein Mann streckte den Kopf zu mir heraus; ich blickte hin und fand sein anhaltendes Lächeln ziemlich einfältig. Dann zuckte er die Schultern und fuhr weiter. Andere Wagen folgten, erfüllt von Lärm und Gelächter, das an diesem reglosen Julinachmittag noch einen Augenblick lang hinter ihnen nachhallte. Sie schienen aus einer andern Welt zu kommen.

Ich setzte meinen Marsch fort. Da mir warm wurde, schlug ich einen Weg ein, der sich unter Bäumen hinzog. Die Stadt war nicht weit. Nach einer Wegbiegung lag Algier vor mir, ausgedehnt und träge. Ich betrachtete es lange. Sogar die Sonne versuchte, es zu schonen: Sie umgab es mit einer Aureole. Die Szenerie nahm mich gefangen, und ich setzte mich ins kurze Gras. Nachdem ich mich umgesehen hatte, ließ ich mich auf den Rücken fallen. Ich seufzte. Durchdrungen von der Kühle des Bodens, überließ ich mich meiner Schläfrigkeit und nahm durch halb geschlossene Augen den sich gleich einem Tierbauch über mir wölbenden, weiten Himmel ganz in mich auf.

Was nur hatte mich bewogen, an jenem Tag zu dieser Feier zu gehen? Lella hatte darauf bestanden. Sie kam zu mir und legte in ihre Stimme einen zärtlichen Klang, als sie sagte: «Du bist ein junges Mädchen, Dalila, und mußt nun an den Hochzeitsfeiern teilnehmen. Sei nicht mehr so ungesellig.»

So ungesellig! Ich hatte keine Lust zu protestieren; dieser Klang ihrer Stimme, dieses Bitten waren mir völlig neu. Ein Glücksgefühl hatte mich ergriffen. Singend zog ich ein neues Kleid an; zuletzt löste ich sogar mein Haar. Lella blieb vor mir stehen; mit plötzlicher Schüchternheit wartete ich auf das Lob, das ich verlegen hinnehmen würde. Ich wartete, aber sie sagte nichts; und dann brachen wir auf.

Noch bevor wir ankamen, bedauerte ich bereits meinen Entschluß. Mich schauderte vor den zahllosen Frauen, die mich mit ihren leeren Blicken messen würden. Bald schon war ich in das Treiben eingetaucht, in dem Körper, Brüste und entblößte, edelsteingeschmückte Hälse umherwirbelten.

Gern wäre ich in Lellas Nähe geblieben, aber man nahm sie in Beschlag. Sie gab mir einen Wink, mich zu der Gruppe junger Mädchen zu gesellen, die sich der Sitte entsprechend abseits in einer Ecke aufhielt. Ich ging hin, entschlossen, bis zur Heimkehr geduldig auszuharren.

Mitten im Hof, vor einem Orchester alter Frauen, unter ihnen eine Blinde, die beim Singen den Kopf hin und her bewegte, vollzog sich die langsame Parade der jungen Frauen, die nacheinander tanzten. Ich gab mich dem Wonnegefühl hin, allein zu sein. Plötzlich stand die Hausherrin vor mir. Lächelnd forderte sie mich auf, mich zu erheben. Ohne mich um das Unhöfliche meiner Weigerung zu kümmern, schüttelte ich den Kopf; ich hatte doch noch nie getanzt. Da meinte meine Nachbarin, eine kleine häßliche Brünette, spitz: «Oh, heute befassen sich die gebildeten Mädchen lieber mit Büchern!»

«Ich nicht!» antwortete ich, mich zu ihr wendend. «Im Gegenteil, ich tanze sehr gern.»

Ich war aufgestanden. Die Musik hatte wieder eingesetzt, monoton, in scharfem Rhythmus. Ich war nun inmitten der Frauen und versuchte einige Tanzschritte. Eine schrille Stimme zerfetzte die Luft. Mein Körper bebte . . . Er beugte sich, richtete sich auf, wiegte sich hin und her . . . Schließlich war da nichts mehr außer meinen Schultern, meiner Taille, meinen Hüften, die dahinglitten, und der Musik, die niemals aufhören würde. Die Welt ringsum drehte sich; wie auf einer weiten Reise gewahrte ich jetzt die geschminkten Augen der Frauen und ihre klatschenden Hände. Die Sängerin sprach von Trennung und von Liebesleid; die andern fielen im Chor ein, mit der gleichen fremdartigen, beinahe verzweifelten, näselnden Stimme . . . Ich mußte lange tanzen.

Gleichgültig gegenüber den Lobesworten kehrte ich auf meinen Platz zurück. Es fiel mir schwer, wieder zu mir zurückzufinden. Ich fühlte mich benommen, beschämt über das Ungeziemende der Zurschaustellung, der ich mich hingegeben hatte.

Man brachte mir Kaffee; in einem Zug stürzte ich ihn hinunter. Ich hörte, wie ringsum die Lippen im Chor das glühendheiße Getränk schlürften. Teller mit Honiggebäck wurden herumgereicht; einige Kinder im Hintergrund des Innenhofes warfen bettelnde Blicke darauf. Man hatte ihnen nicht erlaubt, weiter vorzudringen; gleich würden sie die Reste bekommen. Auf einmal graute mir vor diesen Speisen und diesem Fest. Ich stand auf.

An der Tür beauftragte ich eines der Kinder, meiner Stiefmutter Bescheid zu sagen. Ich floh. Ich hatte nicht vor, den Autobus zu nehmen, und so beschleunigte ich meine Schritte, um nur bald aus diesem Dorf dicht vor der Stadt herauszukommen. Tränen rannen über mein Gesicht. Der Wind, der mir die Wangen peitschte, trocknete sie schnell. Ich schritt mit einem Gefühl der Befreiung dahin. Glücklich, weil ich mein Haar in meinem Nacken, auf meinem Rücken fühlte, glücklich über die frische Luft, lief ich immer geradeaus ... Und jetzt, die Stadt zu meinen Füßen, schlafe ich, ruhig wie eine Königin.

Bald flammte die Sonne senkrecht über mir. Geblendet zog ich mit geschlossenen Augen das kurze Jäckchen aus, das meine Schultern verhüllte. Die Sonne brannte auf meiner Haut. Mit einem Wonnegefühl ließ ich mich von ihr sengen. Zum erstenmal in meinem Leben schlief ich so allein in der freien Natur. Ich überlegte, daß es unvorsichtig sein mochte. Aber was konnte zu dieser Tageszeit außer mir und dem Himmel existieren? Achtzehn Jahre lang hatte man mich gehindert, die glühende Sonne und den freien Himmel zu lieben, der so voll und rund war wie eine Schale. Endlich war ich im Licht. Ich schlief wieder ein.

Als ich die Augen öffnete, blickte ich in ein Gesicht. Ein Männergesicht, in dem ich zuerst die eng zusammenstehenden Augen gewahrte, die mich anlachten. Ich rührte mich nicht. Es war mir, als wäre ich in der Weite einer warmen Nacht gelandet, während dessen die Sonne mich mit einem goldenen Gewand bedeckt hatte. Das Gesicht blieb da, in diesem Licht, das es umströmte. Die Wimpern der schwarzen Augen zuckten; ich bemerkte den schmallippigen Mund. Aber ich las darauf ein ironisches Lächeln. Ich schüttelte mich und richtete mich dann verwirrt auf. Ich suchte auf dem Gras das Jäckchen, um meine Schultern wieder zu bedecken. Der Mann begann zu lachen und meinte: «Machen Sie sich wegen mir keine Umstände!»

Ich setzte mich wieder hin, einen Augenblick lang sprachlos, dann verärgert darüber, daß ich wohl prüde erschien. Aufrecht vor mir stehend, war er so groß, daß ich aufschauen mußte, um seinem Blick zu begegnen. Ich fand den Mann schön, und mich überkam das Verlangen, ihn anzulächeln, denn er schüchterte mich nicht ein. Und doch, dachte ich, ist er der erste Fremde, der mit mir spricht; ja, mehr noch, der erste Mann, abgesehen von meinem Bruder und meinem Schwager. Aber an diesem Tag, nach diesem Schlummer in der Sonne, kam mir nichts absonderlich vor.

Ich stützte meine Wange auf die Knie, in einer vertrauten Haltung den Kopf dem Unbekannten zugewandt. Ich hörte ihm mit einem süßen Gefühl der Trägheit zu. Hinter ihm, hinter seinem Lächeln blendete mich der Himmel. Ich hatte keine Lust zu antworten.

«Halten Sie vielleicht öfters Ihr Mittagsschläfchen hier im Gras?»

Ich wandte meinen Blick nicht von ihm. Es war mir, als würde ich mich niemals rühren.

«Wie heißen Sie?»

An der Art, wie er die Worte dehnte, erkannte ich, daß er wie ich Araber war. Noch überkam mich nicht das geringste Gefühl der Zurückhaltung, und ich bedauerte es nicht. Man empfindet, wenn man fern von den andern, vom Lärm der andern, an den Grenzen seines Ichs anlangt, eine so tiefe innerliche Berauschung, daß man für immer dort verharren möchte, erstarrt angesichts der köstlichen Entdeckung. Ich hatte nicht vergessen, daß ich Mohammedanerin, eine Tochter aus bürgerlichem Hause, ein wohlerzogenes Mädchen war; aber ich fühlte mich glücklich. Der Unbekannte besaß eine lässige Anmut, die mit meiner Euphorie in Einklang stand. Alles übrige war bedeutungslos.

«Wie heißen Sie?» fragte er etwas leiser.

Da er mein Schweigen wohl als eine Einladung ansah, trat er etwas näher und setzte sich dann neben mich. Ich richtete mich auf; mein Glück lag in Scherben. Während ich mein Jäckchen wieder anzog, sagte ich schnell auf arabisch, vor Zorn bebend über das, was er zerbrochen hatte: «Ich lege gar keinen Wert darauf, Ihren Namen zu erfahren, und erwarte das gleiche von Ihnen. Adieu!»

Während der Rückfahrt im Autobus dachte ich an nichts. Die Nacht begann sich über die Stadt zu breiten; allmählich drang sie vom Horizont her vor, um die verschwenderische Lichtfülle einzukreisen, die nicht wußte, wohin sie verschwinden sollte. Allein inmitten der Stadtbewohner, die staubbedeckt von ihren Sonntagsausflügen heimkehrten, empfand ich ein heftiges, durchdringendes Glücksgefühl. Im Frieden des Sommerabends hörte ich das Herz der Welt langsam schlagen, in unendlicher Klarheit.

Zu Hause wartete man bereits auf mich. Gleich beim Eintreten wurde mir bewußt, daß ich zum erstenmal etwas zu verbergen hatte.

Unser Haus, der einzige Rest unseres früheren Vermögens, war alt und geräumig. Die ganze Familie – meine Tanten, meine Schwester und mein Bruder, beide verheiratet – lebte hier zusammengedrängt. Im Erdgeschoß hatten meine Tanten und meine Schwester je ein Zimmer; ebenfalls Si Abderahman, ein entfernter Vetter, mit seiner Frau, die sich dorthin zurückzogen, nachdem sie ihren Sohn verstoßen hatten. Alle hausten rings um den Patio, den Innenhof, dessen einziger Luxus der weiße Marmor, die majestätischen Säulen und das Wasserbekken waren. Im ersten Stock belegten mein Bruder Farid und seine Frau Sineb zwei Zimmer. Ich wohnte seit dem Tod meines Vaters mit meiner Stiefmutter im gleichen Raum. Das übrige, die Speisekammer und die Baderäume wurden von allen gemeinsam benutzt.

Als ich durch den Hof ging, kam Sakina, meine kleine Lieblingsnichte gelaufen; sie schmiegte sich an mich und flüsterte: «Farid ist schon zurück. Er hat nach dir gefragt.»

Ich drückte sie zärtlich an mich, bevor ich hinaufging. Der Gedanke an meinen Bruder konnte meiner gehobenen Stimmung nichts anhaben. Das Haus duftete nach Jasmin; es war die Stunde, da die Frauen von den Galerien in die Küchen verschwinden. Eine Minute lang hatte ich das Haus für mich allein.

Als ich unser Zimmer betrat, bemerkte ich, daß Lella bereits zurück war. Ihr kaum zerknittertes Kleid lag quer über ihrem Bett. Ich ging nach hinten, in meinen Teil des Raums. Es war kühl hier, und ich hätte mich am liebsten nicht von der Stelle gerührt...

Bei Tisch fragte mich Farid barsch: «Warum hast du nicht auf deine Mutter gewartet?»

«Ich bin früher aufgebrochen, weil ich müde war. Statt gleich nach Hause zu gehen, habe ich Mina besucht; sie wohnt ebenfalls in El-Biar, ganz in der Nähe.»

Ich hatte vergessen, mir eine Lüge zurechtzulegen. Kaum hatte ich den Satz zu Ende gesprochen, da fiel mir ein, daß Mina den Sonntag gewöhnlich bei ihrer Großmutter auf dem Land verbrachte. Farid entgegnete nichts. Aber ich sah, wie Lella, die mir gegenüber saß, leicht zusammenzuckte, denn sie kannte die Gewohnheiten meiner Freundin. Doch mit undurchdringlicher Miene fuhr sie fort, die Speisen herumzureichen.

Ich beobachtete sie. Sie blickte nicht auf. Am Ende der Mahlzeit, sobald Farid gegangen war, rief sie nachsichtig und leicht amüsiert, was mich verwirrte: «Nein, ich hätte nicht geglaubt, daß du so gut tanzen könntest! Auf dieser Feier hast du Erfolg gehabt.»

Sineb wollte Einzelheiten wissen und warf mir vor, ich sei eine Geheimniskrämerin. Ich verteidigte mich nur schwach, denn meine Gedanken waren anderswo, mehr damit beschäftigt, den neuen Ton Lellas zu ergründen, als sich mit meinem «Erfolg» zu befassen. Plötzlich überkam mich das Verlangen, laut zu gestehen, daß ich draußen in der Sonne einem Mann begegnet war. Ich hätte mich nicht gefürchtet, es zu erzählen. Aber ich zog es doch vor zu schweigen; so hatte ich einen Traum ganz für mich allein.

2

An den folgenden Tagen verließ ich das Haus nicht. Ruhig floß das Leben dahin. Die Ferien brachten eine Langeweile, der ich mich träge hingab. Drei Monate lang schärfte ich wollüstig dieses Gefühl, das mit dem Schatten der kühlen Räume verschmolz. Die dumpfen Nachmittage, schwer wie graue Wassermassen, dehnten sich in der Hitze immer mehr aus.

Die lange Trauerzeit, die auf den Tod meines Vaters gefolgt war, hatte im vergangenen Jahr ein Ende genommen. Es war der erste Sommer, da die Frauen zu den Hochzeiten gehen konnten, die während der schönen Jahreszeit zahlreich stattfanden. Jedes Fest bot dem Weiberklatsch neue Nahrung. Thamani, deren Beruf es war, die Nachrichten von Haus zu Haus zu tragen, kam fast täglich.

Sineb wagte es abends bei Tisch zuweilen, in Gegenwart ihres Mannes über den letzten Tratsch zu sprechen. Sie legte dabei einen Eifer zutage, in den sich naives Vergnügen mischte. Erst seit sechs Monaten verheiratet, hatte sie noch nicht begriffen, daß sie sich zwar erlauben durfte, die Vormittage unten bei den Tanten zu verbringen und mit ihnen und Thamani zu schwatzen, daß «bei uns» aber ein ganz andres Gesetz herrschte. Darüber wachte Lella.

«Es scheint», begann Sineb, «die Frau des Professors Ben Milud hat ein goldenes Halsband gekauft, das –»

«Es scheint?» unterbrach Farid sie scharf. «Wem scheint es?»

«Thamani war heute morgen hier», stammelte Sineb und wurde bleich.

Farid sah Lella an, die mit unbeteiligter Stimme erklärte: «Ich erlaube ihr nicht mehr, hier heraufzukommen.»

Farid dankte ihr mit einem Blick. Dann wandte er sich seiner Frau zu. In dem Schweigen, das eingetreten war, beobachtete ich die Szene.

Sineb hielt den Kopf über ihren Teller gebeugt. Farid blickte finster drein. Langsam spießte er ein Stück Fleisch auf die Gabel und begann es mit Hingabe zu kauen. Während seine Kiefer unangenehm laut mahlten, kostete er bereits den unwiderruflichen Befehl aus, den er Sineb gleich an den Kopf schleudern würde. Lella erhob sich rücksichtsvoll. Sineb zitterte. Nun legte Farid die Gabel nieder und sah zu Lella auf, die sich zum Gehen wandte. Ich bemerkte, wie ein Schimmer von Verachtung über das unbewegliche Gesicht meiner Stiefmutter huschte. Endlich sprach Farid sein Urteil: «Von nun an ziehst du dich auf dein Zimmer zurück, wenn diese Frau das Haus betritt. Hast du verstanden?»

Sineb hauchte, nur mühsam ein Schluchzen unterdrückend, «ja». Lella ging zur Tür hinaus; mit beginnendem Haß starrte ich auf ihren Rücken.

Kaum bricht im Sommer der neue Tag an, taucht er fast sogleich in eine dumpfe, quälende Hitze ein. Der Hof unten liegt noch im Schatten. Von meinem Bett aus höre ich das regelmäßige Rattern der Nähmaschine Tante Sohras; die andern Frauen sind bei ihr; ihre Stimmen dringen durchs Fenster, zusammen mit den Sonnenstrahlen, die den Rand meines Bettes bestreichen. Manchmal läßt Sinebs perlendes Lachen mich auffahren.

Eine Hand schüttelte mich. Blinzelnd öffnete ich die Augen. Mina umarmte mich und setzte sich neben mich.

«Wie kannst du bei dieser Hitze überhaupt schlafen?»

Ich gab keine Antwort. Mit jäher Bewegung warf ich mich herum, das feuchte Bettuch zerknüllend, so daß mein Kopf auf ihren Knien, meine Füße auf dem Kopfkissen lagen. Gespielt-schläfrig murmelte ich: «Laß mich noch eine Minute schlafen...»

Ich genoß es, das verwöhnte Kind zu spielen. Endlich schlug ich die Augen auf. Mina hatte an diesem Morgen ihre Lippen übertrieben rot angemalt. Ich betrachtete ihre Nasenflügel, ihre etwas vorstehenden Augen, ihre braunen Locken und den geschminkten Mund.

Dann sprang ich aus dem Bett und drehte ihr den Rükken zu, während sie unbeirrt weiterplauderte. Hinten im

Spiegel entdeckte ich ihr Bild wieder, die weitgeschnittenen Augen, die etwas herausfordernden Kopfbewegungen. Manchmal hatte ich, wenn die Nacht sie in einem verführerischen Feuer erglühen ließ, ihre Schönheit bewundert. An diesem Morgen aber hatte ich nur ein kokettes, gut zurechtgemachtes Mädchen vor mir, das recht gewöhnlich wirkte. Ich zog mich an.

«Kommst du am Donnerstag zu unserer Zusammenkunft?» fragte Mina.

«Warum?»

«Warum? Nun, damit du einmal rauskommst, damit du andere Mädchen siehst, damit du dich für all diese Fragen interessierst...»

Sie war in Begeisterung geraten und sprach mit lauter, beinahe entrüsteter Stimme.

«Was für Fragen?» sagte ich in kühlem, fast patzigem Ton. In Wahrheit waren mir diese Fragen, die die jungen Gymnasiastinnen und Studentinnen beschäftigten, nur allzusehr vertraut: Das Problem der Emanzipation der Frau, das Problem der Mischehe, das Problem der sozialen Verantwortung der Frau, das Problem...

«Puh, all diese Probleme!»

Ich hatte laut gesprochen, und als Mina mich verwundert anschaute, brach es aus mir heraus: «Ja! Es gibt viel zuviel Probleme! Vor allem, wenn ihr darüber noch Reden führt...»

Ich hielt inne, denn ich hätte doch wissen müssen, daß Mina sich nur mit diesen Fragen beschäftigte, weil es gerade Mode war. Mit einem Achselzucken beendete ich meinen in der Schwebe gebliebenen Satz. Um mich zu entschuldigen, sagte ich noch: «Du weißt, daß ich diese intellektuellen Weiber nicht mag. Sie schwatzen mir zuviel.»

Sie lachte nachsichtig, bohrte aber weiter: «Komm trotzdem Donnerstag. Du kannst mir bei den Vorbereitungen helfen.»

«Also gut. Sprich aber mit Lella», antwortete ich.

Im Grunde langweilte mich mein Nichtstun. Mina fuhr fort: «Du wirst dich wundern! Ich habe Dudscha eingeladen, das Mädchen, von dem ich dir schon so viel erzählte.»

Ich hörte nicht mehr hin, denn ich kannte ihre leicht entflammbare Begeisterung. Mit dem Anziehen war ich inzwischen fertig. Es war schon Essenszeit, und ich lud Mina zum Bleiben ein, der Form halber, denn sie lehnte stets ab, weil sie Farid aus dem Weg ging. Ich begleitete sie bis zur Tür.

Als sie unten mit den Frauen plauderte, beobachtete ich, wie sie vor meinen Tanten heuchlerisch das Gesicht eines schüchternen Mädchens aufsetzte. Sie sprach respektvoll, schlug die Augen nieder, wenn es nötig war, und lächelte kaum merklich. Ich amüsierte mich über ihre Falschheit, die sie mir einen Augenblick später gestehen und über die sie lachen würde, mit einem frechen Lachen, das mir gefiel. Eigentlich liebte ich an diesem Gesicht allein die Lüge; sie war seine wahre Natur.

Sie umarmte nacheinander die Frauen, die sie mit ihren endlosen Höflichkeitsphrasen überschütteten. Mina antwortete darauf mit dem gleichen abwesenden Ton. Sie trat zu Lella, die in einer Ecke saß. In diesem Augenblick erahnte ich ihre plötzliche Verlegenheit. Mit unbestimmbarem Lächeln fragte Lella: «Schminkst du dich jetzt, Mina?»

Mina, überrumpelt, errötete.

«Ach, nur, weil ich heute so blass bin, Lella.»

«Aber es war doch kein Vorwurf! Es steht dir sehr gut, wirklich. Auf Wiedersehen.»

Ich wandte den Kopf ab. Deutlich spürte ich, daß der Haß, der in ihrer Stimme anklang, die angeborene Mißgunst der Frauen war, die einander erkennen.

Auf das Treffen bei Mina folgten andere. Zweimal wöchentlich schleppte mich Mina in den Kreis dieser Mädchen, die sich zusammenfanden, um heftig zu diskutieren.

Ich hörte ihnen mit Gleichgültigkeit zu. Es kam vor, daß ich während der ganzen Dauer einer solchen Zusammenkunft stumm blieb. Ich sah, wie inmitten der Tassen Tee und der Honigkuchen die Worte ernst und imponierend fielen und einen Augenblick lang bedeutungsschwer in dem stets gleichen bürgerlichen Salon in neumaurischem Stil schwebten. Die jungen Mädchen hatten sorgenumwölkte Stirnen, so sehr waren sie ihrer Rolle als zerquälte Intellektuelle hingegeben. Es schien mir, daß ihre Worte nichtssagend waren, daß aber der Starrsinn in ihrer Stimme schon der Besessenheit gleichkam. Ihren Enthusiasmus teilte ich nicht.

Eine einzige unter ihnen zog mich an: Dudscha. Sie redete wenig, doch mit einer glühenden und leisen Stimme, die ich liebte. Es hatte den Anschein, als umschlösse sie auch noch das unbedeutendste ihrer Worte mit der gleichen gewissenhaften Aufmerksamkeit, die sie beim Zuhören an den Tag legte. Sie war älter als die andern und von alltäglicher, doch starker, beruhigender Schönheit.

Heute waren wir bei ihr.

Ich hatte erst nicht die Absicht gehabt, hinzugehen. Mir steht die Szene wieder vor Augen: Mina hatte in Lellas Gegenwart nachdrücklich gebeten: «Dalila, bitte komm mit mir zu Dudscha.»

«Dudscha?» fragte Lella.

«Ja, Dudscha El-Hadsch.»

«El-Hadsch?»

Ich hörte nicht mehr zu, so erregt fand ich Lellas Gesicht, so überschnell kamen ihre Worte. Sie schüttelte den Kopf, als sie, ein wenig zu laut, sagte: «Nein, Dalila wird heute nicht mitgehen. Sie muß heute zu Hause bleiben.»

«Aber Dudscha rechnet mit ihrem Kommen! ... Sie ist ein so netter Mensch!» bohrte Mina weiter.

«Sie wird nicht mitgehen», unterbrach Lella sie schroff.

Ich betrachtete sie mit plötzlichem Interesse, als sie zum erstenmal in diesem brutalen Ton sprach. Dann fiel mir Thamani ein und ihr Geflüster. Warum brachte El-Hadsch sie so aus der Fassung?

«Ich werde mitgehen», sagte ich, die Herausforderung annehmend, denn ich wollte der Frage auf den Grund gehen.

Gleich zu Beginn hatte Dudscha eine unbefangene Stimmung zu schaffen gewußt. Zum erstenmal fühlte ich mich nicht mehr genötigt, inmitten nachdenklich gesenkter Stirnen sitzen zu bleiben. Ich hatte mich nach hinten ins Zimmer zurückgezogen, neben ein Bücherregal. Doch ich las nicht.

Vom andern Ende des Salons drangen die diskutierenden Stimmen als wirres Gemurmel zu mir herüber. Sie erreichten mich nicht. Ich war von Schatten, Kühle und Stille umgeben.

Die andern beachteten mich kaum. Sie hatten sich an meine Schweigsamkeit gewöhnt. Ich sprach nur mit Mina, deren Gesicht dann den andern strahlend verkündete, daß wir miteinander vertraut waren. Eine solche Vertrautheit hielt sie fern; das Vergnügen, mit dem Mina die Rolle der intimen Freundin spielte, verriet mir, daß dieses Schweigen mich mit einem Geheimnis umgab. Ich empfand darüber eine Befriedigung, die ich mir aber nicht eingestand. Ich war nicht sicher, ob ich an diesen Zusammenkünften nur um der hochmütigen Wollust willen teilnahm, mich inmitten ihrer nutzlosen Diskussionen allein zu fühlen.

Am späten Nachmittag zeigte mir Mina das Haus. Nach hinten lag ein Garten, an dessen Ende ich Bäume – es waren Feigenbäume – gewahrte.

«Sollen wir hingehen?» schlug ich vor. Mina verzog das Gesicht.

«Komm doch...»

Ich ließ nicht nach; ihre Zurückhaltung ignorierte ich. Mich lockte der Schatten. Und noch etwas. Vorhin, im Salon, hatte Dudscha von ihrem Vetter gesprochen, der wohl da wäre, vielleicht im Garten. «Um die dreißig und Junggeselle», hatte Mina, die über alles im Bild war, mir ins Ohr geflüstert. Ich hatte meine Gedanken schweifen lassen: Mir fiel Lellas Reaktion bei der Erwähnung des Namens El-Hadsch ein. Dieser Vetter war in diesem Haus der einzige Mensch, der, da er im gleichen Alter wie Lella war, irgendwelche Beziehungen zu ihr haben konnte. Ich wollte diesen Mann sehen: In seinem Gesicht würde ich lesen können, ob ich mich täuschte.

«Komm», sagte ich nochmals zu Mina.

Sie zögerte. Da ließ ich sie stehen und ging allein weiter. Ich hörte, wie sie sich entfernte, und setzte langsam meinen Weg fort.

Schon war ich fast bei den Feigenbäumen angelangt, als ich plötzlich zusammenschrak und verdutzt stehenblieb. Dort, im Gras ausgestreckt, mir zugewandt und lächelnd, als schiene er mich zu erwarten, lag er ... Er!

Er richtete sich etwas auf. Ich bezwang meine Verwirrung und ging auf ihn zu, als wäre ich zu einem Stelldichein gekommen.

«Nun», sagte er, «jetzt werde ich Ihren Namen erfahren!»

Von diesem hohen Pferd wollte ich ihn schon herunterbringen. Wie er so dalag, in bequemer weiter Kleidung, schüchterte er mich nicht ein. Ich antwortete kampflustig: «Ich heiße Dalila und bin eine Bekannte von Dudscha. Sie ist wohl Ihre Kusine?» fügte ich vorsichtig hinzu.

Er lachte.

«Ja, meine Kusine ... Kennen Sie sie schon lange? Stimmt, Dudscha kennt hier in Algier ja alle fortschrittlichen jungen Mädchen.»

Er hielt inne und musterte mich einen Augenblick.

«Und womit befaßt man sich bei diesen berühmten Zusammenkünften?»

Ich antwortete in dem gleichen ironischen Ton: «Man sucht sich klarzuwerden über die Rolle der mohammedanischen Frau und ihre Pflichten gegenüber ihren vom Mann unterdrückten Schwestern. Wissen Sie, das ist eine sehr ernste Frage.»

Er blickte mich weiter unverwandt an; einen Augenblick lang überfiel mich ein unbehagliches Gefühl, weil ich nicht wußte, ob das Funkeln seiner feurigen Augen sich über meinen eigenen Spott lustig machte.

«Ja, das mag eine sehr ernste Frage sein», meinte er, «aber ihnen scheint nicht so sehr daran zu liegen.»

«Ach, ich ...»

Ich zuckte die Schultern und setzte mich dann neben ihn. Er richtete sich auf den Ellbogen auf. Ich wandte den Kopf ab. Wir saßen geschützt in einer Bodenfalte; außer

Mina würde mich niemand hier suchen. Schon wünschte ich, sie möchte gar nicht kommen.

Er musterte mich wieder. Ich empfand darüber nicht die geringste Verlegenheit. Mit einiger Überwindung fragte ich mich plötzlich, warum ich mich hingesetzt hatte, und sprach es auch aus: «Warum habe ich mich hingesetzt? Das frage ich mich.»

«Ich mich auch!» antwortete er so leichthin, daß es provozierend wirkte.

Wir blickten uns an und lachten beide schallend; unser beider Lachen, einander so nahe, verschmolz in eines, und dann ... dann hielt sein Blick den meinen gefangen. Ich lachte. Ich hielt inne ... und stand auf.

«Ich erwarte Sie nächsten Donnerstag um vier vor dem Kino Aletti. Werden Sie kommen?»

Ich wandte ihm den Rücken zu. Seine Stimme klang wie aus der Ferne zu mir.

«Ich muß jetzt gehen!» murmelte ich und empfand einen leichten Schmerz, so, als wäre ich aus einem Traum erwacht.

«Werden Sie kommen?» wiederholte er leiser.

Ich entfloh, ohne mich umzuwenden.

Als ich wieder bei Mina war und sie über Dudschas Familie ausfragte, merkte ich, daß ich meinen Argwohn hinsichtlich Lellas Benehmen vergessen hatte. Er kam mir jetzt vor wie ein Hirngespinst. Und Dudschas Vetter war eine Wirklichkeit ...

Dudschas Eltern lebten im Haus Hadsch Salahs, ihres im vergangenen Jahr verstorbenen Onkels, der seinem einzigen Sohn ein gutgehendes kaufmännisches Unternehmen hinterlassen hatte. Dieser Sohn war schon seit Beendigung seines Studiums im väterlichen Geschäft tätig. «Wie heißt er denn?» unterbrach ich sie ungeduldig. Er hieß Salim. «Salim!» murmelte ich leise. Mina blickte mich verwundert an. Sie lachte kurz auf und überfiel mich dann mit einem Schwall von Fragen.

«Du kennst ihn?»

«Ich kenne ihn», antwortete ich, mich brüstend.

Ich fand keinen Gefallen an dieser neuen Mitwisserschaft; sie würde alles um sie her undurchdringlich machen. Aber die Neugier war stärker. Einen Augenblick lang zögerte ich, dann gestand ich alles, schnell, ohne Vergnügen. Als ich enthüllte, was nicht einmal ein Abenteuer war, wurde ich mir der Banalität meiner Bekenntnisse bewußt. Wie konnte ich das zum erstenmal verspürte Brennen der Sonne auf meiner nackten Haut verständlich machen? Und vorhin das verwirrende Lachen des Mannes? Und die plötzliche Trägheit, die mich reglos gemacht hatte, obwohl ich besser geflohen wäre, das Rendezvous vergessend, das er mir mit allzu siegesbewußter Stimme vorgeschlagen hatte?

Aber hatte ich es denn nötig, ihr zu erklären, was sie hätte fühlen müssen, wäre sie nicht Opfer dieser blinden Neugierde gewesen? Nein, sie hatte mit mir nichts Gemeinsames – nicht mehr.

3

Eine laute Stimme riß mich am Morgen aus dem Schlaf: «Schon tausendmal habe ich es dir gesagt: Du wirst nicht zu deinen Eltern gehen!»

Eine Tür knallte in das erstarrte Schweigen, das in arabischen Häusern auf die schallenden Männerstimmen folgt. Ich hörte, wie Farid die Treppe hinunterging und das Haus verließ. Mit unbehaglichem Gefühl schlief ich wieder ein. Nach einer Weile trat Sineb ins Zimmer. Nur mühsam schlug ich die Augen auf. Sineb setzte sich zu mir aufs Bett; in meiner Schlaftrunkenheit schien sie mir weit entfernt.

Sie wimmerte leise vor sich hin. Meine Gegenwart genügte ihr, um sich auszuweinen. Ich hörte, wie sie sich schneuzte, dann begann sie, ihrer Schwäche nachgebend, laut und anhaltend zu schluchzen, mit beinahe lustvollem Gestöhn. Ich schloß die Augen; dieses Geräusch fiel mir zwar nicht lästig, aber ich hoffte, durch meine Reglosigkeit würde sie vergessen, sich zu mir umzudrehen, sobald der Augenblick der Tröstungen gekommen wäre. Die Qualen der gedemütigten Ehefrauen sind so alltäglich, daß sie sich schon in einer Art Ritus vollziehen, den die anderen respektieren. So verlangen sie auf dem Höhepunkt ihres Kummers stillschweigend nach den immer gleichen Trostworten, ohne die sie keinen Frieden finden würden.

Sinebs Schluchzen hatte nachgelassen; es klang jetzt eher ruhig und ging dann in Schweigen über, das immer tiefer wurde. Mir blieb gerade noch Zeit, in Halbschlaf einzutauchen. Seit einigen Tagen empfand ich ein hartnäckiges, beinahe beunruhigendes Bedürfnis, lange zu schlafen. Ich träumte nie; wenigstens blieb mir vom Traum keine Erinnerung. Bloß beim Erwachen die seltsame Empfindung, aus einem bewohnten, massiven und geheimnisvollen Haus herauszukommen. Nicht nur aus dem Schlaf tauchte ich auf, sondern auch aus einer Anwesenheit, aus einem Gesicht, das ich nicht zu erkennen wagte; auch aus einem Namen: Salim. Ich hatte Angst vor dieser Wollust.

Sinebs plötzliches Schweigen weckte mich. Ich begann, sie zu beobachten. Ihr Gesicht trug den stumpfen Ausdruck jener Wesen, die all ihren Schmerz verströmt haben. Jetzt, da ich nicht mehr schlafen konnte, war ich enttäuscht über ihre Erstarrung. Es trieb mich, ihre Qual neu zu beleben.

Mit harmloser Stimme fragte ich sie: «Verbietet er dir, nach Hause zu gehen?»

«Ja», seufzte sie. «Die Tochter unserer Nachbarn heiratet. Sie sind mit meinen Eltern eng befreundet. Morgen findet die Hochzeit statt, eine Kapelle wurde engagiert, auch Tänzerinnen ... So gern wäre ich hingegangen... Was werden meine Eltern sagen und all die Frauen, die mich dort vermissen werden?»

Sineb war viel an der Meinung der andern gelegen; ich ahnte, warum Farid ihren Wunsch vorhin derart barsch abgeschlagen hatte. Sineb hatte sich wohl hinter etwas verschanzt, das sie für ein gewichtiges Argument hielt: «Ich muß hingehen... Was werden sonst die Leute sagen?» Sicherlich war in Farid ein gewaltiger Zorn aufgestiegen, diese Furcht zu besiegen, die die Menschen schwächt, statt sie hart zu machen. Wie alle Schwachen nahm diese Frau sogar in ihrer Feigheit Zuflucht zu unvermuteter Verstellung.

«Du weißt doch, daß du dich in Farids Gegenwart nicht auf das Urteil anderer berufen solltest. Das fällt ihm auf die Nerven.»

Sineb verteidigte sich eigensinnig: «Ich versichere dir aber, es ist die Wahrheit.»

Einen Augenblick lang starrte ich sie nachdenklich an. Ich weiß nicht, welches Gefühl mich dann trieb, ihr auseinanderzusetzen, wie man «mit den Männern umgehen» müsse. Bei ihnen sei vor allem wichtig, daß man den Mund hielte; wolle man ihnen jedoch widersprechen, so dürfe dies nur geschehen, wenn man sich hernach noch mehr unterwerfe, um die Eitelkeit des sieggewohnten Männchens zu befriedigen . . . Ich verbreitete mich lange über dieses Thema. Je mehr ich darüber sprach, desto deutlicher entdeckte ich bei mir eine Weisheit, die ich nicht einmal geahnt hatte.

Sinebs Gesicht hatte sich entspannt. Sie lauschte mit treuherziger Aufmerksamkeit. In ihrem Schweigen erweckte sie den Eindruck eines schutzlosen, ständig seufzenden Wesens.

Ich konnte Farid verstehen. Er, hinter dessen verschlossener Miene sich unbewußter Stolz verbarg, mußte angesichts dieser unterwürfigen Kreatur gewiß oft Widerwillen empfinden. Für diesen virilen Mann hatte man als Frau ein fahriges, weichliches Geschöpf ausgesucht. Lella hatte von der Ehrbarkeit der Familie, der Strenge ihrer Erziehung und von ihrer Schönheit gesprochen. Vorher hatte Farid das Foto gesehen. Es war ein schönes Foto: Das kastanienbraune Haar und der träumerische Blick kamen darauf gut zur Geltung; das Ganze war von einer Verschwommenheit, die bei Farid sicherlich die Vorstellung irgendeiner Traumgestalt hervorgerufen hatte.

Armer Farid! Er war es, den ich schließlich bedauerte, als ich schloß: «Selbst wenn er dir einen schwarzen Faden zeigt und von dir verlangt, daß du weiß sagen sollst, dann mußt du weiß sagen. Nur so kannst du mit deinem Mann in Frieden leben.»

In diesem Augenblick kam Lella herein. Ich beendete gelassen meinen Satz, ohne sie anzublicken. Als ich aufsah, stand sie bereits zwischen uns vor dem Bett. In einem Ton, der seine Strenge unter gespielter Nachsicht verbergen wollte, sagte sie: «Du schläfst noch?»

«Wir unterhielten uns darüber», antwortete ich barsch, «daß Farid sie nicht zu der Hochzeit gehen lassen will, die morgen bei ihr zu Hause stattfindet.»

Gewöhnlich genügte es, auf das geringste Ereignis zwischen Farid und seiner Frau anzuspielen, damit sie völlige Zurückhaltung bewahrte. Diesmal aber fragte sie, zu Sineb gewandt: «Stimmt das?»

Sineb nickte traurig.

«Ja . . .» begann sie.

Lella hörte sich ihre Erklärungen bis zum Ende an.

«Ich spreche heute abend mit Farid», entschied sie. «Ich bin übrigens auch zu dieser Hochzeit eingeladen. Zwar wollte ich absagen; aber wenn ich damit alles ins Lot bringen kann, werde ich gehen, damit er dich mitgehen läßt.»

Sineb, die an ihr Glück nicht zu glauben wagte, sagte ängstlich: «Erzähl ihm nur nicht, daß du es von mir erfahren hast.»

«Keine Sorge, du wirst mitgehen.» Dann sagte sie schärfer, sich zu mir wendend: «Du solltest aufstehen. Gleich ist Essenszeit, und Farid wird heimkommen. Es ist völlig unnötig, ihn in schlechte Laune zu versetzen.»

Sie wandte sich ab, ohne daß ich etwas auf ihrem Gesicht lesen konnte.

Vier Tage waren seit meiner zweiten Begegnung mit Salim vergangen. Das Rendezvous, das er mir gegeben hatte, ruhte in mir wie ein einfaches Datum. Eine Woche hatte ich, um mich zu entscheiden. Sie kam mir so lang vor wie ein Jahrhundert, und dabei verspürte ich in jeder Minute eine köstliche Ungewißheit über mich selbst. Es drängte mich nicht, zu einer Entscheidung zu gelangen.

Eine Entscheidung, das muß etwas Wichtiges sein,

sagte ich mir in aufrichtiger Beflissenheit, wobei ich versuchte, mir eine dem besonderen Fall angepaßte Moral zurechtzulegen. Denn wenn ich keine Grundsätze hatte, so nicht etwa aus Prinzip, sondern deswegen, weil man es bis dahin für gut befunden hatte, mir lediglich Lebensgewohnheiten beizubringen, aber keine Lebensregeln.

An dem Tag, da Lella und Sineb zur Hochzeit gingen, kam Mina morgens zu mir. Sie hatte stets zahlreiche Besorgungen und Einkäufe zu machen. Ehe sie heimkehrte, besuchte sie mich rasch, mit der rücksichtsvollen Anhänglichkeit, die man zur Schau trägt, wenn man von der Welt abgeschlossene Menschen besucht. Sie fand meine Art, während der Ferien derart eingesperrt zu leben, empörend. Sie machte für dieses Einsiedlerleben meinen Bruder verantwortlich, den sie für engstirnig hielt, meine Stiefmutter, vor der sie Scheu empfand, und sogar meine Gleichgültigkeit, die eines fortschrittlichen jungen Mädchens, das das Joch abschütteln sollte, unwürdig sei.

An jenem Morgen bat ich sie, den ganzen Tag bei mir zu bleiben. Mit Vergnügen lauschte ich ihrem Geschwätz. Nach und nach stieg in mir eine flüchtige Fröhlichkeit auf. Wir hatten das Radio eingestellt, dann einige arabische Platten aufgelegt. Ich hatte Lust auf Rhythmus, auf Tanz.

«Nun, wenn Sineb und Lella auf einer Hochzeit sind, werden auch wir uns amüsieren!»

Mina begann, in die Hände zu klatschen, während ich zu hüpfen und erregt zu tanzen anfing. Ich tanzte durchs ganze Zimmer, dabei den Kopf zurückwerfend und mit den Schultern zuckend, sie in einer improvisierten und bewußt lasziven Tanzfigur Mina entgegenstreckend.

Mina schaute mir erstaunt zu.

«Ich wußte nicht, daß du so begabt bist.»

Ich lachte geschmeichelt. Sie beschleunigte den Rhythmus. Meine Erregung wuchs mit zunehmender Atemlosigkeit. Wenn ich den Kopf wandte, bemerkte ich hin und wieder in dem großen Spiegel eine fliehende Geistergestalt, einen Körper, der vorbeischoß, wiederkehrte, sich zurückbog. Mir schien es, als würde, selbst wenn ich anhielte, auf der andern Seite, in der Tiefe des Spiegels, der Tanz dieses unbekannten Körpers weitergehen. Für immer.

Endlich ließ ich mich jäh zu Boden fallen. Ich legte mein Gesicht auf die kühlen Fliesen. Neben mir flüsterte Mina: «Wie gut du tanzt! Ich werde niemals so tanzen können.»

Ich hörte nicht zu, nach und nach von Müdigkeit überwältigt, in ihr versinkend. Aber Mina schüttelte mich.

«Mir kommt eine Idee», rief sie mit funkelnden Augen. «Wie wäre es, wenn wir uns verschleierten und auf die Hochzeit gingen, wo Lella und Sineb sind? Wir würden uns die ganze Feier im Vorhof mit den andern ‹Nichteingeladenen› anschauen.»

Nein. Dazu hatte ich keine Lust. Der Gedanke, einen Schleier anzulegen wie eine Maske – er war mir im Gegensatz zu Lella und Sineb nicht vorgeschrieben – widerstrebte mir. Und auf keinen Fall wollte ich mich unter die Menge unbekannter Frauen mischen, die, da sie nicht eingeladen waren, gemäß dem Brauch verschleiert und hinten im Patio stehend an den Hochzeitsfeiern teilnahmen. Aber die Herrin des Hauses duldet ihre Anwesenheit und öffnet die Türen der Flut, die von draußen hereinstürzt... Denn in dem unveränderlichen Ablauf des festlichen Zeremoniells haben sie die Rolle der Lästerzungen inne.

Mina wartete noch immer auf meine Antwort.

«Unmöglich», sagte ich. «Farid weiß, daß ich nicht ausgegangen bin. Er kann jeden Augenblick heimkehren und findet mich dann nicht vor.»

Resigniert zuckte sie die Schultern.

«Geh doch allein hin, wenn dir so viel daran liegt.»

Aber dann hätte ihr das prickelnde Gefühl eines gemeinschaftlich unternommenen Streichs gefehlt. Und gerade das werde ich ihr immer versagen.

Die Dämmerung, die in die stummen Häuser mit verstohlenem Strahl eintritt, gerade lang genug, die Pupillen der Frauen zu erweitern, traf Mina und mich müde vor Langeweile und nutzlosem Schwatzen an.

Unten war die Nähmaschine verstummt. Mit den ihr eigenen sorgfältigen Bewegungen ordnete Tante Sohra die Stoffbündel und sogar die kleinsten Läppchen. Dann hörte man, wie sie keuchend ihre Maschine fortschob.

Ich saß neben dem Geländer am Rand der Galerie, die sich über dem Innenhof hinzog, und betrachtete den vom Tag verlassenen Patio. Einige Strahlen der nun bleichen Sonne hatten sich im Wasser des Beckens verloren. Der Wasserstrahl erschöpfte sich; er spritzte nur von Zeit zu Zeit noch in kurzen Stößen hoch. Das Gesicht zwischen die Stäbe des eisernen Geländers gepreßt, hätte ich in diesem Stillstand der Zeit endlos dabei verweilen können, das helle und vom Echo des Tages erfüllte Haus zu betrachten.

Da ertönte die schleppende Stimme Si Abderahmans: «Tr . . . r . . . ek!»

Er verlangte freien Durchgang. So tönte viermal am Tag seine Stimme. Bei diesem Signal stürzten alle Frauen in ihre Zimmer, um sich zu verbergen. Der Brauch jedoch hatte seine Wirkung verloren: Statt sie scheu zu machen, schimpften sie darüber. Schließlich war «Sidi», wie wir Si Abderahman nannten, ein Verwandter . . . und dazu sein Alter! Er konnte ja ihr Großvater sein! Aber Si Abderahman besaß eine beharrliche Tugend. Er kündigte an: «Trek!», wenn er in sein Zimmer gehen wollte. Eine Viertelstunde später «Trek», wenn er zu seinen Waschungen ins Bad hinausging. «Trek», wenn er zum Gebet wieder in sein Zimmer zurückkehrte.

Diesmal rührte ich mich nicht. Mina neben mir setzte ein folgsames Gesicht auf; es zeigte jene verständnisvolle Höflichkeit, wie Touristen sie zur Schau tragen. Sie erhob sich. Ich betrachtete sie mit spöttischer Miene.

«Wir müssen ins Zimmer gehen!» meinte sie zögernd.

«Geh doch, wenn du willst! Ich bleibe hier. Schließlich bin ich im ersten Stock; er braucht ja nicht aufzublicken.»

Sie blieb stehen; ihre Bereitwilligkeit hatte sich erschöpft. Ich sah der aufrechten Gestalt Sidis nach, der durch den Hof ging. Er hob nicht den Kopf. Aber ich fühlte, daß er meine Anwesenheit gespürt hatte. Ich hielt Mina gegenüber mit meiner Meinung nicht zurück: «Eine solche Intuition bei einem so alten und so frommen Mann kommt mir geradezu unanständig vor.»

«Sei doch nicht so streng!» antwortete Mina, voller Nachsicht für das Pittoreske des Brauchs, der bei uns noch fortbestand. In ihrer Familie lebten alle Frauen unabhängig, und die sich nicht hatten anpassen können, waren in das Berberdorf in der Gegend von Constantine verwiesen worden, woher Minas Familie stammte.

Ich neckte sie: «Gefällt dir dieser Brauch?»

«Nun . . .» Sie suchte nach Worten, um mir das Rührende und Stimmungsvolle überholter Traditionen zu erklären.

«Schön, aber du wirst deine Meinung ändern, wenn

du ihn jetzt gleich auf dem Weg zu seinen Waschungen ‹Trek› rufen hörst, dann ‹Trek›, wenn er aus dem Bad zurückkommt. Dies hier ist kein Haus, sondern ein Durchgang.»

«Tr…r…ek!»

Lachend blickten wir uns an. In Wirklichkeit war mir dieser Mann gleichgültig. Was ich aber verabscheute, war der Augenblick, da in diesen abgeschlossenen Häusern der Eintritt der Männer den Frieden störte. Dann wachten alle Frauen auf und wurden munter. Sie beeilten sich, das Essen aufzutragen und den Gebetsteppich zu bringen. Sogar Fatma, Sidis alte Frau, deren Hände zitterten und deren Stimme sich überschlug vor Angst, Sidi müsse warten. Sogar meine Tante Sohra, die alte Jungfer, die sich in der Küche zu schaffen machte.

Während des ganzen Tages lebten die Frauen unabhängig. Plötzlich kam ein Windstoß. Unter der Betriebsamkeit der Hausfrau erahnte ich deren wahre Natur. Wenn ihr Rücken sich beugte, um die Schüssel hinzustellen und die Speisen anzubieten, dann malte ich mir das Verhalten dieser Frauen nachts bei ihrem Mann aus, bei dem, den sie gehabt hatten, bei dem, den sie erträumten.

Zu dieser Tageszeit war das Haus nicht mehr ein Zufluchtshafen; es brandete eine schwere Welle. Dann hieß ich die Nacht mit einem Lächeln willkommen, und es war das der Auflehnung.

Nur weil Minas Anwesenheit an jenem Abend sich nicht von langwährenden Gewohnheiten der Freundschaft unterschied, begann ich zu sprechen.

Ich bat sie um Rat für dieses Rendezvous mit Salim. Sie an meiner Stelle, meinte sie, würde hingehen. Ich sei dazu gezwungen; hätte ich nicht bereits zweimal Unvorsichtigkeiten begangen? Wenn ich jetzt Salim aus dem Weg ginge, könne er verärgert sein und schwatzen. Ob ich nun die Geschichte vertuschen oder sie weiter betreiben wolle: auf jeden Fall müsse ich die Verabredung einhalten. Das sei ein Gebot der Vorsicht.

Vorsicht! Lange verfolgte ich auf ihrem Gesicht das Echo dieses Wortes. Dann sagte ich nachgiebig ja. «Ich glaube, du hast recht...» Was kümmerte es mich, ob Salim über mich redete, ob er alles erzählte, sogar von meinen nackten Schultern. Nichts würde die Sonne jenes Tages zerstören können, diese Trunkenheit, die mich erfüllte, während ich, das Gesicht dem Himmel zugewandt, auf dem Rücken dalag. Und diese Männeraugen, auf die beim Erwachen mein Blick gefallen war – all das hatte ich genossen wie einen Krug frisches Wasser. Alles übrige war mir gleichgültig.

Mina redete noch immer. Sie traf jetzt Entscheidungen. Am Tag der Verabredung würde sie vormittags kommen. Sie würde Lella sagen, es fände eines unserer Treffen statt; wir würden zusammen aus dem Haus gehen und sie würde mich dann später allein lassen. Ich müsse nur die belebten Straßen meiden. Und vor Salim auf der Hut sein. Sie wolle zudem weitere Erkundigungen einziehen, um herauszubekommen, was für ein Mann er überhaupt sei. Es war ein richtiger Kriegsplan.

Nachdenklich beobachtete ich sie. Ich dachte über den nach, den sie Salim nannte; für mich war er bloß ein Schatten, der mich am kommenden Donnerstag an einer Straßenecke erwarten würde.

Es stimmte; die Sache war wichtig. Ich wußte jetzt, daß ich an jenem Tag einen Bereich betreten würde, der vor allem mir gehörte. Ausschließlich mir. Auf den

Zehenspitzen würde ich dort eindringen, allein, vorsichtig und schweigend.

4

Das Rendezvous sollte in einer kleinen Straße stattfinden, die von der Hauptavenue des Europäerviertels im Zentrum der Stadt ausging. Ganz in der Nähe lag ein großes Kino; am Ende der Straße konnte man einen Teil des Hafens sehen. Ich war manchmal mit Lella bei Einkäufen dorthin gekommen. Aber ich fühlte mich nicht heimisch. Den größten Teil meines Lebens hatte ich in abgeschlossenen Häusern oder in grauen Internaten verbracht, die ebenfalls tief und erfüllt von Echos waren. Auf der Straße spiegelten die Schaufenster das Gesicht eines kleinen Mädchens wider, das sich verirrt hat und drauf und dran ist, zu fliehen.

Ich kam zu früh. Vor dem Kino verlor ich allen Mut. Ich hoffte bereits, er werde nicht kommen und alles wäre bloß ein Traum. Schon malte ich mir aus, wie ich heiter heimging. Hinter mir lag eine friedliche Ordnung, beglückend wie ein warmes Meer. Dieselben Gesichter wiederfinden, dieselben Stimmen, ohne daß sich das Geringste verändert hatte. Was nur war in den letzten Tagen in mich gefahren? Warum diese Böswilligkeit gegenüber Lella? Nein. Mit Freude würde ich mein altes Leben wieder aufnehmen.

Ich machte schon kehrt, bereit zur Flucht. Auf der andern Straßenseite wartete eine Gruppe Europäerinnen mit gebräunter Haut und tief ausgeschnittenen Kleidern auf den Schluß der Vorstellung. Ich fühlte mich unbehaglich, als ob mir meine Verwirrung schon von weitem anzusehen wäre. Einige junge Männer von lässiger Eleganz traten zu ihnen. Ich überraschte mich dabei, daß ich sie um ihre Ungezwungenheit beneidete; sie schwatzten und lachten schallend; ich aber, die ich zu einem heimlichen Stelldichein ging, fühlte mich erdrückt von der Schwere eines solchen Beginnens.

Ein Klingeln kündigte das Ende der Vorstellung an; die Menschen strömten heraus. In diesem Augenblick sah ich, wie Salim um die Straßenecke bog und auf mich zukam. Die Menge hinderte ihn daran, mich zu sehen. Jäh wandte ich mich um und eilte davon.

Erschreckt, die Zähne zusammengepreßt, erreichte ich den Boulevard, der am Hafen entlang lief. Ich lehnte mich gegen die Mauer, versuchte, wieder ruhig zu werden, und schalt mich eine blöde Gans. Eine ganze Woche lang hatte ich an diese Verabredung gedacht; ich hatte mich entschlossen hinzugehen. Nun durfte ich nicht zurückweichen. Dennoch konnte ich mich des Gefühls nicht erwehren, wie wenig mich diese Geschichte interessierte. Dieser Fremde, der mich erwartete, hatte mit meinem Traum nichts zu schaffen. Warum eigentlich war ich gekommen? Verärgerung folgte meiner Exaltiertheit. Da tauchte plötzlich Lellas Bild auf; all mein Haß kam wieder, all mein Mißtrauen. Nein, zu Hause würde ich keinen Frieden mehr finden, nur die Lüge. Entschlossen machte ich kehrt.

Ich war dennoch etwas verlegen, als ich vor ihm stand, ihm die Hand reichte und, ohne ihn anzublicken, murmelte: «Guten Tag.»

«Guten Tag . . . Sie kommen mit fünf Minuten Verspätung», meinte er mit leichtem Spott.

Ich gab keine Antwort.

Wir gingen den Boulevard entlang, auf dem ich vorhin

stehengeblieben war. Ich gewöhnte mich an Salims Stimme, an seine Gegenwart. Er sprach, und ich antwortete, als kennte ich ihn schon seit langem. Manchmal stand ein Schweigen zwischen uns; ich fühlte mich nicht verpflichtet, es zu brechen. Ich betrachtete das Meer, das ich noch nie so nahe gesehen hatte, die reglos vor Anker liegenden Schiffe, das Treiben im Hafen, und alles war für mich ein unbekanntes Schauspiel.

Er fing wieder mit seiner Fragerei an. Zum erstenmal war ich bei den mich berührenden Fragen nicht widerborstig. Ich erzählte von meinem Bruder, von meinem toten Vater, sogar von Lella, aber in Ausdrücken, die ich früher bei Mina gebrauchte. Er sprach nicht über sich, machte einzig eine flüchtige Anspielung auf Dudscha, die ich ja kannte, eine Anspielung, die uns beide in Verlegenheit setzte, denn es war eine Erinnerung an unser letztes Zusammentreffen, das zu vergessen wir uns vorgenommen hatten. Ich wandte den Kopf und betrachtete das Meer, um Zeit zu gewinnen, bis dieser unbehagliche Augenblick vorübergegangen wäre. Die Verlegenheit, die uns beide befallen hatte, brachte uns einander näher. Ich lächelte ihm zu.

Wir gingen in ein Café, wo es schattig und kühl war. Vor dem Ausschank schienen sich zwei dicke Frauen zu langweilen. Es war das erste Mal, daß ich ein Café betrat. Dieses war fast leer. Ich saß Salim gegenüber, wagte jedoch noch nicht, ihn anzublicken; hinter ihm, durch eine trübe Scheibe hindurch, bemerkte ich die Sonne, die sich neigte, als wolle sie in den Raum eindringen. Das Geflüster der Frauen störte meine Benommenheit nicht. Ich fühlte mich wohl.

Meine Aufmerksamkeit klammerte sich sprunghaft an die unbedeutendsten Einzelheiten des Cafés. Hin und wieder richtete ich vorsichtig meinen Blick auf Salim. Ich bemerkte seine glänzenden schwarzen Augen, zwei kleine Falten zwischen den Brauen, seine gelblichen Finger. Als er sich erhob, um zu zahlen, beobachtete ich ihn kaltblütiger; ich sagte mir, daß ich ihn doch kaum kenne. Ohne innere Beteiligung musterte ich seine Schönheit, seine schlanke Gestalt, seine Eleganz. Aber er trat zu mir, und die Bewegung, mit der er leicht meinen Arm berührte, um mich vorbeizulassen, erweckte in mir ein Gefühl der Sicherheit, das mich von der übrigen Welt abtrennte.

Es war noch früh; er schlug daher vor, ins Kino zu gehen. Ich hatte dazu überhaupt keine Lust. Ich fühlte, daß er diesen Vorschlag nur deshalb gemacht hatte, weil wir sonst nicht gewußt hätten, was wir mit den restlichen Stunden anfangen sollten. Gern hätte ich ihm geantwortet, daß ich am liebsten weiter so am Meer entlang ginge. Aber aus der Art, wie er gesagt hatte: «Wollen wir ins Kino gehen?», glaubte ich eine bestimmte Absicht zu erraten. Er wußte, daß mich dies in den Augen der andern mehr als einfache Worte verpflichtete. In ernstem Ton, der ihm mein Vertrauen ausdrückte, antwortete ich: «Ja, wenn Sie wollen.»

Seine Augen lächelten mich an. Ich fühlte mich glücklich, wie bei einem alten Freund. Diese zarte, köstliche Stimmung zwischen uns dauerte an, während wir uns beeilten, rechtzeitig zur Vorstellung zu kommen – zu einem Film, dessen Titel ich sogleich vergaß, so sehr war ich erfüllt von einer seligen Gleichgültigkeit. Ich erinnere mich, daß ich von diesem Augenblick an begann, unsere beiden Spiegelbilder in den Schaufenstern zu beobachten; das Bild des Paares, das sie mir zurückwarfen, faszinierte mich.

Während Salim die Karten löste, zupfte mich vor dem Kino ein kleines Mädchen, das bettelte, am Rock; es war etwa acht Jahre alt, hatte grüne Augen und ein schmutziges Gesichtchen. Es setzte mich in Verwirrung, wie Kinder und Elend mich immer einschüchtern. Salim kam zurück. In gebrochenem Französisch wandte sich die Kleine an uns: «*Missiou, Madame.*»

Sie streckte die Hand aus. Es gab mir einen Stich; ich war zugleich erschüttert durch das Kind und durch den Gedanken, daß es als erstes uns für ein Paar gehalten hatte. Verlegen legte ich der Kleinen die Hand auf die Schulter. Salim steckte ihr ein Geldstück zu. Mit einem Lächeln versuchte ich, die Geste zu überspielen, und sagte sanft auf arabisch: «Da . . . nimm!»

Sie blickte uns mit großen Augen an, als sie unsere Sprache vernahm. Das etwas schalkhafte Lächeln, das sie aufsetzte, rührte mich. Salim betrat bereits das Kino. Langsam folgte ich ihm; es fiel mir schwer, mich von dem Kind zu trennen.

Ich ließ die Vorstellung mit Langeweile über mich ergehen. Es gelang mir nicht, der Handlung Interesse abzugewinnen. Ich schaute hin zu der Leinwand mit den alptraumhaften Bildern. Meine Augen, die sich allmählich an die Dunkelheit gewöhnten, nahmen vom Saal die Umrisse wahr; mir war, als befände ich mich in einer Barke der Finsternis, in einer gastlichen Hölle, in der ich für ewig gestrandet wäre. Nicht ein einziges Mal blickte ich zu Salim hin, aber ich vergaß in keinem Augenblick seine Gegenwart. Als er den Arm auf die Lehne meines Sitzes legte, vergaß ich alles, das Kino, den Film, die Zuschauer. Wir waren nur noch zwei Gefährten auf einer großen Reise durch unergründliche Finsternis. Die Leinwand vor uns zeigte grimassierende, farbige Gesichter, knallige Landschaften. Gern hätte ich immer so sitzen mögen, vergraben in diesen Tiefen.

Als die Vorstellung zu Ende war, erhob ich mich wie aus langem Schlaf. Auf der Straße sprach ich kein Wort; mit Mühe gewöhnte ich mich an die abendliche Beleuchtung, an die ersten Neonlichter der Stadt, an den Mann, der neben mir herging. Ich hörte ihn sagen, daß wir uns wiedersehen müßten; ich wußte, daß er von mir irgendeine Zustimmung erwartete; ich dachte, ich müsse wohl antworten, damit es nicht so aussähe, als ließe ich mich bitten. Aber für den Augenblick interessierte mich nichts. Es kostete mich einige Anstrengung, bis ich begriff, daß das seltsame Dahindösen im Kino nichts weiter als zwei oder drei Stunden gewöhnlichster Vorstellung gewesen war; sogar das Wort Vorstellung erstaunte mich.

Wir überquerten eine Straße; meine Schritte wurden langsamer. Ein Wagen, der dicht neben mir bremste, ließ mich auffahren. Etwas verwirrt langte ich bei Salim an, der mich auf der andern Seite erwartete.

«Sie träumen wohl? Beinahe wären Sie überfahren worden.»

Ich lächelte ihn an. Ich hatte seine Stimme, seinen Namen, die Straße wiedergefunden. Endlich aus meinen Träumereien gerissen, hörte ich Salim reden und den Augenblick der Trennung herbeiführen. Als ich ihm die Hand drückte, um ihm auf Wiedersehen zu sagen, wie hätte er da bemerken können, daß ich ihn nur mühsam wiederfand?

Als ich am Abend nach Hause kam, log ich zum zweitenmal, diesmal besser. Dadurch nämlich, daß ich einfach schwieg. Zwar hatte ich das Glück, daß Farid nicht da war. Vor allem aber kam es darauf an, den fragenden Blick Lellas auszuhalten und stumm zu bleiben.

Von diesem Tag an habe ich dauernd gelogen, um immer wieder dem gleichen Blick zu begegnen. Lella sagte nie ein Wort, wenn ich heimkam: schweigend, mit glänzenden Augen, mit dem beseligenden Bewußtwerden meines Körpers, meiner ganzen Person. Bei Tisch log ich wieder. Ich, die ich bisher fast nie ein Wort sagte, ich begann redselig zu werden, wobei ich verstohlen zu Lella hinspähte. Ich erzählte von den Zusammenkünften der jungen Mädchen, bei denen wir uns über so viele aktuelle Fragen unterhielten; ich berichtete von den Diskussionen, den Meinungsverschiedenheiten, den Folgerungen, die wir im Hinblick auf die Stellung der modernen Mohammedanerin zögen. Ich entdeckte in mir die Seele einer überzeugten Feministin. Lügen war nicht schwer, und es war so angenehm.

Farid gingen diese Redereien, wenn er da war, auf die Nerven; er machte ironische Bemerkungen und nannte uns verstiegene Schwätzerinnen. «Schau an, diese Mädchen entdecken jetzt, daß sie Persönlichkeiten sind», stöhnte er schlechtgelaunt; er wußte nicht, wie sehr seine herbe, bärbeißige Art mir gefiel. Aber ich sah, daß er sich bemühte, objektive Kritik zu üben. Gelang es mir denn, auch ihn zu täuschen? Sineb wiederum hörte mir mit Bewunderung zu; sie brannte darauf, mir Fragen zu stellen, schwieg aber aus Furcht vor ihrem Mann. Wenn dieser gegangen und das Unterhaltungsthema erschöpft war, belebte sie es wieder. Was hatten Dudscha, Mina und die andern über das Schleiertragen gesagt? Hatten wir auch Pläne für einen Lesezirkel? Könnten auch die Eltern zu Vorträgen eingeladen werden? . . . Ich verwertete die Einzelheiten, die mir Mina über die Tätigkeit der

Gruppe gab, zu der ich nicht mehr hinging. Sineb stellte immer wieder neue Fragen; mit Erstaunen sah ich, wie geschickt ich mich bei den Antworten verhielt, die ihre Neugier befriedigten, ohne mich bloßzustellen. So fuhr ich fort, weiter Neues zu erfinden, schließlich erfüllt von einer geistigen Erregung, die allein als Übergang dienen konnte zwischen den Augenblicken trägen Glücks, die ich mit Salim verbrachte, und den mit dumpfen Gewohnheiten des Hauses erfüllten Stunden.

Lella zeigte sich sehr interesssiert. Sie stellte mir jedoch nie eine Frage; kaum zeigte sie jenes nachsichtige Lächeln, bei dem ich den Spott nicht von der Güte zu unterscheiden vermochtc. Einmal zog Farid gegen die Nutzlosigkeit unseres Engagements zu Felde; für uns sei doch nur eines wichtig: gute Hausfrauen und Mütter zu werden. Schließlich redete er mit einem Pathos, das er sicherlich vor Gericht in seinen Plädoyers anwandte. Als er endlich schwieg, drehte er sich zu Lella um.

«Ach», begann sie mit sanfter Stimme, «ich finde ihre Begeisterung sympathisch. Sie werden eines Tages schon zu der Erkenntnis kommen, daß Worte allein nicht genügen.»

Darauf erwiderte ich nichts. Das Spiel – denn ich faßte diese Lügen als ein Spiel auf – wurde auf einmal gefährlich. Ich wußte nicht warum, aber wenn jemand auf meine Reden nicht hereinfiel, dann war es, dann konnte es nur Lella sein. Ich vermutete es, ohne einen Beweis dafür zu haben. Warum erleichterte sie mir dann aber durch diese Nachsicht mein Ausgehen? . . . Ja, sie ahnte, daß ich irgendwo hinging, von wo ich dieses Geschwätz mitbrachte, das rosige Aussehen, die strahlenden Augen, all diese bei mir ungewohnte Erregtheit. Wenn sie abends das Zimmer betrat, wo ich seit mehr als einer Stunde in der Dunkelheit neben dem offenen Fenster lag und mich meinen Träumereien überließ, dann wußte sie, daß nicht das Licht allein mich zusammenfahren ließ. Aber sie sagte bloß: «Hab ich dich geweckt?»

Ohne meine Antwort abzuwarten, ging sie darauf in ihre Ecke. Wenn sie das Licht gelöscht hatte und ich am entgegengesetzten Ende des Zimmers ihre Atemzüge erahnte, dann kam es vor, daß ich diese einsame und sogar bis in die Nacht verschwiegene Frau haßte.

Ich hatte mich mehrmals mit Salim im ersten Stock eines stillen Cafés getroffen. Nachdem wir einen Augenblick lang den Boulevard entlanggegangen waren, der sich am Hafen hinzog, kamen wir zu diesem Café, als ob etwas Bestimmtes uns erwartete. Schon nahmen wir unsere Gewohnheiten an.

Ich war ruhig, etwas gleichgültig, kaum gesprächig. Er redete, wie immer, nur wenig, meistens um ein allzulanges Schweigen zu überbrücken. Wir wählten einen Tisch neben einem Fenster, das auf eine schmale Straße hinausging. Ich verbrachte lange Minuten damit, dem Treiben draußen zuzuschauen. Wenn ich den Kopf drehte, überraschte ich manchmal Salims Blick, der auf mir ruhte. Einen Augenblick lang überkam mich Angst. – Was dachte er? Ich wandte mich ihm zu und fand schnell mein vertrauensvolles Lächeln wieder. Wir wechselten einige banale Sätze. Ihre Banalität ließ uns von neuem schweigen.

Wir waren an jenem Punkt des Kennenlernens angelangt, da wir einander nichts mehr von den äußern Einzelheiten rings um uns zu sagen hatten. Über den Rest schwiegen wir uns aus. Zwischen uns entstand eine Erwartung. Keine Ungeduld bei mir, nur eine Langeweile, die mich beruhigte. Bei ihm war das Schweigen zweifellos Vorsicht, das Zeichen einer sprungbereiten Hellsichtigkeit. Ich machte mir darüber erst später Gedanken, wenn ich wieder allein war. Für den Augenblick aber stellte ich mir vor, er sei wie ich einem fast animalischen Wohlbehagen hingegeben.

Wenn er da war, öffnete sich in mir eine unendliche, kühle Leere; über ihr hüpfte meine Aufmerksamkeit von Einzelheit zu Einzelheit der äußeren Welt, die dann eine hautnahe Nachbarschaft annahm. Ich hatte nicht das Gefühl, daß ich ihn täuschte. Ebensowenig das peinliche Gefühl, das Frauen oft haben, wenn sie versuchen, ihre Traumvorstellung mit dem wirklichen Mann, der sich ihnen nähert, in Übereinstimmung zu bringen. Nein. Manchmal bemerkte ich plötzlich eine neue, gänzlich bedeutungslose Einzelheit an seiner Person. Ich vermerkte sie, ohne mich dabei aufzuhalten, um sie dann lückenlos meinem Gedächtnis einzuverleiben. So gewöhnte ich mich langsam an Salim.

Bei unseren Zusammenkünften legte ich eine Ungezwungenheit an den Tag, die ich bei mir niemals vermutet hätte. Ich lachte, ich neckte ihn, ich verfiel in Schweigen. Manchmal jedoch unterbrach ich mein wahres Lachen – das ich dennoch fortsetzen mußte, wenn auch falsch klingend –, weil ich auf einmal Salims Blick auf mir entdeckt hatte. Er suchte mich. Er beobachtete mich. Mir ging ein Stich durchs Herz, eine ängstliche Erregung, weil ich begriff, daß unter seiner augenscheinlichen Kühle ihm keine einzige meiner Regungen entging. Ich wandte den Kopf ab; ich betrachtete die Straße und verjagte alles.

Es war nicht so, daß mir an seinem Urteil wenig gelegen gewesen wäre; im Gegenteil. Ich fürchtete mich vor ihm. Nur schlecht gewöhnte ich mich an den Gedanken, man könne meine Gefühlsregungen analysieren, statt mich so hinzunehmen, wie ich die andern hinnahm. Der wilde Schrecken, den ich darüber empfand, durchdrang mich eisig wie ein Windsturm auf einem winterlichen See. Blind, die Augen geschlossen, den Kopf der Oberfläche, dem Unmittelbaren zugewandt, tauchte ich dann auf. Ich lächelte; ich fühlte, wie seine Augen auf meinen Haaren, meinen Händen verweilten, auf dem, wovor ich keine Angst hatte. Schließlich vergaß ich alles.

Ein Monat floß dahin. Nichts hatte sich geändert, nicht einmal mein Blick, wenn er sich Lella zuwandte. Vielleicht hätte ich schließlich sogar das Geflüster zweier Stimmen im Dunkeln vergessen und die Angst, die Lella hatte hart werden lassen, so sehr schläferte die Hitze mich ein. Zwar gab es da noch die Vormittage, an denen Thamanis ausgelassene Stimme mich aus meinem Dahindösen auffahren ließ; aber meine Trägheit war zäh, ich warf mich in meinem Bett hin und her, zerknüllte die klammen Bettlaken und versank wieder in dumpfen Schlummer.

Wenn ich erwachte, war das Schwatzen der Frauen unten im Hof verstummt, die Essenszeit nahe. Thamani war gewiß schon in einem andern Haus, summend wie eine dicke Fliege. Ich blieb noch eine Weile mit offenen Augen und leerer Seele liegen. Endlich stand ich auf.

Vor dem Spiegel schämte ich mich meiner geschwollenen Züge. Zu Beginn eines neuen Tages erwartete mich nichts außer Hitze und Langeweile. Thamani war nur noch ein quälender Schatten. Und Lellas Gesicht am Ende dieser Vormittage war so klar, so gelassen, daß alles von neuem zu beginnen schien. Salim selbst verlor in mir jede Wirklichkeit. Wenn ich ihn abends, an der Schwelle der kühlen Nächte, in meinen Träumereien wiederfand, dann geschah es aus Gewohnheit. Einmal auf die dunklen Pfade des ersten romantischen Abenteuers geraten, konnte ich mich nur schwer von ihm lösen; wie ein Spinngewebe fesselte es mich.

Ich sprach den Namen «Salim» vor mich hin, und dieses Wort, dessen Zauberwirkung ich verspüren wollte, versetzte mich nur in eine Schlaffheit, die meine Langeweile derart nährte, daß sie ungesund wurde. Aber von allen Erinnerungen, die mich belagerten, blieb mir auch nie der geringste Zug von Salims Gesicht im Gedächtnis, kaum seine Stimme. Was mich verfolgte, war meine Verwirrung: jene Stunden, da seine Gegenwart im Kino genügt hatte, mich seltsam gespalten, widerhallend zu machen; jene im Café, wo ich in unserm gemeinsamen Schweigen schließlich eine köstliche Reglosigkeit erlangte; sie verwandelte mich in eine Zeugin außerhalb der Zeit, während auf der Straße die überfüllten Straßenbahnen mit einem Lärm dahinrollten, der wie eine letzte Brandung der Außenwelt zu uns drang.

Schließlich schüttelte ich meine Erinnerungen ab, raffte mich auf und öffnete der Nacht das Fenster. Manchmal, wenn ich mitten in dem riesigen Zimmer stand, gewahrte ich überrascht meine Züge im Spiegel. Dann erstarrte ich, wagte nicht mehr, mich zu rühren; im Halbdunkel erschien das zarte Spiegelbild kaum wirklich. Ein Anflug von Überspanntheit und ziellosem Hochgefühl trieb mir Tränen in die Augen. Um meine Glut zu ersticken, ging ich in den Patio hinunter, spielte mit dem Wasser des Beckens, streifte durch leere Zimmer. Ich wußte nicht mehr, ob er das allzu lebhafte Bewußtwerden meiner Jugend oder aber das des Friedens der Stunde war, das mich in dieser Weise zerbrechlich und glücklich machte.

5

Eines Abends kehrten Lella und Sineb von einer Hochzeit zurück. Eine Stunde vor dem Abendessen ließ Lella, die sich in ihrem Zimmer ausruhte, mich rufen. Ich ließ Sineb und ihr Geplauder im Stich. Langsam machte ich mich auf den Weg. Unwillkürlich zitterte ich, als sie zu sprechen begann; ihr Gesicht lag im Schatten, allein ihre Stimme tauchte ins volle Licht empor: «Wie lange belügst du uns schon so?»

Ich versuchte nicht, mein ironisches Lächeln zu verbergen. Aber ich nahm mir Zeit: «Was willst du damit sagen?»

«Ich will sagen, heute habe ich von Dudscha El-Hadsch erfahren, daß du nicht mehr zu diesen berühmten Zusammenkünften gehst, von denen du uns dauernd erzählst. Sie selbst kam zu mir und erkundigte sich nach dir... Ich will wissen, wo du während dieser Zeit warst.»

Sie hatte schnell gesprochen, mit lauter Stimme, in beinahe scharfem Ton. Warum nur war sie so aufgebracht? Ihr Gesicht, das ich jetzt besser erkennen konnte, erschien mir aufgewühlt, die Augen hatten einen seltsamen Glanz. Ich wollte schon heftig antworten, aber es gelang mir, mich zur Ruhe zu zwingen: «Was willst du damit andeuten?»

Der Kampf hatte endlich begonnen.

Beinahe leichten Herzens verließ ich nachher das Zimmer. Die weitere Unterhaltung klingt noch schwach in meinen Ohren. Ich erinnere mich nur noch an Lellas eindringlichen Blick, den ich nicht ausstehen kann, und an die Hartnäckigkeit, mit der ich wiederholte: «Du hast also kein Vertrauen zu mir?»

Sie hatte sich in den Kopf gesetzt, alles zu erfahren. Ich aber hatte nichts zu sagen.

Ich fand Vergnügen daran, mit zusammengepreßten Zähnen, beinahe triumphierend zu wiederholen: «Du hast also kein Vertrauen zu mir?»

Um mich zum Schweigen zu bringen, antwortete sie schließlich: «Solange es in einem Haus junge Mädchen gibt, muß man wachsam sein. Es ist eine Frage der Ehre.»

Ein Lachen, das nicht das meine war, zerriß mich. Sie log. Sie wiederholte nur die Redensarten, die Worte der andern, von Lla Aischa, von Si Abderahman . . . Ja, sie log. Ich lachte noch immer, ich konnte nicht dagegen an. Da trat sie zu mir und ohrfeigte mich.

Es war, als ob alle Geräusche des Hauses die plötzliche Stille abgewartet hätten: das Geplärre der kleinen Anissa unten im Hause, das «Trek» Si Abderahmans, Farids Schritte auf der Treppe, all dies drang klar zu mir. Farids Schritt draußen stockte. Einzig Lellas verzerrtes Gesicht war nicht reglos. Ein Ausdruck der Furcht überzog es langsam, eine Röte. In diesem Augenblick, Lella, tatest du mir beinahe leid.

Aber Farid kam näher. Schon rief er nach dir, als hätte er keine Frau, die auf ihn wartete. Ich trat auf die Schwelle, hob den Vorhang, um den sterbenden Tag einzulassen. Sineb kam. Ich ließ euch allein und entfernte mich mit einem Gefühl des Glücks . . . Meine Einsamkeit würde nun nicht mehr von gestaltlosen Träumereien angefüllt sein, sondern von der durchsichtigen Härte des Hasses.

Durch Mina, die am nächsten Morgen kam, schickte ich

einige Zeilen an Salim: Ich wollte ihn noch am gleichen Nachmittag sprechen. Beim Mittagessen ging ich zum Angriff über; Lella übergehend, wandte ich mich an Farid: «Ich möchte heute nachmittag ausgehen; ich muß in die Bibliothek, um Bücher zurückzubringen.»

«Geh nur, aber halte dich nirgends auf.»

Farid hatte zerstreut geantwortet. Ich sah, wie er mit den Augen Lellas Zustimmung suchte; aber sie stand auf und ging in die Küche. Ich sah ihr gedankenverloren nach. Ich war mit der mir kaum bewußten Gewißheit vorgegangen, daß sie schweigen werde. Sie würde Farid nichts sagen; sie, die soviel von Ehre und Verantwortung redete, würde nichts sagen; und ich wußte warum.

Ich betrachtete die vertrauten Gesichter ringsum, Farid wieder in sein Schweigen gehüllt, Sineb verstohlen ihren Mann beobachtend, um nur ja seinen geringsten Bewegungen zuvorzukommen. Unten im Haus kein Geräusch. Jede Familie, in ihr Zimmer zurückgezogen, war beim Essen. Bald jedoch würde Si Abderahman den Hof überqueren, um auszugehen; in einem Augenblick würde mein Schwager das Radio anstellen, um die monotone Durchsage der Nachrichten zu hören; meine Schwester würde mit sanfter Gewalt ihre Kinder zu Bett bringen, nachdem sie eine Viertelstunde lang geplärrt hatten. Jetzt aber herrschte Schweigen; die Ermattung der gesättigten Körper vor der Ermattung durch die Hitze.

Die Mittagsruhe stand bevor, der Gedanke, daß ich mich in einer Stunde davonmachen würde, machte mich stark.

Wir saßen an unserm gewohnten Tisch im selben Café, und ich starrte Salim an, entschlossen, dieses Gesicht den erregenden Stunden meines letzten Tages einzuverleiben. Ich brauchte ihn für meine Revolte.

Wir waren allein; von meinem Platz aus überblickte ich den Boulevard, das Meer. Mit regelmäßig wiederkehrendem Dröhnen, das die Scheiben erschütterte, hielten die Straßenbahnen eine Minute an und entfernten sich dann.

«Gibt's was Neues?» fragte Salim ungeduldig.

Ich sah ihn an und wußte nicht, was ich sagen sollte. Zum Glück kam der Kellner mit den Getränken; solange wie möglich wollte ich den Augenblick hinausschieben, da ich erklären mußte, warum ich ihn gerufen hatte.

Seit dem vorigen Abend hatte ich im Bett meinen Zorn reifen lassen, mir immer die gleiche Frage zugerufen, die in der Einsamkeit einen herausfordernden Klang annahm: «Du hast also kein Vertrauen zu mir?» Von nun an war Salim meine Zuflucht. Ich war entschlossen, ihn wiederzusehen. Lella würde sich nicht ein zweites Mal überrumpeln lassen wie heute; sie würde alles daran setzen, mich am Ausgehen zu hindern. Ich aber würde ausgehen.

Zum erstenmal tauchte der Schatten des Skandals in meinem Geist auf. Ich sah bereits, wie ich ihm entgegentrat, entschlossen, gewappnet nur mit meinem Willen und der tiefinneren Gewißheit, meine Freiheit zu erringen. Ich wußte, daß ich mit niemandem rechnen konnte. Salim würde in diesem neuen Spiel für mich ein Werkzeug sein. In Wahrheit konnte meine Hellsichtigkeit so weit nicht gehen. In meinen einsamen Augenblicken nahm Salims Bild eine Klarheit an, die es bis dahin, in der Verwirrung meines ersten Gefühlsaufruhrs nie gehabt hatte. Wenn ich gewagt hätte, das Wort Liebe auszusprechen, würde ich mir zweifellos gesagt haben, daß ich anfing, ihn zu lieben. Es war nur mein zweites Gesicht, das ich verführerischer fand.

«Nun, was gibt es Neues?»

Diesmal mußte ich antworten. Ich nahm ihm seine Hartnäckigkeit übel. Er wartete, scheinbar gelassen. Ich nahm mir die Zeit, mein Glas auszutrinken und noch eine Minute in dieser bequemen Leere meines Geistes zu verharren, bevor ich mißgelaunt antwortete: «Vorgestern war meine Stiefmutter auf einer Hochzeit. Durch Ihre Kusine Dudscha hat sie erfahren, daß die Ausreden, die ich vorbrachte, um ausgehen zu können, erfunden waren... Sie hat eine Erklärung von mir verlangt.»

Er runzelte die Stirn und schwieg eine Weile, den Blick ins Leere gerichtet. Dann fragte er in einem Ton, der mir weh tat: «Und welche Ausreden brauchten Sie?»

«Glauben Sie denn, ich hätte ohne irgendeine Erklärung das Haus verlassen können?» antwortete ich entrüstet. «Da ich ein- oder zweimal zu den Zusammenkünften gegangen bin, die Ihre Kusine organisiert, gab ich sie als Vorwand an.»

Ich hatte «Ihre Kusine» mit der gleichen Ironie ausgesprochen, die er angewandt hatte, als er von meinen «Ausreden» sprach. Verzweiflung ergriff mich: Er würde mir in meiner Revolte nicht beistehen.

Seit dem Beginn unserer Unterhaltung fühlte ich, daß ein andres Ich sich zwischen uns drängte, als wäre es in einem Gebiet aufgetaucht, wo es niemals hätte sein dürfen, jenes andre Ich, das bei meiner Heimkehr mit seltsamem Vergnügen Lügen wob. Und nun zog Salim mich weg von diesem Ort, wohin er, so hatte ich geglaubt, niemals kommen würde. Das tat so weh, daß ich den Tränen nahe war. Um meine Verwirrung zu verbergen, täuschte ich Erregung vor. Es war ja leicht, sein Unverständnis ungerecht zu finden; ich sagte es ihm unumwunden: «Wäre es Ihnen denn lieber gewesen, wenn ich zu

Hause gesagt hätte, ich käme von einem Rendezvous mit Ihnen?»

Ich wußte, daß meine Heftigkeit seine Intuition nicht täuschen würde. Deshalb wagte ich nicht, zum offenen Angriff überzugehen. «Ihre Kusine hätte vorsichtiger sein sollen», sagte ich in bitterem Ton.

Zu spät begriff ich meinen Fehler. Seine schroffe Antwort drang wie ein Messer in mich ein: «Dudscha kennt die Lüge nicht.»

Ich erwiderte nichts darauf. Wir blieben noch eine Stunde, einander gegenübersitzend auf den Ufern eines undurchdringlichen Schweigens. Eine Stunde, in der ich in mir eine ganze Reihe von Emotionen entstehen fühlte, vom Zorn bis zum Haß und der berauschenden Qual, nicht verstanden zu werden.

Draußen fuhren ständig Straßenbahnen vorbei. Ich hatte den Eindruck, als sähe ich stets denselben Wagen vor mir halten und dann weiterfahren, um meiner Einsamkeit das Schauspiel ungezählter finsterer Gesichter darzubieten. Kaum hatte ich ihr stilles Hohngelächter vergessen, da tauchten sie von neuem auf. Ich schloß endlich die Augen, vor dieser Flut toter Blicke resignierend. Mochte ich Salim später noch so rachsüchtig anstarren, damit er mich erlöse – es schien ihn nicht zu berühren.

Wir trennten uns auf der Straße, an der gewohnten Stelle, ohne ein einziges Wort. Als er als erster sich abwandte, begann ich einen Augenblick lang schwach zu werden; es drängte mich, ihm nachzurennen, ihn zurückzurufen, ihn endlich wiederzufinden. Er entfernte sich bereits auf der andern Straßenseite. Die Tränen hinunterschluckend, ging ich in meine Richtung. Ich blieb einen Augenblick stehen und lehnte mich gegen eine Mauer.

Ein Passant stieß einen Pfiff aus, als er mich da stehen sah. Ich setzte meinen Weg fort, den Kopf gesenkt, dahingetragen im Strom der Straße.

6

Am nächsten Morgen öffnete ich die Augen früher als sonst. Thamanis Stimme, die durchs Fenster zu mir drang, besudelte den Tag. Ich hörte ihren Schritt auf der Treppe. Tante Sohras Stimme rief sie zurück und schien sie vor etwas zu warnen. Aber Thamani kam näher, mit einem leisen Lachen. Sie stieß die Tür auf.

Ich wunderte mich nicht über ihr Eindringen. Seit dem vorigen Tag verbrachte ich meine Zeit im Bett, mit leerem Kopf. Ringsum waren die andern geschäftig. Ihre Geräusche landeten, kaum wirklich, auf meinem Bett. Seit undenklichen Zeiten, so schien es mir, nahm ich die Welt nur vom Grund meiner Trägheit aus wahr. Ich streckte mich auf meinem Bett aus, wenn Angst und allzu große Einsamkeit mich bedrängten. Ich zwang mich dazu, zu schlafen, die Augen zu schließen, nur die Geschmeidigkeit meiner ausgestreckten Gliedmaßen zu fühlen, die für so viel Reglosigkeit zu lebendig waren und die so zu zwingen mir Vergnügen machte.

Thamani hatte sich zu mir ans Bett gesetzt. Sie hatte den Schleier zurückgeschlagen und ihre Bluse oben aufgeknöpft. Schwer atmend bückte sie sich, um ihre Pluderhose bis zu den Knien hochzuziehen. Die Beine gespreizt und die Arme verschränkt, blieb sie einen Augenblick lang ächzend in dieser Stellung sitzen. Ihre braunen Fleischmassen schimmerten von Schweiß. Der rauhe Klang ihrer Stimme machte mich völlig wach.

«Nun», sagte sie, «es scheint, du bist krank!»

«Nein, mir geht's gut.»

Mit dem Finger hob sie mein Kinn, dann blickte sie mich eindringlich an und meinte teilnahmsvoll: «Aber nein, du bist ja ganz gelb im Gesicht, deine Haut ist schlaff. Das ist ein schlechtes Zeichen.»

«Es ist bloß die Hitze.»

«Ich kenne mich aus», gab sie lächelnd zu verstehen; «es sind bestimmt die Nerven, das ist ganz normal. In deinem Alter solltest du verheiratet sein. Was du brauchst, ist ein Mann!»

«Bist du heute morgen gekommen, um mir das zu sagen?» antwortete ich kühl.

«Ach, reg dich nur nicht auf! Man hatte mir versichert, du seist viel kränker.»

Nicht bereit, mich in Ruhe zu lassen, begann sie, mit dem Blick jeden Winkel des Zimmers zu inspizieren, während sie sich schnaufend über die Stirn wischte.

«Soso, hier schläfst du also, mit deiner Stiefmutter?»

Ich wartete auf das, was folgen würde. An der hinterhältigen Art, wie sie «deine Stiefmutter» sagte, konnte ich den Zweck dieses morgendlichen Besuchs erraten.

«Ihr solltet dieses lange Zimmer unterteilen. Du hättest mehr Privatsphäre. Du wirst die Universität besuchen und brauchst, wie ein Junge, bei der Arbeit deine Ruhe... Wir zu Hause haben nur zwei Räume. Nun, da habe ich zu Sliman, meinem jüngeren Bruder, gesagt: ‹Nimm ein Zimmer für dich. Dein Studium geht allem andern vor.› In dem andern lebe ich mit meiner Schwester und all meinen Nichten.»

Ich unterbrach ihr Geschwätz.

«Lella stört mich nicht. Ich komme ganz gut zurecht.»

Sie warf mir einen hinterhältigen Blick zu.

«Stimmt, du verträgst dich gut mit Lella Malika. Das ist verständlich, sie ist ja so alt wie deine Schwester Scherifa... Sie ist heute nicht da; morgens geht sie wohl oft aus?»

«Sie ist mit Sineb zum Arzt.» Mit einem Lächeln fügte ich hinzu: «Deswegen hast du es wohl gewagt, heraufzukommen?»

Sie protestierte laut, ihre Rolle bis zum Ende spielend, ohne Anstrengung, und ich glaube, sogar mit Vergnügen: «Aber nein, dich wollte ich doch besuchen!... Du weißt doch, ich betrachte dich wie meine eigene Tochter. Als deine Mutter noch lebte und du fünf oder sechs Jahre alt warst – ach ja, ich erinnere mich noch so gut an dich – nun, damals gehörte ich ja auch zu eurem Haus. Jetzt grüßt mich dein Bruder nicht mal mehr, wenn er mir begegnet; er geht an mir vorbei und dreht mir den Rücken zu, als wäre ich der Teufel in Person.»

Sie sprach in weinerlichem Ton. Ihre Stimme summte mir in den Ohren. Eine Zeit lebte wieder auf, die Zeit, die Scherifa noch gut in Erinnerung hatte.

Es war die Zeit, da man meinen Vater, Si Abdelasis, nur einmal in der Woche zu Hause antraf; er war zu sehr in Anspruch genommen von seiner Tätigkeit als Agha und von den Frauen, die einander in einer Wohnung folgten, welche er sich im Europäerviertel eingerichtet hatte, wenn er nicht überhaupt in Paris war, um die Unterstützung «einer ergebenen und dankbaren eingeborenen Bevölkerung» zu bekunden. Vielleicht aber hielt er sich auch in irgendeinem Badeort auf, wo er seine hohe, edle Gestalt vor eleganten Frauen verneigte. Währenddessen empfing meine Mutter mit undurchdringlichem, verrunzeltem Gesicht die Frauen der Bittsteller, ging zu den Festlichkeiten, wo sie die älteste und traditionsreichste

Familie der Gegend repräsentieren sollte. Scherifa hatte mir von der Rolle erzählt, die Thamani gespielt hatte, von dem «väterlichen» Interesse, das mein Vater dieser Tochter eines seiner Bedienten entgegenbrachte, ein Interesse, über das die Leute lange getuschelt hatten. Mit Recht, so schien es, denn dieser Mann hatte schließlich die in unserer Gesellschaft geltenden Gebote der Diskretion nicht beachtet.

Bis in jene Zeit zurück reichte Farids Haß auf diese Frau. Thamani ihrerseits hatte gegenüber den andern eine geringschätzige Vertraulichkeit angenommen, als ob Si Abdelasis' Protektion noch immer über ihr schwebte. Vielleicht war es die Erinnerung an diese Rangerhöhung, die sie voller Stolz ihre Kolliers und die zu einer Kette aneinandergereihten goldenen Louisdorstücke an ihrem fetten Hals zur Schau tragen ließ; vielleicht war es ihre einstige, von einem zynischen Genießer gehätschelte Jugend, die ihre Brüste wogen ließ, wenn sie auf Hochzeiten unter die anständigen und konservativen Bürgerfrauen trat. Sie trompetete dann, sie höhnisch herausfordernd: «Mit diesem Gold werde ich meinem Bruder Sliman seine Arztpraxis kaufen. Er ist mit seinem Studium bald fertig. Dann werde ich ihn mit einer Frau verheiraten, die ich ihm aussuchen werde.»

Ich kehrte in die Gegenwart zurück. Thamani erging sich noch immer in den gleichen Klagen: «Wenn ich bedenke, daß ich jetzt, wenn ich dich besuchen will, es ganz heimlich tun muß! ... Was hat Lella Malika eigentlich gegen mich? Ich habe ihr doch nichts getan! Im Gegenteil! ... Nach dem Tod deiner Mutter mußte dein Vater doch schließlich wieder heiraten; wenn ich da nicht gesagt hätte, ich habe ein schönes Mädchen bei den Jussefs gesehen, wem wäre es dann eingefallen, sie bei diesen

Leuten zu suchen? Es waren ja fast noch Bauern; erst kurz zuvor waren sie nach Algier gekommen.»

«Kennst du die Familie Jussef gut?»

Meine Neugier erwachte, bereit, sich auf den geringsten Anhaltspunkt zu stürzen.

«Ich? ... Ach, so wie alle Welt ... Sie haben jetzt das schönste maurische Bad in der ganzen Stadt. Vorher aber, als deine Stiefmutter noch bei ihnen war, hatten sie ein ganz kleines, in Belcourt. Sie sind seitdem jedoch zu Wohlstand gelangt und haben gute Geschäfte gemacht.»

«Hast du Lella in Belcourt zum erstenmal gesehen?»

«Ja. Sie war mit ihnen nach Algier gekommen. Nach dem Tod ihrer Eltern blieb ihr noch Jussefs Frau, eine entfernte Kusine von ihr, glaube ich.» Sie dachte einen Augenblick nach. «Sicher spekulierten sie darauf, sie reich verheiraten zu können. Der dicke Jussef tut nichts aus Selbstlosigkeit ... Sie hatten sie übrigens an die Kasse gesetzt, damit alle Kundinnen sie sähen.»

Thamani schwieg. Ich wollte keine Fragen stellen. Schließlich sagte sie mit funkelnden Augen: «Aber du kennst doch die Jussefs?»

«Kaum», sagte ich. «Sie kommen schon seit langem nicht mehr hierher. Hin und wieder, bei seltenen Gelegenheiten, besucht uns noch die Alte. Das ist alles ...»

«Aber da ist auch die Mutter und Dabbia, ihre hinkende Tochter. Scherifa kennt sie bestimmt gut; sie und deine Tante besuchen regelmäßig ihr Bad. Warum gehst du nicht hin, mit Lella?»

Ich gab keine Antwort. Sie beugte sich über mich und gab mir einen feuchten Kuß. Sie richtete sich auf, beugte sich dann von neuem vor, um mir wie eine Mitverschwörerin zuzuflüstern: «Ich hätte gern eine Auskunft.»

Ich wartete, mit plötzlich pochendem Herzen. «Ist Sineb schwanger? Sie ist doch schon sechs Monate verheiratet.»

«Davon weiß ich nichts.»

«Aber du sagtest, deine Stiefmutter sei mit ihr zum Arzt gegangen.»

«Ich weiß nicht das geringste», rief ich.

Sie verließ das Zimmer. Ich hörte, wie sie mit schwerem Schritt die Treppe hinunterging und sich dann lärmend von den Tanten verabschiedete. Warum war sie eigentlich gekommen? Sinebs wegen? Um zu erfahren, ob ich neulich gelauscht hatte? . . . Ich war froh darüber, daß ich von meinem Verdacht, den ich Lella gegenüber hegte, nichts gezeigt hatte. Aber Thamani hatte dennoch aufs Geratewohl etwas ausgesät. «Gehst du nicht in dieses maurische Bad?» hatte sie gefragt.

Warum nicht hingehen? Warum nicht zu dir zurückkommen, Lella, zu dem, was noch drohend im Dunkel umherirrt, und dem ich bis jetzt noch nicht ins Auge zu blicken wagte? Denn ich mußte mich mit der unglaublichen Tatsache abfinden, an die ich niemals gedacht hatte: Lella hatte eine Vergangenheit.

An den folgenden Tagen bediente ich mich meiner Trägheit als eines Schutzschilds. Ich verließ mein Bett nicht. Zweimal täglich kam Sineb zu mir, sanft, beinahe furchtsam: «Komm zum Essen.»

«Ich habe keinen Hunger.»

«Bist du krank?»

«Nein.»

«Komm essen... Farid wird nach dir fragen.»

Ich wollte nicht essen. Jeder Gedanke an Nahrung flößte mir Abscheu ein. Sineb verschwand erschreckt. Kurz darauf kam Lella; kühl fragte sie: «Du bist krank?»

«Ich habe keinen Hunger, weiter nichts.»

«Wahrscheinlich ist es nur eine Laune.»

Es war eine Laune. Sie sagte die Wahrheit. Ich wurde mir plötzlich bewußt, daß dieser Starrsinn nur meinem Wunsch entsprang, daß die andern sich um mich bemühen sollten; auf diese Weise könnte ich mich in meinen Trotz gegen das Schicksal besser vergraben. Es war eine Laune. Es genügte, daß sie es aussprach, und die Nutzlosigkeit meines Verhaltens wurde mir klar; in dieser kindischen Halsstarrigkeit tötete ich in mir das Leid, das Salim mir zugefügt hatte.

Ich stand auf. Als ich dem, was ich gewissermaßen als ein Zeremoniell meines Schmerzes betrachtet hatte, ein Ende machte, gestand ich mir ein, daß ich eines wahren Liebeskummers noch nicht würdig war.

Das maurische Bad war voller Kinder, die von den Frauen jeden Donnerstag hingebracht und von Kopf bis Fuß gewaschen werden, während sie aus Gewohnheit unermüdlich im Chor brüllen. Ihr langgezogener Singsang drang bis in den kühlen Raum, wo ich, in der Nähe des Wasserbeckens auf den Fliesen ausgestreckt, mich ausruhte.

Ringsum schwatzten die Frauen; sie hatten alle denselben bunten Schurz um die Hüften geschlungen. Scherifa verließ, in Handtücher gehüllt, bereits das Bad. Sie blieb nie länger als eine halbe Stunde in diesem Dampf; in den Vorräumen, wo man sich ankleidete, ruhte sie noch lange, vor sich hin dösend, auf einer Matratze.

Ich hatte mir Apfelsinen bringen lassen; ich aß, während ich meine Füße hin und wieder in das eiskalte Wasser des Beckens tauchte. Ich fühlte mich wohl. Manchmal öffnete sich die Tür, die uns von den heißen Sälen, dem Herzen des Hammam, trennte. Dann drangen seltsame, vom Dampf kaum erstickte Geräusche zu uns: Kinder quengelten, Wasser rieselte auf glühendheiße Fliesen, die Hände der Masseusen klatschten auf die Rücken fetter Frauen. Ich tauchte meine Füße wieder in das kalte Wasser und schälte noch eine Apfelsine, deren Saft mir beim Essen über die Backen rann. Ich genoß die Mattigkeit meines Körpers. Ich rührte mich nicht mehr.

Plötzlich ließ mich eine Stimme zusammenfahren. Thamani kam. Sie trug einen grüngestreiften Schurz, der über ihren schweren Brüsten zusammengeknotet war. Es sah aus, als wäre sie nackt. Scherifa hatte ihr offenbar erzählt, daß ich hier war, denn sie schien nicht überrascht zu sein, als sie mich sah. Sie pflanzte sich vor mir auf.

«Du bist also doch gekommen?» fragte sie in sanftem Ton.

Dann setzte sie sich, ohne meine Antwort abzuwarten. Sie löste ihr feuchtes Haar und begann es mit langsamen Bewegungen zu kämmen. Ich schaute zu, wie der Schildpattkamm über das schwarze Haar glitt; es bildete jetzt einen Vorhang rings um ihren großen Kopf. Wie sie so dakauerte mit ihren Strähnen, die sie wie ein Büschel langer Wurzeln umflossen, ähnelte sie einer monströsen Giftpflanze. Ringsum bewegten sich die Frauen. Das Gewicht des Haares, das ihnen bis zu den Hüften reichte, zog ihre Köpfe nach hinten, und dies verlieh ihnen eine edle Haltung. Thamani brachte mit ihrem schallenden Lachen und ihrer klangvollen Stimme eine dämonische Note in diese Welt. Sie war inzwischen fertig mit Kämmen und betrachtete mich, während sie wiederholte: «Du bist also doch ins maurische Bad gekommen.»

«Du wußtest, daß ich kommen würde?»

Sie hatte sich vornübergebeugt, mit einem Blick, als

hätten wir ein Geheimnis miteinander. Sie zögerte vor meinem spöttischen Lächeln und suchte dann nach Ausflüchten. Sie legte ihre feuchte Hand auf meinen Fuß und umspannte meinen Knöchel.

«Du bist mager!» sagte sie beinahe mütterlich. «Du bist mager. Die alten Weiber bei uns haben es gern, wenn die jungen Mädchen schön fett sind. Sie wollen sie betätscheln und wie Geflügel abtasten, bevor sie eine für ihren Sohn aussuchen!»

Ich befreite meinen Fuß und stand auf. Über die Schulter hinweg rief ich ihr zu: «Ich geh hinein, um mich zu waschen.»

Noch fühlte ich ihre Hand auf dem Rücken; ihre Stimme sagte dicht neben meinem Ohr: «Ich bin in der gleichen Kabine mit dir. So werden wir uns unterhalten können.»

Ich gab keine Antwort. Ich wußte, warum sie mir nachstellte.

Bäuchlings auf den warmen Fliesen liegend, versuchte ich zu schlafen, während die harten Hände der Masseuse über meinen Rücken glitten. Sie nahm ihre Korkplatte, um mich mit weit ausholenden Bewegungen zu striegeln; ich spürte, wie das Gewicht ihrer Anstrengung vom Nacken bis zur Taille lief. Vor Wohlbehagen döste ich ein.

Das Ohr auf dem Boden, vernahm ich die Geräusche des Bades wie durch einen Traum. In diesen von Dampfschwaden durchzogenen Räumen, wo nur halbnackte Körper sich bewegten, hatte ich bis in meine pochenden Schläfen hinein das seltsame Empfinden, als stände das Leben für immer still. Die Außenwelt war von mir nicht durch einfache Türen und einige Flure getrennt, sondern durch eine unwirkliche Zone, hinter der meine Kleider, mein Name, alle meine Gewohnheiten auf mich warteten. Ich brauchte meinen Körper nur den rauhen Händen einer Masseuse zu überlassen und von Zeit zu Zeit mein Gesicht in frisches Wasser zu tauchen. Von den andern nahm ich nur Echos wahr, die durch den Dampf gemildert wurden; sie schlugen gegen das Glasdach, über dem ich keinen Himmel erahnte.

Thamani, die vor sich hin singend eintrat, führte mich in andere Welten zurück. Sie summte eine Melodie, die man seit Jahren dauernd bei Festlichkeiten hörte. Ich blieb in derselben Haltung liegen. Als die Masseuse fertig war, reichte sie mir eine Schale mit kaltem Wasser: «Hier, ruh dich einen Augenblick aus. Ich bringe dir gleich einen Bademantel.»

Thamani ging zum nächsten Becken. Während sie fortfuhr zu singen, übergoß sie sich im Stehen mit heißem Wasser, dessen Tropfen zu mir herüberspritzten. Ich wandte mich zu ihr. Sie blinzelte und war plötzlich wie entfesselt. Die Beine gespreizt und ohne sich von der Stelle zu rühren, bewegte sie ihren riesigen Bauch und ließ ihn gegen die Brust schnellen. Sie unterbrach ihren Gesang durch breites Gelächter; das Gesicht verzerrt, hielt sie die Augen auf diese wabbelnde Masse gerichtet. Schließlich rutschte ihr Schurz herunter, und die gelblichen Brüste begannen ebenfalls grotesk und obszön zu schaukeln. Angewidert wandte ich den Kopf ab.

Sie lachte wieder und knurrte dann befriedigt: «Du siehst, ich weiß, wie man bauchtanzt!» Dann fragte sie leiser, mit leuchtenden Augen und das Gesicht vom Tanz erregt: «Bist du gekommen, um die Jussefs zu sehen? Willst du sie besuchen?»

«Ich?... Nein!»

Ich war aufgesprungen.

«Ach was, du brauchst dich nicht zu genieren. Du könntest mit mir kommen; sie wohnen gleich nebenan. Übrigens, das Hinkebein wird bestimmt an der Kasse sein. Wenn sie uns zusammen sieht, wird sie uns einladen... Dann können wir plaudern.»

«Nein!» schrie ich.

Ich verließ das Bad und wußte nicht mehr, ob ich aus Müdigkeit oder Widerwillen abgelehnt hatte.

Als ich nach Hause kam, wartete Mina auf mich.

«Dudscha hat mir heute morgen diesen Brief gebracht. Ich glaube, er ist von ihrem Vetter.»

«Danke.»

Ich ließ Mina bei Sineb und ging in mein Zimmer. Klopfenden Herzens öffnete ich den Brief. Ich las hastig die wenigen Worte: «Ich erwarte Sie morgen um vier Uhr am gleichen Ort. Setzen Sie alles daran, um kommen zu können. Salim.»

Mina kam mir nach. Fieberhaft fragte ich: «Hat Dudscha dir diesen Brief gegeben? Was hat sie dir gesagt?»

«Sie war heute morgen bei mir; wir haben zusammen das nächste Treffen vorbereitet. Bevor sie ging, sagte sie noch: ‹Es scheint, daß ich neulich bei Dalilas Stiefmutter eine Dummheit begangen habe. Entschuldige mich bei Dalila und gib ihr diesen Brief; er ist von Salim.›»

«Das ist alles?»

«Ja... Aber was hast du denn?»

Ich war Mina um den Hals gefallen; ich küßte sie lachend und tanzte mit ihr im Kreis herum. Mit Entzücken fand ich meinen Leichtsinn wieder.

«Ach, Mina, wenn du wüßtest, wie glücklich ich bin!»

«Aber was hast du denn?»

«Setz dich!»

Ich zwang sie, sich hinzusetzen. Ich trat zu ihr, die Augen voller Fröhlichkeit. Im tiefsten Innern schwelgte ich darin, das, was mich tagelang gelähmt hatte, in ein bedeutungsloses Mißverständnis zu verwandeln, das bloß meiner Ungeschicklichkeit zuzuschreiben war. Ich genoß es, die eingebildeten Gefahren ausgesetzt gewesene Naive zu spielen. Schließlich verfing ich mich völlig in dieser freudigen Erregtheit. Glücklich über Minas nachsichtiges Lächeln, gestand ich ihr schnell, fast außer Atem: «Ich habe geglaubt, er liebe seine Kusine... Er sprach von ihr in einem solchen Ton, daß ich eifersüchtig wurde. Wenn sie selbst aber dir diesen Brief für mich gegeben hat, dann ist sie für ihn... ist sie für ihn nur seine Kusine, weiter nichts... und wenn er wieder zu mir zurückkehrt, dann... ach, ich weiß nicht.»

Meine Aufregung legte sich. Ich streckte mich aus und legte den Kopf in Minas Schoß. Ich wünschte plötzlich, sie möge meine Worte nicht weiter beachten und keine Fragen mehr stellen. Ich hatte ihr nichts anvertraut; es war eine spontane Freude gewesen, die sie zufällig mit heftigen Strahlen übersprühte. Mina flüsterte, sich zu mir herabbeugend: «Er liebt dich, nicht wahr? Er hat es dir doch wohl gestanden?»

Ich errötete beschämt unter diesen Fragen, denen ich nicht gewachsen war. Ich wußte nicht mehr, wie ich mich verteidigen sollte, und das kindische Verhalten von vorhin stellte mich bloß.

«Aber nein, es ist nichts von dem, was du denkst... Ich bin glücklich, weiter nichts!»

Sie lachte, und dabei funkelten ihre Augen: «Sei doch nicht so geheimnistuerisch!»

«Es gibt keine Geheimnisse zu verbergen, ich versichere es dir!»

Mit einem Satz sprang ich auf. Ich wandte ihr den Rücken zu und wiederholte, haßerfüllt: «Ich habe nichts zu verbergen.» Schon meine glühenden Wangen mußten ihr das Gegenteil verraten, und ich verachtete mich selbst für meine lächerliche Schwärmerei. Ich trat ans Fenster. Ich hob den Vorhang vor dem Himmel, der über den Terrassen hing, vor der Nacht, die hereinbrach.

7

Er erwartete mich an der gewohnten Stelle. Als ich die Straße überquerte, befiel mich plötzliche Angst. Ich wich Salims Blick aus; ohne ihm die Hand zu drücken, murmelte ich dumpf guten Tag und ging dann zitternd neben ihm her. Den Kopf gesenkt, verschloß ich in mir die Erinnerung an das Gesicht, das mich nicht angelächelt hatte; finster und feindlich stand es vor mir. Schließlich vergaß ich, daß es derselbe Mann war, der neben mir her schritt.

Ich ärgerte mich wegen meiner übereilten Freude von gestern. Ich wiederholte mir den Inhalt des Briefs: «Ich erwarte Sie morgen um vier Uhr am gleichen Ort. Setzen Sie alles daran, um kommen zu können. Salim.» Gewiß, keines dieser Worte bedeutete eine Versöhnung oder ihr Bevorstehen. Enttäuscht sah ich mich von neuem in diese Welt der Lähmung und der Verbissenheit zurückgetaucht. Schon bemühte ich mich aus einer kindischen Regung heraus, in gewissem Abstand neben ihm zu gehen; ich wollte nicht mehr, daß man uns für ein Paar hielt, sondern nur für zwei Menschen, die durch den Zwang der Umstände zusammengekommen waren.

Dennoch hätte ich ihm gerne nahe sein, eine Geste,

gleich welche, machen und ihm die Hand reichen mögen. Ich konnte es nicht. Und doch, wie hoffnungsvoll war ich gekommen! Wie glücklich wäre ich gewesen, ihm in die Augen zu schauen, seinen Arm zu ergreifen, mit einer dieser vertrauten, instinktiven Bewegungen, die ich bei ihm machte, um auf der Straße einem Wagen auszuweichen, um im Gedränge nicht angestoßen zu werden. Ich war nicht mehr daran gewöhnt, auf der Straße allein zu sein und allein ihrem namenlosen Strom die Stirn zu bieten.

Als wir das Café betraten, fühlte ich, wie ich vor Mutlosigkeit schwach wurde bei dem Gedanken an die endlosen Stunden, die uns dort, am gleichen Tisch, erwarteten. Ich hätte fliehen mögen. Gedankenverloren zog Salim seinen Stuhl heran und setzte sich. Ich stand reglos und steif da; mein Schweigen sollte herausfordernd wirken. Er warf mir einen fragenden Blick zu. Da setzte ich mich in dem Gefühl meiner Ohnmacht. Auf alle Fälle nahm ich wieder Besitz von meinen Gewohnheiten, vom Anblick der Straße, von den Geräuschen im Café, die sich in der Kühle dahinschleppten. Der Lärm von scheppernden Eisenteilen, der die Ankunft der Straßenbahn ankündigte, erschütterte die Schläfrigkeit hier drinnen. Von Zeit zu Zeit wischte sich Salim über die Stirn, bestellte zu trinken.

«Wann haben Sie den Brief bekommen?»

«Gestern.»

«Was denken Sie darüber?»

«Ich?» antwortete ich vorsichtig. «Nichts. Ich bin gekommen. Das ist alles.»

«Haben Sie tatsächlich keine Vorstellung von dem, was ich Ihnen sagen wollte?»

Ich schüttelte den Kopf. Seine Halsstarrigkeit wirkte

ironisch, fast zärtlich. Ich schlug die Augen nieder, denn ich fühlte mich nur allzu bereit, an seine Brust zu sinken, um endlich die einsamen Glücksstunden zu verströmen, die ich mitgebracht hatte. Verwirrt sah ich ihn schließlich an. Über sein Gesicht huschte ein Lächeln, aus dem ich Hoffnung herauszulesen glaubte. Er stand auf, beugte sich zu mir und sagte: «Gehen wir anderswohin.»

Ich folgte ihm. Während er vor mir herging, wiederholte ich mir in einer seltsamen Ruhe, die sich über mich senkte, sein letztes Wort: anderswohin. Langsam stieg in mir eine glühende Unterwerfung auf, die mich, das fühlte ich, ihm bis ans Ende der Welt würde folgen lassen.

Am Ausgang der Stadt lief der Boulevard in einer breiten Biegung hinab zum Hafen und endete in einer langen gepflasterten Straße; auf beiden Seiten standen riesige graue Schuppen, deren Schatten Flecken auf den Asphalt warfen. Es war sechs Uhr; Hafenarbeiter kamen in Gruppen von der Arbeit. Mein Blick verweilte auf den finsteren, lederhäutigen Arabergesichtern, deren stolze Züge ich mit plötzlichem Respekt entdeckte. Wir gingen um eine Kneipe herum, einen schlichten Eisenschuppen, aus dem Arbeiter herauskamen, miteinander diskutierend und eine Flasche Rotwein in der Hand. Betrunken schwankten sie an uns vorüber.

Nachdem wir unbebautes Gelände überquert hatten, wo Schiffsladungen Holz gestapelt waren, schlenderten wir am Hafenbecken entlang. Mein Fuß stieß an einen Stein; ich stolperte; Salim hielt mich am Arm zurück. Ich lächelte ihn spontan an und vergaß, daß seine Hand noch immer auf meiner Schulter ruhte. Mit glänzenden Augen atmete ich die Meeresluft ein.

«Ich liebe diesen Geruch!»

«Sind Sie zum erstenmal hier?»

«Ja», antwortete ich, ohne zu bemerken, daß alle seine Äußerungen bisher nur Fragen gewesen waren. «Wissen Sie, ich kenne nichts von Algier noch von sonst einer Gegend.»

Das Meer umgab uns. Voller Entzücken betrachtete ich die im Schlaf liegenden Schiffe und zu unsern Füßen die unzähligen Barken und Boote, die sich wie ein Insektenschwarm niedergelassen hatten. Auf dem unbewegten Wasser spiegelten sich die letzten Sonnenstrahlen; ihre blutroten Bahnen besudelten einen reglosen Himmel. Noch hielten die Tiefen des Wassers die Nacht zurück.

Wir gingen den Hafendamm entlang. Die roten Stapel frischen Holzes, die wie leere Gefängnisse aussehenden finstern Schuppen und die öden Straßen hatten wir hinter uns gelassen. Ich bückte mich, um mich im Meer zu spiegeln, und war nicht einmal enttäuscht, als ich zu meinen Füßen Moderwasser entdeckte, auf dem Holzstücke und Fruchtschalen schwammen; Streifen schmutzigen Öls verliefen dort in schwarzen Tränen.

Ich schaute doch lieber auf und betrachtete in der Ferne den Horizont, tat lieber die Augen weit auf, um den Himmel in mich einzusaugen. Ich hätte noch weit gehen mögen, so weit wie möglich. Eine fieberhafte Freude erfüllte mich. Ich drehte mich nach Salim um, der zurückgeblieben war. In meiner Erregtheit wollte ich, daß wir schneller gingen. Ich sagte es. Ich weiß nicht, wie es kam, aber auf einmal hatte ich seine Hand gefaßt und zog ihn laufend und lachend mit mir fort... Es war kein Kinderspiel.

Am Ende des Hafendamms setzten wir uns, dem Himmel ganz nahe. Rings um uns altes Eisengerümpel, als ob die Erde am Ort ihrer Begegnung mit dem Meer ihre höllischen Eingeweide, all ihre Häßlichkeit habe ausstoßen wollen. Uns umgab das Schweigen der Welt vor Anbruch der Nacht. Ich erinnerte mich unseres Lachens vorhin, als stamme es aus einer andern Zeit. Wir waren am Fuße einer zerfallenen und schmutzigen kleinen Mauer stehengeblieben, die so abgeschieden war wie ein letzter Wall. Ich hatte meinen Schal über den steinigen Boden gebreitet und mich neben Salim gesetzt, im Herzen den Keim einer unerklärlichen Furcht.

Ein Mann in Uniform kam vorüber; er musterte uns lange: Ich saß mit ausgestreckten Beinen ganz gerade gegen die Mauer gelehnt, und Salim blickte, auf die Ellbogen gestützt, gedankenverloren vor sich hin. Die Neugier des Mannes ließ mich gleichgültig, aber wider Willen stellte ich mir das Bild vor, das wir ihm boten. Es setzte mich in Verwirrung.

Seit Salim das Wort «anderswohin» gesprochen hatte, durchdrang mich langsam die Ahnung von etwas Unausweichlichem. Ich empfand, als ich die Augen schloß und mich dem Jetzt überließ, ein Gefühl unendlicher Berauschtheit und von Größe. Warum nur war ich hierhergekommen? fragte ich mich und grübelte gleichzeitig über diesen Willen zur Hingabe nach, der mich getrieben hatte, Salim zu folgen. Er sagte kein Wort. Ich erkannte, ohne ihn anzublicken, die Umrisse seines Gesichts, das sich gegen das Meer abhob. Er wartete wie ich.

Ich weiß nicht, in welchem Augenblick er den Kopf in meinen Schoß legte. Vorsichtig ließ ich es geschehen. Sanft tauchte ich meine Hände in sein Haar und fuhr mit den Fingern hindurch. Der Himmel, das Meer, die Welt verströmten ein bläuliches Licht, das die Umrisse der Dinge vergrößerte. Traumfarbe, Farbe eines reglosen, endlosen Traums.

Langsam, unergründlich, ohne einen Laut verrann die Zeit. Mir war, als würde bis in alle Ewigkeit diese Bewegung meiner Finger in seinem Haar andauern, diese große Gestalt dort liegen, die ich nicht anzuschauen wagte, diese schwindende Helle bestehen bleiben, die wie ein Geschenk um uns her verstreut war.

Plötzlich schaute mich Salim voll an und bot mir seine Züge, die ich mit dem Finger zu umfahren begann. Dann schloß er die Augen; er schien zu schlafen. Ich hätte so verharren mögen, um auf diesem Antlitz das verschwiegene Lächeln der Nacht zu erwarten. Eine seltsame Ruhe erfüllte mich, als ob die Dunkelheit, die vom Horizont herkam, mich von irgendeiner Gefahr befreien würde. Schließlich murmelte ich nach einiger Überwindung – denn es schmerzte, mich von dieser fugenlosen Zeit loszureißen: «Wir müssen gehen. Es ist schon spät!»

Er schlug die Augen halb auf. Ich wich seinem Blick aus.

«Salim, wir müssen...»

Seine Hand legte sich auf meinen Nacken und beugte meinen Kopf herab. Sein Blick kam langsam näher.

«Salim...»

Jäh machte ich mich frei. Ich erhob mich. Als auch er aufstand, lächelte ich verwirrt, wie um mich zu entschuldigen.

«Ich muß mich kämmen», sagte ich, noch immer flüsternd, damit unser Erwachen nicht so plötzlich erfolge.

Ich lehnte mich gegen die Mauer und löste mein Haar, um den Knoten neu aufzustecken.

Er trat näher. In unbewußter letzter Ausflucht lächelte ich ihn vertrauensvoll an: «Halten Sie mir doch die Haarbänder!»

Er rührte sich nicht. Eine Sekunde lang hielt ich inne,

die Arme hochgerichtet, den Kopf rückwärts gebeugt, die Flut meines Haares im Nacken. Meine Haltung erschien mir plötzlich aufreizend. Ich wollte die Arme sinken lassen, als ich an seine Brust fiel, das Gesicht gegen seine Schulter gedrückt. Ich schloß die Augen, die Zähne zusammenpressend wie in Augenblicken größter Angst. Und um so lange wie möglich meinen ersten Kuß hinauszuschieben.

Als ich die Augen aufschlug, blickte ich um mich. Die Nacht war herabgesunken. Auf dem vorhin noch reglosen Meer tanzten Lichter. Es war mir, als habe ich während dieser Minuten, da unsere Umarmung die Zeit aufgehoben hatte, die ganze Nacht durchquert.

Ich begriff, daß ich in der Stadt, die mich dort hinten so fremd erwartete, wieder lernen müßte zu leben.

Zu Hause stand Lella hoch aufgerichtet vor mir, sobald ich die Tür öffnete. Ihre barsche Stimme verwunderte mich. Ich war an Stimmen nicht mehr gewöhnt.

«Du kommst so spät heim, weil du weißt, daß Farid nicht da ist! Du nutzt das aus.»

«Wer hindert dich denn daran, es ihm zu sagen, wenn er zurückkommt?» antwortete ich in gleichmütigem Ton.

Ich wandte ihr den Rücken zu; ich wollte allein sein.

Im Zimmer oben machte ich kein Licht. Es war meine einzige Zuflucht. Draußen ging Lella mit nervösem Schritt umher; ich hörte, wie ihre Absätze die Galerien entlangklapperten. Sie schritt über die Fliesen einer anderen Welt. In diesem Augenblick sah ich sie in voller Klarheit. Ich begriff endlich, warum sie seit zwei Tagen in diesem leeren Haus so schnell umherging. Ihre Vorwürfe entsprangen einer anderen, finsteren Verzweiflung, die sie sich nicht eingestand. Sie war einsam.

Farid war mit Sineb zu deren Eltern gefahren. Er hatte es seiner Frau, die über ihre Schwangerschaft nach diesen langen sechs Monaten des Wartens so glücklich war, nicht abschlagen können. Zum erstenmal hatte ich gesehen, daß er mit plötzlicher Ehrerbietung zu ihr sprach. Als sie sich verabschiedeten, hatte ich, während Farid lachend die Koffer hinuntertrug, Sineb voller Zuneigung umarmt.

Jetzt hörte ich, wie Lella eine Tür schloß, ans andere Ende der Galerie ging und hinaufstieg, um Wäsche zu holen, die auf den Terrassen trocknete.

Ich öffnete die Fenster, um das Mondlicht hereinfluten zu lassen. Die erhellten Zimmer im Erdgeschoß warfen lange rötliche Reflexe in die Nacht. Ich wandte den Kopf, um sie in den kleinsten Winkeln des riesigen Spiegels zu suchen. Ich fand dort mein Gesicht.

Nicht mehr in dieser Maske einer Fremden auf dem Grunde des Spiegels mußte ich mich von nun an suchen, sondern wohl jenseits ... Draußen wurde eine reife Frau von einem Geheimnis gequält. In mir ruhte nur das Glück, das nicht einmal einen Namen trug.

8

Farid war bereits drei Tage abwesend; drei Tage, an denen ich jedesmal entwischte. Den ganzen Tag wartete ich gespannt auf den Augenblick, da ich mir für Lella eine neue Lüge ausdenken mußte. Schon beim Erwachen war dies mein erster Gedanke. Schließlich erfüllte er mich vollständig, während ich in meinem Bett vor mich hin döste. Wenn die Lüge sich nicht von selbst einstellte, fiel sie mir schwer.

Meiner Ohnmacht bewußt, verhärtete ich mich. Ich würde ausgehen. Am ersten Tag hatte ich Lella mit gesenktem Kopf zugemurmelt: «Ich gehe zu Mina.»

Ich hatte mich davongemacht, ärgerlich über meinen Mangel an Unbefangenheit. Sie hatte nichts gesagt. Salim wiederum verabschiedete sich mit den Worten: «Bis morgen, um vier Uhr.» Ich sagte «ja», als ob alles kein Problem wäre. Dann kam ich nach Hause. Auf der noch nicht erhellten Galerie fragte Lella mit dumpfer Stimme: «Du kommst erst jetzt nach Hause?»

Ich gab keine Antwort.

Farid und Sineb waren «für einige Tage» verreist.

Für wie viele, wußte ich nicht. Angst überkam mich bei dem Gedanken, diesen Tagen ein Ende setzen zu müssen, diesen Stunden am Hafen, wo ich hinging, um der Nacht zu begegnen, die mir wie ein Tier mit weitgeöffneten Augen entgegensprang.

Wenn Farid morgen zurückkäme, fragte ich mich. Jeden Morgen fuhr ich mit klopfendem Herzen beim geringsten Geräusch zusammen.

Eines Morgens hörte ich unten eine Männerstimme. Es war zehn Uhr: Mein Schwager Raschid ging schon früh aus dem Haus und kehrte erst am Mittag zurück; Sidi war es auch nicht, denn ich hatte sein «Trek» noch nicht gehört. Ja, es war Farid... Ich lächelte entschlossen. Um vier Uhr sollte ich mich mit Salim treffen. Ich würde dort sein. Farid würde mir verbieten, das Haus zu verlassen. Dennoch würde ich gehen. Meine Phantasie raste. Und wenn er mir folgte, wenn er erführe, daß ich zu Salim ging?... Da wagte ich es, mit lauter Stimme in den leeren Raum zu sagen: «Wenn er mich mit Salim sieht, töte ich mich. Ich werde mich töten, wenn er etwas erfährt.»

Nun, da ich mich zu allem bereit fühlte, überkam mich ein erregender Rausch. Ich sah mich bereits, wie ich, von allem befreit, fortrannte, ziellos und bis zur Vernichtung fortrannte. Ein Gefühl des Stolzes packte mich. Ich genoß meine Macht. Oder vielmehr: meine Jugend. Denn einzig die Jugend versucht ihren ersten Mut in der Auflehnung.

Es war nicht Farid gewesen. Beim Mittagessen verkündete Lella, daß er geschrieben habe; er würde mit Sineb Ende der Woche zurückkommen. Ich hatte vier Tage Aufschub.

An diesem Tag kam ich später als sonst nach Hause. Ich bewahrte in meinen Augen die Erinnerung an die Stunden am Hafen, wo wieder ein Paar, regungslos dastehend wie Schiffsmaste, sich von der Nacht hatte umfangen lassen. Lella, in Schwarz gekleidet, empfing mich mit gespielter Kälte: «Mina ist um fünf Uhr vorbeigekommen. Sie schien dich seit langem nicht mehr gesehen zu haben. Ich wünschte, sie wäre noch geblieben, damit ihr euch wenigstens diesmal gesehen hättet.»

Ich gab keine Antwort. Hartnäckig fragte sie: «Was hast du darauf zu erwidern?»

«Ich? Nichts!» Mit hartem Blick fügte ich hinzu: «Wenn du Rechenschaft von mir verlangst, dann tu es in Farids Gegenwart.»

Sie erbleichte. Ich triumphierte. Ich wußte, daß sie nichts sagen würde. Bevor ich ging, fragte ich obenhin: «Thamani ist wohl heute abend da? Ich hörte ihre Stimme bei Lla Aischa.»

«Ja, sie ist dort», sagte sie, noch bleicher werdend.

Sie wandte sich um und ging. Zwischen uns gab es

keine Unklarheit mehr. Jetzt war sie fest davon überzeugt, daß ich neulich alles gehört hatte.

Ich stieg zu meinen Tanten hinab und setzte mich, zusammen mit meinen beiden Nichten, in eine Ecke des
Innenhofes. Die sieben Jahre alte Sakina war mein Lieb-
ling; sie war zart, hatte feine Züge, schwarze Locken und
einen quicklebendigen kleinen Körper. Ihre sanfte, ge-
setzte Stimme war fast die einer Frau. Anissa, die jüng-
ste, bat mich, ihr beim Ankleiden der Puppen zu helfen.
Am anderen Ende des Hofs saßen die Frauen rings um
Tante Sohra, die noch immer in ihre Näharbeiten vertieft
war. Auf ihrer Matratze, die man nach draußen gezogen
hatte, murmelte Lla Aischa ununterbrochen vor sich hin;
sie verbrachte ihre Zeit, Zwiesprache mit Gott zu führen,
von ihm einen raschen Tod und Linderung ihrer Schmer-
zen zu erbitten. Schließlich verfiel sie, alle Welt verwün-
schend, in ein höhnisches Gelächter: Wir würden sie allein sterben lassen, das wisse sie genau... Hin und wieder warf sie haßerfüllte Blicke zu den Frauen hinüber, die
damit beschäftigt waren, mit Thamani zu plaudern; dann
ließ sie mit einem Seufzer ihren Kopf zurücksinken.
Ich beobachtete die Gruppe der Frauen: Lla Fatma, Si
Abderahmans alte Ehefrau, die wohl, wie sie es immer
tat, Thamani gleich in ihr Zimmer hereingeholt hatte,
um sie nach Neuigkeiten über ihren Sohn zu befragen,
den Sidi seit seiner Verheiratung mit einer Europäerin
verstoßen hatte. An solchen Tagen leuchteten ihre Augen
vor Glück. Obwohl sich Thamani gewiß ihre Dienste
reichlich bezahlen ließ, war Lla Fatma, vor Dankbarkeit
bibbernd, den ganzen Abend um sie bemüht. Dieser Anblick war mir immer unerträglich.
Tante Sohra hielt den Kopf etwas tiefer gebeugt; hin

und wieder hob sie, die Schere in der Hand, den Stoff dicht vor ihre kurzsichtigen Augen, um die Nähte zu überprüfen. Ich konnte die Runzeln ihrer braunen Stirn und das halbergraute Haar, das unter ihrem Seidenschal hervordrang, genau erkennen. Die alte Jungfer hoffte seit vielen Jahren auf eine Ehe, die nicht kam. Mein Vater hatte zu seinen Lebzeiten stets versichert, er werde seine Schwester nur in eine gleichrangige Familie geben; diese Familien aber mißbilligten Si Abdelasis' anstoßerregendes Leben, zumal man wußte, daß er nicht nur sein Vermögen, sondern auch das seiner Schwester vergeudete. Er hatte alle Partien zurückgewiesen, die er als gering ansah. «Meine Schwester ist häßlich», sagte er. «Das aber ist kein Grund, um sie dem Erstbesten zu geben.»

Sohra hatte nach dem Tod meines Vaters wieder Hoffnung gefaßt; aber sie war schon nahe den Vierzigern. Seit langem schon stellte sich niemand mehr ein, nicht einmal eine der zahlreichen Partien, die Lella seit ihrer Verwitwung zurückwies. Ihre einzige Chance blieb Thamani. Bis jetzt hatte das Schamgefühl Sohra zurückgehalten. Sie und Thamani hatten nie die Köpfe zusammengesteckt, um gemeinsame Sache zu machen. Nun sah ich, daß meine Tante, wenn Thamani da war, mit noch größerem Eifer nähte.

Thamani stand auf, um zu gehen. Sie machte im Patio die Runde und verabschiedete sich von jeder einzelnen Frau. Ich hatte mich nicht von der Stelle gerührt; Sakina und Anissa hatten mich allein gelassen und waren zu ihrem Vater ins Zimmer gegangen. Thamani trat zu mir.

«Auf Wiedersehen, Dalila», begann sie mit lauter Stimme. Dann zischte sie, sich zu mir beugend: «Vorhin auf dem Boulevard Carnot war es nett, nicht wahr?»

Mir stand die Szene wieder vor Augen. Als ich vor

Salim herging, hatte eine verschleierte Frau, deren unver-
hülltes Auge mich beobachtete, mich im Gedränge angestoßen. Ich war an Salims Seite getreten; aber von weitem hatte ich gesehen, wie sie stehenblieb und lange
scharf zu mir hinblickte.

«Vorsicht! Du hast das Glück gehabt, diesmal mir zu
begegnen. Ich werde dir nichts Böses antun... Wenn
aber die andern... wenn dein Bruder...»

Ich starrte sie an, wütend darüber, daß ich mich erbleichen fühlte. Mir blieb nicht die Zeit zu antworten; schon
hatte sie mir den Rücken gekehrt.

In dieser Nacht lernte ich zum erstenmal das einsame
Gefühl der nahenden Gefahr kennen.

Dreimal bin ich mit Salim bis ans Ende des Hafendam-
mes gegangen, inmitten der Lagerschuppen, der Haufen
Eisengerümpels, weiter noch als die Holzstapel, deren
Weiße die vom Himmel niedergestiegene Helle lange be-
wahrte. Dreimal ging ich dorthin, als vollzöge ich einen
Ritus.

Ich betrat dann jenen aus Reglosigkeit bestehenden
Bereich, wo einige Bewegungen, eine Umarmung, ein
Gesicht, das sich mir gefahrbringend näherte und das ich
dennoch mit geschlossenen Augen willkommen hieß,
eine verwirrende Wirklichkeit annahmen. Sobald Salim
und ich schweigend in die Dunkelheit zurückgekehrt
waren, schloß sich das Geheimnis wieder.

Ich weiß nicht, welche Furcht mich an jenem Abend so
plötzlich ergriff. Ich wollte diese Stunden nicht aufgeben.
Ich erinnere mich, daß ich, als wir uns endlich aus unserer
Umarmung gelöst hatten und neben einer Mauer saßen,
mein Gesicht an seiner Schulter vergrub. Er befreite es
langsam und betrachtete mich im Abendlicht. Sein Blick

war ernst. Mit sanfter Stimme fragte er: «Du schämst dich?» Und seine Hand strich zärtlich über meine Stirn, über mein Haar. «Du schämst dich?» wiederholte er.

Mich überkam das Verlangen, in seinen Armen zu weinen. Doch ich schloß nur die Augen.

«Hör, Dalila ... Hat dich noch kein andrer Mann geküßt?»

Ich öffnete die Augen, aufgerüttelt durch den bloßen Gedanken an eine solche Möglichkeit.

«Was glaubtest du denn?»

«Nein, ich wollte es nur wissen.»

«Du hättest mir nicht einmal die Frage stellen dürfen.»

«Ich glaube dir.»

Ich vergrub meinen Kopf wieder an seiner Brust. Er drückte mich fest an sich. Diesmal wußte ich, daß ich diese Bewegungen nicht zu vergessen, nicht dort in der Nacht zu vergraben brauchte. Wir gingen Hand in Hand zurück. Als wir auf dem Boulevard anlangten, lösten wir die Hände und schritten Seite an Seite dahin.

«Bis morgen», sagte er an der Stelle, wo wir uns immer trennten.

«Ach ... ich weiß nicht, ob ich kommen kann.»

«Warum?»

«Bis jetzt war mein Bruder verreist. Wenn er aber morgen zurückkehrt, werde ich Sie nicht treffen können.»

Er überlegte einen Augenblick.

«In den nächsten Tagen bin ich jederzeit frei. Sie brauchen mir also bloß Nachricht zu geben, sobald Sie ausgehen können. Ich werde warten.»

Ich blickte ihm nach, als er davonging. Ich hätte ihm sagen sollen, daß ich nie von mir aus dorthin gehen könnte. Niemals würde ich es wagen.

«Du schämst dich?» hatte er gefragt.

Ich hatte die Augen geschlossen. Es war weder Scham noch Angst gewesen, nur meine Einsamkeit.

An den folgenden Tagen rührte ich mich nicht aus dem Haus. Farid und Sineb waren zurückgekehrt; aber ich hätte bloß einen Entschluß zu fassen brauchen, dann wäre ich dennoch ausgegangen. Indessen konnte ich mich nicht einmal dazu bringen, Salim zu schreiben.

Bis jetzt hatten mich mein Verdacht hinsichtlich Lellas und meine Auflehnung gegenüber dem, was ich ihre Lüge nannte, nach draußen getrieben. Solange meine Träume sich aus den in einem unpersönlichen Café verbrachten Stunden kristallisierten, fiel es mir leicht, mich mit Trotz gegenüber meiner Umgebung zu wappnen. Aber jetzt, sagte ich mir, aber jetzt... Ich war Beute einer Furcht, die ich mir nicht einzugestehen wagte.

Dreimal war ich Salim gefolgt, und es war geschehen, so glaubte ich, weil ich an dieses Geheimnis gekettet gewesen war; ein seltsames Gefühl des Unvermeidlichen hatte mich mit solcher Exaltation erfüllt, daß ich hingegangen war, so wie unsere viel zu jung Vermählten sich unterwürfig und ernst ins Brautgemach schleppen lassen. Ich bedurfte dieses inneren Feuers, um am Ende des Hafendamms die stumme Umarmung eines Mannes wiederfinden zu können.

Ich verhärtete mich in seinen Armen; verbissen schloß ich die Augen, um diesen Körper, diesen Atem und dieses Schweigen zu vergessen. Ich zwang mich, nicht zu fliehen. Daß es mir gelang, mich zu bezwingen, bis zum äußersten Ende der Aufopferung gehen zu können, erfüllte mich mit stolzer Freude. Er ließ seine Arme sinken; ich löste mich langsam von ihm, sehr langsam, damit er an dem instinktiven Rückzug nicht merkte, wie sehr meine Passivität gespielt gewesen war. Zum Glück war die Nacht bereits da. Dann fiel es mir leicht, das zu vergessen, was zwischen uns gewesen war. Ich beobachtete Salim mit aufmerksamer Schüchternheit. Ich empfand für ihn eine Art Respekt, weil ich im Zentrum eines Sturms gewesen war, der mich unberührt gelassen hatte. Ich bewahrte nur die Erinnerung an einen Sieg über mich selbst.

Lella hatte Farid nichts gesagt, aber ich wußte, daß sie mich überwachte. Am ersten Tag betrat sie zu der Zeit, da ich gewöhnlich ausging, nun aber niedergedrückt auf meinem Bett lag, das Zimmer. Sie kam dicht zu mir heran, blieb stehen, zögerte einen Augenblick, drehte sich dann um und verschwand.

Am zweiten Tag kommt Lella zur gleichen Zeit wieder ins Zimmer. Fragend blickt sie mich an. Ich lächle. Sie zögert, macht kehrt, um hinauszugehen. Ich höre mich ruhig sagen: «Heute gehe ich nicht aus.»

Sie dreht sich um, erbleicht ein wenig. Ich lache ausfallend, gehässig. Sie verschwindet. Bestimmt wünscht sie, ich ginge aus. Tut sie es, damit Farid mein Ausreißen bemerke? Oder aber, wer weiß, vielleicht glaubt sie, mich zu verlieren, wenn sie mich gewähren läßt.

Am dritten Tag, zur selben Zeit. Niemand. Ich warte auf sie. Jetzt sehe ich sie nur noch bei den Mahlzeiten, in Gegenwart der andern. Sineb ist nicht mehr zum Schwatzen aufgelegt; sie beginnt, in das große Geheimnis der schwangern Frauen einzudringen. Lella spricht mit Farid. Das Glück macht ihn aufgeschlossen. Er hat sogar seine Gewohnheit geändert und kommt regelmäßig gleich nach Arbeitsschluß um halb sieben nach Hause.

Am vierten Tag, zur selben Stunde. Heute ist es Mina,

die eintritt. Ohne ein Wort zu sagen, überreicht sie mir einen Brief. Diesmal stelle ich keine Fragen. Sie setzt sich, während ich den Brief öffne und überfliege: «Ich erwarte Sie morgen früh um zehn Uhr im gewohnten Café. Salim.»

Ich blicke auf. Ich lächle, beinahe mondän, Mina an und frage zerstreut: «Wie geht es dir?»

Sie antwortet, aber in ihren Augen lese ich eine Frage. Nur ein leises Lächeln von meiner Seite, und sie würde hervorsprudeln. Am Ende unserer Unterhaltung, unserer gegenseitigen Langeweile frage ich: «Könntest du morgen früh gegen halb zehn zu mir kommen? Ich muß Salim um zehn Uhr treffen. Du wirst sagen, daß ich dich unbedingt bei irgendeinem Einkauf begleiten muß. Laß bei Lella nicht locker.»

«Und wenn sie nicht will?»

«Wenn sie nicht will, werde ich trotzdem ausgehen.»

«Ahnt sie was?»

«Ich weiß nicht», sage ich nachdenklich. «Jedenfalls hat Thamani mich das letztemal auf dem Boulevard Carnot gesehen.»

«Thamani? Aber dann wird alle Welt es erfahren.»

«Nein, das glaube ich nicht», sage ich lächelnd.

Ich bin ganz ruhig. Mina ist lebhaft geworden. Ich weiß, das Drama, dessen Zeugin sie ist, versetzt sie in Aufregung.

«Wenn du Angst hast», sage ich nach einem Augenblick des Schweigens, «brauchst du nicht zu kommen. Dann tu ich's allein.»

«Ich komme. Vor allem um dich habe ich Angst.»

Als Antwort lächle ich überlegen. Nur zu gut weiß ich, daß sie mich im Gegenteil um diese Wagnisse und diese Revolte beneidet.

An diesem Abend genoß ich zum erstenmal seit langem eine Zeit friedlicher Ruhe. Das Geflüster der Frauen, das die Nacht ankündigte, das «Trek» Si Abderahmans, dann seine Gebete herunterleiernde Stimme, die leisesten Geräusche des Hauses, die mit dem Tag erstarben, all dies berührte mich seltsam. Ich dachte, wie am Abend vor einer Abreise, daß ich diese Harmonie nie vergessen würde.

Farid, der mit seinen Gedanken anderswo zu sein schien, fragte Sineb, ob die Hebamme gekommen sei. Sie war eine Nachbarin, eine der ersten Mohammedanerinnen, die einen Beruf ausübten. Diese alte Jungfer von bescheidener Herkunft wurde, wenn sie die Häuser des Viertels betrat, nicht nur von der Schwangeren erwartet, sondern von der ganzen Frauenschar. Noch lange, nachdem sie gegangen war, bekakelte man ihre kargen und schroffen Worte.

Sineb war nicht mehr zum Schwatzen aufgelegt. Sie glaubte schon schwerer zu werden und versank in einen Zustand wollüstigen Behagens. Wenn bei uns die Frauen schwanger sind, scheinen sie in ein milchiges Universum einzudringen, wo sie sich allein laben. Ich wunderte mich, daß Farid gegenüber seiner Frau keineswegs in eifersüchtige Verzweiflung geriet. Zum erstenmal kam mir der Gedanke, daß nirgendwo mehr als in der Fülle der Mutterschaft die Frau sich allein, auf friedliche Weise allein fühlt, in einer köstlichen Stille, aus der der Mann ausgeschlossen ist. Er glaubt, deren Ursache zu sein, obwohl er nichts mehr bedeutet. Dies war der Grund, daß ich Sineb, fern von der feigen Unterwürfigkeit früherer Tage, eine Schwerfälligkeit annehmen sah, die sie adelte. Sie wurde schön.

Nach dem Essen blieb ich, statt mich auf mein Zimmer zurückzuziehen, bei Sineb. Scherifa gesellte sich zu uns, griesgrämig wie üblich, abgespannt, den Mund verkniffen. Auch sie betrachtete ich an diesem Abend voller Nachsicht. Einzig Lella schien aus unserm Kreis ausgeschlossen zu sein. Ein weiteres Mal hatte sie an diesem Tag ohne Erklärung einen Heiratsantrag abgeschlagen. Aber trotz ihrem offensichtlichen Willen, uns nicht zu verlassen, blieb sie die Fremde.

9

Am nächsten Morgen kam Mina um neun Uhr. Etwas blaß betrat sie das Zimmer. Wir wechselten nur kurze Worte: «Wo ist deine Stiefmutter?»

«Vermutlich in der Küche.»

«Dein Bruder ist hoffentlich schon aus dem Haus?»

«Ja... Versuch dich gegenüber Lella so natürlich wie möglich zu verhalten.»

«Ich habe ein wenig Angst, aber...»

«Nun hör mal, dir fällt das Lügen doch bestimmt nicht schwer.»

«Das nicht, aber bei Lella hat man den Eindruck, daß Lügen nicht verfängt.»

«Früher glaubte ich das auch. In Wirklichkeit ist sie wie alle anderen. Vielleicht schlimmer.»

«Dann geh ich also.»

«Viel Glück.»

Ich blieb im Bett liegen. Zwar war ich nicht schläfrig; um aber keinen Argwohn zu erregen, mußte ich mich verhalten wie sonst auch. Es verging mehr als eine halbe Stunde. Gedämpft hörte ich die Stimmen. Endlich erschien Mina wieder im Zimmer.

«Geschafft», sagte sie seufzend, «es war schwierig, aber es ist geschafft ... Sie stellte mir eine Menge Fragen, wollte wissen –»

«Ich zieh mich schnell an», unterbrach ich sie. «Bestimmt werde ich zu spät kommen.»

«Ja, beeil dich. Sonst kommen wir später als zehn Uhr hin.»

Ich war schon aus dem Bett gesprungen, da hielt ich inne. Sie hatte in entschiedenem Ton «wir» gesagt. Langsam kleidete ich mich an. Ich begriff endlich, daß Minas Solidarität dem obskuren Wunsch entsprang, unter dem Deckmantel der Freundschaft in einen Bereich einzudringen, den ich mir vorbehielt. Vollkommen ruhig wandte ich ihr den Rücken zu. Ich würde ebenso rücksichtslos vorgehen: noch vor dem Treffpunkt würde ich mich von ihr verabschieden. Niemand sollte in die Welt eintreten, die ich mit ihm teilte. Ich würde die Hindernisse zerbrechen, die mir den Weg zu ihr versperrten. Mit um so größerem Recht, als Freundschaft mir nichts bedeutete. Denn Frauen sind einander niemals freund, höchstens Komplizinnen.

Während des ganzen Wegs sprach ich kein Wort. Mina schlug einen raschen Gang an; ich beobachtete sie. Plötzlich feige, verschob ich bis zum letzten Augenblick die Möglichkeit, sie abzuwimmeln. Wir kamen zu der Gasse, die zum Café hinunterführte. An einer Normaluhr sah ich die Zeit. Erschrocken rief ich: «Salim ist gewiß schon ungeduldig. Er mag es nicht, wenn ich mich verspäte.»

«Beeilen wir uns.»

Ich schluckte meine Wut hinunter. Noch einige Schritte, dann würde ich Mina abschütteln. Wir liefen weiter, da erkannte ich Salims Gestalt. Noch hatte er uns nicht bemerkt.

«Ich verabschiede mich jetzt», stieß ich hervor. «Auf Wiedersehen.»

Ich reichte ihr die Hand. Sie wandte sich mir zu. Ihr Blick flackerte. Ich begriff, daß sie zu dem Punkt gelangt war, da man sich nicht mehr in der Gewalt hat. Ihre veränderte Stimme war die eines Menschen, den man demütigt und der dennoch nicht geht.

«Du könntest mich doch mit Salim bekannt machen.»

Sie wich nicht von meiner Seite. Schon sah ich unten Salim uns entgegenkommen. Noch einmal rief ich ihr zu: «Auf Wiedersehen!»

Sie zögerte; dann drehte sie sich zu mir, in ihrem Blick eine hinterhältige Absicht, die mich zur Weißglut brachte. Sie machte einige Schritte.

«Auf Wiedersehen!» schrie ich. Ich wandte ihr den Rücken zu und ging auf die andere Straßenseite hinüber. Mina, die gezwungen war, weiterzugehen, schritt an Salim vorbei, der uns beide verdutzt anblickte. Endlich entfernte sie sich.

Als ich zu Salim trat, preßte ich die Zähne zusammen. Ich war so erregt, daß ich beinahe außer mir war. Und an diesem Tag zeigte mir das Glück ein seltsam grausames Gesicht.

Ohne auf Salim zu warten, betrat ich das Café. Er folgte mir. Bevor wir uns setzten, fragte er lebhaft: «Wer war dieses Mädchen?»

«Mina ... Ich sollte sie mit Ihnen bekannt machen.»

Meine Gereiztheit wuchs, als ich sah, daß der Zwischenfall noch immer keine Ende nahm.

«Warum haben Sie sie zurückgeschickt? Holen Sie sie!»

«Nein. Das werde ich nicht.»

Ich setzte mich. Er hatte, glaube ich, seinen Befehl ein

wenig aufs Geratewohl hinausgeschleudert. Mein Widerstand überraschte ihn.

«Warum nicht?» begann er drohend.

Ich schüttelte den Kopf. Er wiederholte seinen Befehl, in immer ruhigerem, immer drohenderem Ton.

«Nein», sagte ich. «Ich hole sie nicht.»

«Wie Sie wollen!» rief er. «Ich jedenfalls gehe.»

Ich geriet in Panik. Ich konnte ihn doch nicht einfach gehen lassen. Wie gern hätte ich ihm erklärt, daß eine instinktive Gewalt mich getrieben hatte, niemand in diese Stunden, die mir allein gehörten, eindringen zu lassen. Ich erhob mich: «Salim, ich bitte Sie...»

Ich folgte ihm auf die Straße. Er ging stumm dahin, eine Zornesfalte auf der Stirn. Wir überquerten einen engen Marktplatz und stießen gegen Kisten und Körbe. Ich mußte um Obst- und Gemüsestände herumgehen, um an Salims Seite zu bleiben. Er kümmerte sich nicht um mich. Schwer bepackte Hausfrauen trennten mich manchmal von ihm. Ich verlor den Kopf, wie in einem Traum, und rannte hinter ihm her.

Wir kamen in eine schattige Gasse; Kinder lungerten auf dem Gehsteig herum. Ein kleines Mädchen mit blonden Zöpfen saß in einiger Entfernung von den anderen; es blickte mich an. Mich packte Mutlosigkeit: Salim gehen lassen und dort, wie die Kleine, am Straßenrand stehenbleiben. Mich hinsetzen und vor Müdigkeit weinen. Ich war von neuem in einer widersinnigen Welt, in der ich mich ohnmächtig fühlte. Ein geheimer Wille jedoch trieb mich an, weiterzugehen.

Die Straße endete als Sackgasse. Salim würde stehenbleiben, und alles wäre zu Ende. Aber bei einer Biegung sah ich eine Treppe, die auf einen Boulevard mündete. Eine Mauer ragte neben der Treppe auf. Salim blieb endlich stehen und wandte sich mir zu. Ein böses, spöttisches Lächeln, gegen das ich machtlos war, legte sich über seine Züge. Als er zu reden und mich auszufragen begann, war ich mit meinen Gedanken schon weit entfernt. Ich wollte nur eines: fortgehen; ich fühlte, wie dieser Wunsch von mir Besitz nahm.

«Warum haben Sie mir nicht geschrieben?»

Ich gab keine Antwort. Sein Blick wurde immer härter.

«Sie wußten doch, daß ich wartete! Vier Tage lang haben Sie kein Lebenszeichen gegeben. Anfangs glaubte ich, Ihr Bruder hindere Sie daran, auszugehen. Antworten Sie: War dies der Grund?»

«Nein», sagte ich kraftlos. «Ich hätte das Haus verlassen können, wenn ich gewollt hätte.»

«Wenn Sie gewollt hätten!» höhnte er.

Ich ließ die Flut von Vorwürfen, die nun folgten, über mich ergehen. Seine Worte sprangen mir ins Gesicht und bissen mich. Ich hatte nur Augen für die Leere, die sich zwischen uns auftat.

«Sie halten sich zweifellos für stark genug, um sich über mich lustig zu machen. Das hat bis jetzt noch keine Frau fertiggebracht. Und ich habe schon ganz andre gekannt als Sie.»

Ich hörte zu. Daß er diese Unbekannten gerade jetzt zwischen uns stellte, erschien mir als ein Zeichen schlechten Geschmacks. Ich blickte Salim an, ohne seinen Worten noch weiter Aufmerksamkeit zu schenken. Prüfend betrachtete ich dieses wie eine brutale Maske wirkende Männergesicht, diese Züge, die ich für stolz gehalten hatte, diesen Blick, aus dem solch eine verhaltene Gewalttätigkeit sprach, daß das ganze Gesicht aus den Fugen zu geraten schien. Da ich mich ja als seine Frau betrachtete, kam mir der Gedanke, ich hätte es in diesem Augenblick verstehen müssen, von Zärtlichkeit erfüllte Hände auf sein Gesicht zu legen, um es neu zu formen und ihm einen friedlichen Ausdruck zu verleihen. Ich sah mich diese Opfergeste machen, und doch rührte ich mich nicht.

Ich wurde aus meiner Träumerei gerissen, als er sagte: «Sie haben alles zerbrochen. Alles! Ich hatte an Ihre Reinheit geglaubt. Aber ich sehe, Sie sind wie die andern –»

Ich unterbrach ihn, das Herz leer.

«Ist das Ihr Ernst?»

«Mein voller Ernst. Zwischen uns ist alles aus.»

Wir begannen die Treppenstufen hinabzusteigen. Ich hörte, wie in mir eine schwere Woge brandete; ich erkannte sie wieder. Es war dasselbe Fieber, das mich zur Auflehnung gegen Lella trieb, gegen das geschlossene Haus, gegen alles; und dieses Fieber würde mich befreien. Gleichzeitig jedoch erfaßte mich Angst.

Um bei den anderen bleiben zu können, habe ich mich gebeugt, gedemütigt. Mitten auf der Treppe, auf einem Absatz, bemerkte ich einen Hauseingang. Ich drängte Salim hinein. In dem finsteren Flur hinter der Tür umhüllte uns die Dunkelheit. Ich sah Salim nicht, aber ich hielt ihn vor mir mit verbissener Willenskraft fest. Ich zwang ihn, zu bleiben und mich anzuhören. Ich hörte mich ihn anflehen, als käme meine Stimme aus einer anderen Welt. Ein Feuer verzehrte mich. Salim sollte mich verstehen, mich schützen.

«Salim, nehmen Sie diese Worte zurück. Überdenken Sie das Ganze noch mal!»

Mit leiser Stimme, die mich rührte, sagte er: «Nein, es ist zwecklos, Dalila. Drängen Sie nicht weiter. Alles ist zu Ende. Sie hätten mir vorhin gehorchen müssen. Einen solchen Ton mir gegenüber werde ich niemals dulden.»

«Salim, ich bitte Sie...» stammelte ich, verzweifelt darüber, die notwendigen Worte nicht zu finden. Ich verstand es nicht, zu bitten. Selbst noch in der Bitte war ich von mir berauscht.

«Salim, zum letztenmal...»

Ich ging bis zum Ende der Erniedrigung. Der Bruch bedeutete mir damals nicht viel. Wichtig war, daß ich nachher, wenn ich ihn verlassen würde, nicht allein wäre. Ein unbekanntes wildes Tier wartete auf mich; mit fiebrigen Augen und glühender Umarmung würde es mich bis zum Ende meines Lebens führen. Diese Flucht, dieses blinde Rennen bis zum Horizont, wovon ich immer geträumt hatte... Ich demütigte mich, um diesem Taumel zu entgehen.

Die Augen geschlossen und zu dem Akt bereit, der mir bisher als völlig unmöglich vorgekommen war, warf ich mich Salim zu Füßen. Ich glaube sogar, daß ich vorher die Worte aussprach: «Mich ihm zu Füßen werfen.» Mich dies tun zu sehen, verschaffte mir das Gefühl eines seltsamen Stolzes. Ich umklammerte seine Beine, seine Knöchel. Und dann diese flehende Stimme, die nicht mehr die meine war. Diese flehentlich bittende Stimme einer von Stolz Besessenen, die nur sich selbst fürchtet: «Salim, ich bitte Sie...»

Zärtlich suchte Salim mich aufzurichten; aber die Gelassenheit seiner Stimme drückte ein endgültiges Urteil aus: «Stehen Sie auf, Sie werden das bedauern. Stehen Sie auf und gehen Sie! Zwischen uns ist alles aus... Ich bitte Sie, Dalila, gehen Sie.»

Ich richtete mich wieder auf, befreit, ein Leuchten in den Augen. Endlich allein.

«Ich gehe!... Ich gehe!» rief ich herausfordernd.

Ich verließ den Hausflur. Nie war mir das Licht der

Sonne so strahlend, so rein vorgekommen. Salims angstvolle Stimme verfolgte mich: «Dalila! Wohin gehen Sie, Dalila?»

Ich hörte nicht mehr auf ihn. Einen Augenblick lang erstarrte das Schauspiel der Straße: der Boulevard am Fuß der steinernen Treppe; dahinter unbebautes Gelände; noch etwas weiter das Meer; das Meer und die Sonne. Die Zähne zusammengepreßt, rief ich, und es klang wie ein Siegesruf: «Ich gehe!» Dann rannte ich die Treppenstufen hinunter. Nur im Meer konnte ich mein fieberhaftes Glück, meine ziellose Trunkenheit versenken. Ich lief mit ausgestreckten Armen, wie Kinder und Narren es tun, die einzigen Wesen auf der Erde, die wünschen, eines Tages bis ans Ende der Welt zu gehen.

Mitten auf der Fahrbahn zerriß das Kreischen einer Bremse die Luft. Mit Blitzesschnelle sah ich den Rachen eines Wagens auf mich zustürzen. Bevor ich in Bewußtlosigkeit versank, hörte ich in der Ferne die erschreckten Rufe einiger Passanten; ihre Schreie hörten sich an wie Gelächter.

Es war mein erster Tag im Krankenhaus. Der Unfall am Vormittag erschien mir gleichzeitig so nahe – ich brauchte nur den Kopf zu wenden, um das Auto auf mich zuschießen zu sehen – und so fern. Jemand ist gestorben, dachte ich, jemand, der mein Gesicht hatte. Aber diese Maske mit harten Zügen und wirrem Blick, die ich gehabt zu haben glaubte, als ich dem Meer entgegenlief, schien wie ein düsteres Gespenst im Zimmer umherzuirren.

Um es zu verscheuchen, wollte ich an Salim denken. Aber er existierte nicht mehr. Wie ein Statist in einem Schauspiel, vor dem sich der Vorhang gesenkt hat, war er verschwunden. Aber hatte ich nicht seine angsterfüllte Stimme vernommen, die versucht hatte, mich zurückzuhalten? Es war die Stimme eines anderen. Sie gehörte nicht dem Gefährten meiner Stunden außer Haus, dem geheimnisvollen Mann am Hafen, dem feindlichen und zärtlichen Schatten, auf den ich mich gestürzt hatte, bevor ich den dunklen Hausflur verließ und mich in der Sonne allein fand.

Für den Mann, der blieb, würde ich nur Gleichgültigkeit übrig haben. Hatte er zudem nicht gesagt: «Zwischen uns ist alles aus»?

Diese Worte ließ ich gelten. Es stimmte, meine erste Berauschung hatte ein Ende gefunden. So wie das Meer, das bei Flut weit ins Land hineindringt, um sich dann langsam zurückzuziehen, aus Angst, zu dem Punkt zu gelangen, wo es verrinnen könnte, so zog auch ich mich in mich selbst zurück, eine unendliche Müdigkeit im Herzen.

«Bist du wach?»

Ich wandte den Kopf Lella zu, die ins Zimmer trat. Lächelnd sagte ich: «Komm herein.»

Ich rückte etwas weg, damit sie sich aufs Bett neben mich setzen konnte. Ihr Blick war zärtlich und mit mütterlicher Aufmerksamkeit auf mich gerichtet.

«Fühlst du dich besser?»

«Ja. Ein wenig müde, weiter nichts.»

«Du hast Glück gehabt; du kommst mit einigen Schrammen davon.»

Schrammen! Ich beobachtete sie durch meine Wimpern. Sie, dachte ich, sie brauche ich nicht von neuem zu schaffen. Es ist die Lella von früher, die zurückkommt. Sie strich mir über die Stirn.

«Hast du Fieber?»

«Nein.»

Ich faßte ihre Hand. Ich war froh, daß sie gekommen war. Ich fühlte mich beschützt, fern von diesen bösen Tagen. Mich packten Gewissensbisse. Warum nicht den Kopf in ihren Schoß legen und wie ein Kind ihr alles erzählen?

«Farid wird in einer Stunde kommen», sagte sie. «Ich wollte nicht, daß man ihn benachrichtigte, bevor ich nicht selbst nach dir gesehen hatte. Zu Hause sind sie jetzt beruhigt.»

Ich hörte ihr zu. Ich würde alles gestehen...

«Was hat man euch über den Unfall erzählt?»

«Sie sagten, du seist von einem Auto angefahren worden und ein Passant habe dich ins Krankenhaus transportiert.»

«Warum fragst du mich nicht, wo Mina geblieben ist, wir sind doch zusammen von zu Hause fortgegangen? Du weißt doch», fuhr ich fort, während sie mich erwartungsvoll anblickte, «du weißt doch, daß ich nicht bei ihr war... Ach, Lella, ich habe dir so viel zu erzählen...»

«Ja?» sagte sie gespannt.

Ich war bereits glücklich. Schon fieberte ich vor Glück, eine junge, zärtliche und schöne Mutter zu haben.

Da öffnete sich die Tür. Die Krankenschwester erschien und verkündete mit eintöniger Stimme: «Draußen wartet Herr Salim El-Hadsch. Er will wissen, wie's Ihnen geht.»

«Sagen Sie ihm, ich schlafe.»

«Er sagt, er wolle warten. Er will Sie sprechen.»

Die Schwester hatte das Zimmer noch nicht verlassen, als Lella sich aufrichtete und hervorstammelte: «Was hat sie gesagt?»

Noch gefangen im Glück, zufrieden, daß mir durch diese Einmischung das Geständnis erleichtert wurde, antwortete ich: «Das ist der Passant, der mich herbrachte, er ist...»

Ich hielt inne, denn erst in diesem Augenblick wurde mir Lellas Zwischenfrage bewußt. Ich wandte mich ihr zu: Sie war bleich. Sie stand da, ließ die Arme hängen und schien völlig ratlos zu sein. Ich hatte eine andere Frau, mit verstörten Augen vor mir. Langsam fuhr ich fort: «Es ist Salim El-Hadsch.»

Sie konnte ein Zusammenzucken nicht unterdrücken, sagte aber kein Wort.

«Ich habe ihm ausrichten lassen, ich schliefe», erklärte ich hinterlistig. «Er wartet.»

«Er darf nicht eintreten! Er darf nicht!»

Ich konnte nicht erraten, ob es Autorität oder Angst war, was sie mit so lauter Stimme sprechen ließ. Dann fragte ich, über mein taktisches Vorgehen selbst erstaunt: «Kennst du ihn denn?»

Sie wandte sich mit lebhafter Bewegung ab. Bevor sie antwortete, zwang sie sich dazu, sich niederzusetzen. Offensichtlich bemüht, ihre Gelassenheit wiederzufinden, gelang es ihr bloß zu murmeln: «Nein... Ich hatte nur Angst, er könnte jetzt hereinkommen.»

«Aber du trägst doch deinen Schleier?» erwiderte ich.

«Ja, schon...» Sie zögerte, dann sagte sie, plötzlich energisch: «Aber auch du darfst ihn nicht sehen! Daß er dich hergebracht hat, ist kein Grund... Dein Bruder wird ihm danken.»

Mit voller Absicht unterbrach ich ihre Ausflüchte. Starrköpfigkeit vortäuschend, wollte ich sie überrumpeln.

«Seltsam», sagte ich mit gespielter Nachdenklichkeit. «Vorhin hatte ich den Eindruck, daß du ihn kennst!»

«Red nicht solchen Unsinn!» erwiderte sie mit einer Kurzbündigkeit, die ein wenig herablassend klang.

Ich sagte darauf nichts mehr, sondern verlor mich in Gedanken, bis sie in barschem Ton das Schweigen brach, als wolle sie das Thema endgültig abschließen. «Ich glaube, du hast eine zu rege Phantasie.»

Damit erhob sie sich. Ich sah sie fest an, und in meinem Blick las sie wohl eine unbewußte Frage, die jedoch hartnäckig Gestalt anzunehmen suchte; denn sie fragte mich plötzlich mit leiser, beinahe verwirrter Stimme: «Was willst du denn von mir?»

«Ich?» sagte ich langsam, die Augen aufsperrend wie eine Erwachende. «Nichts.»

Es war schon eine Weile her, daß die Krankenschwester die Tür hinter sich geschlossen hatte. Der Tag verblich auf den Wänden. Ich dachte daran, wie schon einmal, in der Kühle eines hellhörigen Zimmers, sich Schweigen über das gleiche schwere Wort legte, das ich zwischen Lella und mich geschleudert hatte. *Nichts...* Von nun an war ich keine Genesende mehr, sondern eine Feindin, die sich von neuem zum Kampf rüstete. Ein zweites Mal log diese Frau da vor mir. Aber ich ersann bereits die Worte, mit denen ich mich an Salim wenden würde. Salim, den sie vorgab nicht zu kennen und den ich wiedersehen würde. In den Augen dieses Mannes hatte ich bis jetzt nur meinen eigenen Widerschein gesucht. Nunmehr würde ich in ihnen nach Lellas Vergangenheit forschen, dieser Frau, die ganz zu hassen ich von neuem bereit war, nachdem ich mich vergeblich bemüht hatte, mich ihr hinzugeben und sie Mutter zu nennen.

ZWEITER TEIL

Nach meinem Unfall mußte ich zwei Wochen lang das Bett hüten. Ich wollte allein sein. In unserem Haus hätte ich jeden Tag den Besuch schwatzender Frauen über mich ergehen lassen müssen. Lella schlug vor, mich zu meiner Schwester Scherifa zu bringen, die im Europäerviertel eine neue Wohnung bezogen hatte. Ich war einverstanden.

Die Wohnung war groß und hell und noch nicht fertig eingerichtet. Ich liebte mein leeres Zimmer auf den ersten Blick. Ich ließ das Bett ans Fenster rücken, das hinausging auf eine graue Mauer; doch wenn ich lag, konnte ich auch ein Stück Himmel sehen.

Am ersten Tag besuchte mich Mina. Ich begrüßte sie in verdrießlicher Stimmung, die ich nur schlecht verhehlte. Die letzten Worte, die wir gewechselt hatten, erschienen mir so fern. Mir wäre lieber gewesen, sie wäre gleich wieder gegangen. Ich nahm es ihr übel, daß sie in dieses neue Zimmer eingedrungen war.

«Ich habe von deinem Unfall erst heute morgen erfahren. Was ist denn passiert?»

«Ich erinnere mich nur ungenau. Als ich den Boulevard überquerte, sah ich einen Wagen auf mich zukommen; weiter weiß ich nichts.»

«Warst du allein?»

«Nein. Mit Salim. Er ging hinter mir.»

Wie gut war es, so die Wirklichkeit zu vereinfachen, sie in einige Sätze zu fassen und selbst daran zu glauben. Bei Mina hätte ich ruhig so beginnen können: «Ich habe Salim in den dunklen Gang gestoßen, um ihn anzuflehen,

um mich an seine Beine, an seine Füße zu klammern . . .»
Ich hätte mich nicht geschämt, diese Szene auszumalen.
Nur glaubte ich nicht mehr daran.

So also war es mit den Erinnerungen? fragte ich mich.
Gleichgültig vor sich die Vergangenheit abrollen sehen;
darüber einige abschwächende Worte sagen, wodurch sie
wahrscheinlich wird. War ich so wenig mit mir selbst
verbunden, daß ich mich auf solche Art verraten konnte?
Noch verstand ich nicht, daß allein meine Jugend mich
vorwärtstrieb.

«Ich glaube, du bist etwas müde. Soll ich dich jetzt
allein lassen?»

«Ja. Laß mich allein. Am liebsten wär mir, du ließest
mich immer allein und kämst nie wieder.»

In dem Schweigen, das jetzt eintrat, hielt ich die Augen
geschlossen. Ich sagte mir, daß selbst diese harten Worte
noch eine gewisse Zärtlichkeit enthielten. Ich öffnete die
Augen. Peinlich berührt, mit verzerrtem Gesicht fragte
sie: «Bist du mir noch immer böse, Dalila? Du bist mir
wohl böse, weil . . .?»

«Nein», seufzte ich, «ich bin dir nicht einmal böse. Ich
möchte dich nur nicht mehr sehen; weiter nichts. Du
bleibst mit der Erinnerung an diesen Tag verwachsen . . .
Nachdem du gegangen warst, stritt ich mich mit Salim,
und er sprach von Schlußmachen . . . Ich erinnere mich,
daß ich fortrannte, daß ich glücklich war wie nie zuvor . . . Ich erinnere mich an dieses Glück und an den
Schmutz vorher. Dieser Tag ist nicht sauber. Ich will ihn
vergessen . . . Sieh, Mina, ich sage es dir ohne Bosheit:
Du bedeutest mir nichts, nichts mehr.»

Sie hatte zu weinen begonnen. Stoßweise. Ohne sie
anzusehen, fühlte ich zum erstenmal, daß sie verwundbar
war. Ich wußte nicht mehr, was mich getrieben hatte,

diese Worte auszusprechen und dieses demütigende, nutzlose Leid zuzufügen. Was für ein Wirrwarr! dachte ich, den Kopf zurückwerfend, was für ein Wirrwarr!

Irgendwann würde der Tag kommen, da ich mich über diese Vergangenheit beugen würde. Noch wünschte ich diesen Augenblick nicht herbei. Sie würden das Grabgeläut meiner Jugend, der Beginn meines Todes sein. Man bleibt auf der Straße stehen, man kauert nieder, um ein wenig Atem zu schöpfen, um sich auszuruhen. Und dann ist es zu Ende; man fällt, man ist nur noch dieser Staub, der durch die Luft wirbelt. Und das ist das Ende...

Ich vermochte nichts für das Mädchen zu tun, das da vor mir weinte. Sie hielt inne, schneuzte sich und schluckte dann ein- oder zweimal erstaunt auf. Verstörte, demütige Gesten. Aber als sie die Tür hinter sich geschlossen und mich allein gelassen hatte, fragte ich mich plötzlich in leisem Erschrecken, ob ich sie, indem ich sie zurückstieß, nicht im Gegenteil noch enger mit diesen meinen Augenblicken fieberhafter Erregung verbunden hatte.

Raschid, mein Schwager, kam jeden Abend und setzte sich meinem Bett gegenüber. Mit glänzenden Augen stellte er immer wieder die gleiche Frage: «Gefällt dir die Wohnung?»

«Ich mag dieses helle Zimmer und das Fenster. Ich verbringe meine Zeit damit, den Himmel zu betrachten. Das entspannt mich.»

«Ja, es war eine gute Idee, diese Etage zu mieten; sie ist nicht zu hoch für die Kinder und zugleich schön gelegen. Scherifa zögerte anfangs...»

Ich hörte ihm zu, wie er von sich, von Scherifa und

von den Kindern sprach. Er war der einzige, der sich nicht verpflichtet fühlte, sich nach meiner Temperatur, nach dem Zustand meiner Nerven und nach dem durch den Unfall verursachten Schock zu erkundigen. Ich betrachtete ihn. Nie hatte ich ihn so aufgeschlossen gesehen. Scherifa schien jetzt allerdings glücklich zu sein. Wie hatte sie sich aus unserem Haus weggewünscht, seit wieviel Jahren hatte sie eine eigene Wohnung im Europäerviertel ersehnt, wo sie ein Leben nach ihren Vorstellungen führen könnte. Ihre Hartnäckigkeit hatte gesiegt. Raschid war der erste, der davon profitieren konnte.

Aber ich kannte meine Schwester; sie war für die Unzufriedenheit bestimmt. Je älter sie wurde, desto mehr verschlimmerte sich dieser Hang. Seit Jahren sah ich, wie sie ständig mit enttäuschter Miene umherging. Ihr Mann, den sie für zu schwach hielt, bei ihrer «Befreiung» wirkliche Neuerungen durchzusetzen, wurde für sie ein Feind. Der Feind. Sie machte ihn, der «aus allem Nutzen zog», wie sie sagte, verantwortlich für ihr «verpfuschtes Leben». In der letzten Zeit störte sie sogar die Freude ihrer Kinder.

Sie hätte eine sanfte junge Frau sein können. Ich sah jedoch, wie ihre Züge immer härter wurden; die supermodernen Kleider, die sie im Innenhof des Hauses trug, nahmen sich bei ihr aus wie eine Maskerade. Wenn die alten Frauen sie mit undurchdringlichem Gesicht von Kopf bis Fuß musterten, warf sie nach einer Stunde mißmutig das tief ausgeschnittene Kleid oder den allzu eng anliegenden Rock beiseite.

«Wozu soll ich mich überhaupt hübsch anziehen, wenn ich doch so eingeschlossen leben muß?»

«Übertreib nicht», antwortete ich oft. «Raschid erlaubt dir ebensooft auszugehen wie Sineb und Lella.

Jetzt, bei den vielen Hochzeiten, gehen sie fast jede Woche einmal aus.»

«Ach, ich habe die Gesellschaft dieser dicken Weiber satt, die sich nicht einmal anzuziehen verstehen! Wenn du einmal korrekt angezogen bist, nehmen sie dich die ganze Zeit unter die Lupe. Letzthin hat solch eine Alte, ohne sich zu genieren, mit ihren groben Fingern den Stoff meines Kleides betastet und gefragt, als ob sie in einem Laden wäre: ‹Wieviel?› – ‹Was wieviel?› fragte ich gereizt. – ‹Der Stoff. Ich möchte davon zehn Meter für meine Tochter kaufen, die demnächst heiratet.› – ‹Das Kleid ist nicht verkäuflich.› – Ich habe sie einfach stehenlassen, denn schließlich bin ich doch kein Mannequin! Ach, ich möchte anziehen, was mir Freude macht!»

«Nun, mach dich für deinen Mann schön», sagte ich ein bißchen boshaft.

«Der!» rief sie. «Er würde nicht einmal bemerken, ob ich Lumpen oder ein Abendkleid trage.»

«Ach, er ist zerstreut. Bestimmt blickt er nicht einmal den Europäerinnen auf der Straße nach. An deiner Stelle würde ich ihn lieben, so wie er ist.»

«Was er draußen tut, ist mir egal. Ich jedoch bin hier eingeschlossen, den ganzen Tag, mein ganzes Leben.»

Ich starrte sie an. Sie hatte vor Haß fast geschrien. Vor soviel Verbitterung war ich ratlos. Das also verbarg sie unter ihrem ständigen Schweigen. An jenem Abend dachte ich voller Liebe an Sinebs Lächeln, an Sineb, die mit leiser Aufmerksamkeit dem in ihrem Leib pochenden Leben lauschte.

Jetzt aber war Scherifa nicht mehr hart; vielmehr munter und lebhaft, als ob sie noch nicht glauben könne, daß ihr Wunsch in Erfüllung gegangen war. Ich erahnte schon den nächsten Kampf, für den sie die Waffen wie-

der aufnehmen würde: Sie wollte ohne Schleier ausgehen.
Der Ansturm würde schwierig sein. Raschid würde nicht
einfach seine Eltern vor den Kopf stoßen können, die beide
sehr konservativ waren. Sie fanden bereits bei ihrem Sohn
den Mangel an Durchsetzungsvermögen verächtlich und
verbargen nicht ihre Abneigung gegenüber Scherifa, der
«eingebildeten Algerierin». Raschid brachte seinen Eltern
großen Respekt entgegen; für seinen Vater empfand er eine
schüchterne Bewunderung, hinter der die Liebe zu seiner
Frau zurückstehen mußte. Zumindest würde er, wie man
es bei ihm gewohnt war, versuchen, Kompromisse zu
schließen.

Er tat es dann mit gespielter Ungezwungenheit, als ob er
ein Zugeständnis mache. Er verschleierte seine Ausflüchte
so schlecht, daß er mir sympathisch wurde. Ich nahm es
Scherifa ein wenig übel, daß sie ihm gegenüber kein Ver-
ständnis aufbrachte. Aber ich wagte nichts mehr zu sagen.

«Ach, du hast gut reden, du bist noch jung!» pflegte sie
auszurufen. «Du hast noch das ganze Leben vor dir.»

«Vorläufig verbringe ich wie du den ganzen Tag hier im
Haus.»

«Du weißt, daß es nur vorübergehend ist. Sobald du dein
Studium wieder aufnimmst, kannst du dich draußen frei
bewegen. Und du wirst nicht eine Ehe schließen wie ich.»

Ich hatte spöttisch gelächelt.

«Weißt du, wovon ich träume? Von einem Mann, der
mich den ganzen Tag zwischen vier Wände einschließt.
Aus Eifersucht.»

«Er wird dich einschließen und braucht dann nicht mehr
eifersüchtig zu sein. Er wird dich vergessen. Und nach
einigen Jahren wird er dich nicht einmal wahrnehmen,
wenn du vor ihm stehst.»

«Nein. Selbst in einem Gefängnis werde ich ihn leiden

machen können. Er wird mich nur lieben, wenn ich ihn dazu bringe, sich des Vertrauens nicht sicher zu fühlen und das Glück nicht als Ruhekissen zu benutzen. Ich will, wenn ich mich ihm hingebe, ihm zugleich alle Leidenschaften und alle Reichtümer schenken: die Unruhe mit dem Frieden, die Eifersucht mit der stolzen Gewißheit. Und so wird er mein Herr sein.»

«Sie sind stets schlechte Herren.»

«Nicht, wenn sie einer Frau gegenüberstehen statt einer Feindin, schlimmer noch: einem mit Komplexen beladenen Weibchen. Du solltest dich vor allen Dingen mal von deinem Groll befreien.»

«Und du von deinen dummen romantischen Jungmädchenträumen.»

Es stimmte; es war Romantik. Ich wußte es und war glücklich darüber. Sie würde nie das kennenlernen, was sie mir vorwarf: das prickelnde Vergnügen der Kühnheit und der Leidenschaft, das Lachen und die Jugend.

Ich empfand für sie keinerlei Mitleid, höchstens eine feindselige Verlegenheit, denn sie schien im Haus einen schleichenden Todesgeruch zu verbreiten. Als ob die Sonne, die Hitze, das Licht, als ob all dieser Friede erstickt worden wären.

11

Ich blieb noch einige Tage bei meiner Schwester. Sie entspannte sich zusehends und setzte sich oft zu mir ans Bett, um mir Gesellschaft zu leisten. Um keine Langeweile aufkommen zu lassen, ersannen wir manchmal mit Sakina Spiele, die uns zum Lachen brachten. Dann entdeckte ich zuweilen in Scherifas Augen ein Aufblitzen von Jugend. Gern hätte ich es ihr gesagt. Hin und wieder legte sie eine Naivität an den Tag, die sie im Glück hätte rührend machen können. Gegen Abend verbrachte ich lange Stunden auf einem Liegestuhl, auf dem breiten Balkon. Von dort überblickte ich eine Gasse, die sich an einem Park entlangzog. Ich träumte, gleichgültig gegenüber dem, was draußen vorging.

Auf diese Weise bemerkte ich eines Abends auf der Straße Salim, gegen eine Tür gelehnt und mir zugewandt. Ich fühlte, wie mein Herz pochte. Von oben konnte ich nur seine Silhouette erkennen; kaum erahnte ich seinen Blick. Wir verharrten lange, bis zum Einbruch der Nacht, in diesem fernen Beisammensein. Manchmal drehten sich Passanten zu dem reglosen Salim um, dann nach unserm Haus. Ich konnte meine Augen nicht von der Stelle dort unten abwenden, wo ein Mann über mich wachte.

Mehrere Tage hintereinander erwartete ich den Abend auf dem Balkon. Ich wußte nicht, wann Salim kommen würde. Tagsüber schlief ich ruhig. Gegen Mitte des Nachmittags fuhr ich nach einer kurzen Siesta plötzlich aus dem Schlaf. Er ist da, dachte ich. Diese Gewißheit ließ mir im Bett keine Ruhe. Ich rief Scherifa, und sie half mir beim Aufstehen mit einer Behutsamkeit, die mich in meiner Hast nervös machte. Sie setzte mich bequem, legte mir ein Kissen hinter den Kopf, ein anderes unter die Füße. Ich wünschte nur, daß sie rasch wieder verschwände, damit ich die Straße betrachten konnte. Endlich ging sie.

Vorsichtig und langsam wandte ich den Kopf der Straße zu. Er war da. Daß meine Vorahnung richtig gewesen war, verlieh mir eine heitere Gewißheit, die mich von allen andern absonderte; ich drang in einen Bezirk ein, in dem nur er und ich existierten. Stunden vergingen. Er rührte sich nicht von der Stelle. Ich sah nichts von seinen Zügen, kaum sein geschmeidiges Haar, das ihm in die Stirn fiel. Aber ich fand mit zärtlichem Gefühl seine Art des Betrachtens wieder, den Kopf gesenkt, die Augen lebhaft unter dichten Brauen. Schließlich unterschied ich von all dem Geschehen der Straße nur dieses auf einmal nahe, wirklich nahe Gesicht. Ich lag wunschlos da, verlangte nach nichts. Ich hatte bloß Lust, mich auf meinen Sessel zurücksinken zu lassen, so zu schlafen und tief in meinem Schlummer seinen Blick auf mir zu fühlen.

Aus seiner Reglosigkeit, aus seiner Art, zu mir hinaufzuspähen, erriet ich, daß er diese Entfernung zwischen uns gern überbrückt hätte. Ich aber war zufrieden; allein der Gedanke, daß er mich suchte, erfüllte mich mit einem schlichten, wunschlosen Glücksgefühl. In mir stieg dann eine überquellende Dankbarkeit gegenüber diesem Mann auf, der es mir verschaffte. Ich ließ mich lieben.

An jenem Morgen erhellte das Lächeln Sinebs das Zimmer. Ich freute mich über ihren Besuch.

«Weißt du, ich langweile mich zu Hause. Du fehlst mir.»

Fern von ihrem Mann und den anderen Frauen, fand sie bei mir ihr Mädchengesicht wieder. Eine durchsichtige Vertrautheit entstand zwischen uns. Junge arabische Frauen besitzen ungeahnte Reserven an Gefühlsreichtum; allzu rücksichtslos dem Mann in die Arme geworfen, finden sie nur selten ihre verletzte Unschuld wieder. Und ihre Ehemänner werden niemals das schwärmerische Gesicht ihrer Jugend kennenlernen. Nur den stumpfen Blick unterworfener Tiere, schwacher Geschöpfe.

Wir plauderten lange und mit Vergnügen. Sie berichtete mir allen Klatsch mit einer kindlichen Freude, die so ohne jede Boshaftigkeit war, daß ich mich schließlich für ihre Neuigkeiten zu interessieren begann.

«Wenn ich im Haus bin, passiert nie was.»

«Das liegt an dir, du bemerkst ja nichts! Du bist zu sehr mit dir selbst beschäftigt.»

Plötzlich rückte sie den Stuhl näher ans Bett, ihre Augen blitzten, und sie begann zu flüstern: «Ich werde dir etwas erzählen, das dich betrifft. Aber du mußt mir versprechen, daß du darüber zu niemandem ein Wort sagst.»

«Was mich betrifft?»

Ich stellte die Frage ohne Hast. Denn Sineb ließ sich gern bitten.

«Farid und Lella haben über dich gesprochen... Nach dem Essen gab Farid mir ein Zeichen, sie allein zu lassen. Aber ich konnte mich nicht beherrschen und habe von der Galerie aus gelauscht.» Sie beugte sich zu mir und sagte noch leiser: «Es hat jemand um deine Hand angehalten. Weißt du, wie er heißt?» fuhr sie hastig fort.

«Wie denn?» fragte ich gelangweilt.

«El-Hadsch. Salim El-Hadsch. Es scheint, daß du seine Kusine kennst. Er war es, der dich nach deinem Unfall ins Krankenhaus transportiert hat. Offenbar hast du ihm sogar in diesem Zustand gefallen.»

Es verschlug mir einen Augenblick lang die Sprache. Aber zunächst mußte ich alles erfahren.

«Und Lella? Was hat Lella gesagt?»

«Sie findet, daß er zu alt für dich ist.»

«Hat Farid ihr denn sein Alter gesagt?»

«Nein, ich glaube nicht.» Dann fuhr sie, zu etwas anderem übergehend, fort: «Jedenfalls, heute morgen habe ich nicht widerstehen können; ich habe Thamani gefragt. Er soll ein schöner Mann sein.»

Ich unterbrach sie in ihrer Begeisterung.

«Hör mal, könntest du mir die Unterhaltung zwischen Farid und Lella von Anfang an wiedergeben...? Kannst du mir alles genau berichten, was Lella gesagt hat?»

Sie erzählte.

Salim hatte keinen traditionellen Heiratsantrag gemacht. «Ich könnte mich begnügen, bei Ihnen um ihre Hand anzuhalten», hatte er zu Farid gesagt, «vorher aber möchte ich Ihre Erlaubnis haben, sie kennenzulernen und mit ihr zu sprechen. Ich möchte, daß sie aus freier Entscheidung ihr Jawort gibt.» Dies hatte Farid Lella weitererzählt. Der Mann, dessen «seriöser Ruf» ihm bekannt sei – so hatte er hinzugefügt –, hatte ihm wegen seiner Aufrichtigkeit gefallen. Sicherlich, eine solche Bitte sei gefährlich. «Übrigens», hatte er weiter gesagt, «ist Dalila manchmal so wunderlich und so unzugänglich, daß man bei ihr auf eine Weigerung, den Mann zu sehen und kennenzulernen, gefaßt sein muß.» Dann, mit einem Anflug von Pessimismus: «Sobald man heutzutage die Mädchen um ihre Meinung fragt, nehmen sie sich wichtig und machen Dummheiten. Aber ich schätze El-Hadschs Anständigkeit. Es ist eine in jeder Hinsicht günstige Partie: Familie, Milieu, Vermögensverhältnisse und sozialer Rang –»

Ich unterbrach Sinebs Bericht: «Was hat Lella geantwortet?»

«Sie hat lange geschwiegen und sich alles angehört, bevor sie etwas sagte. ‹Ich finde›, so begann sie, ‹es ist für Dalila noch viel zu früh, an Heirat zu denken. Sie ist jung, und ich bin der Meinung, daß es schade wäre, sie ihr Studium nicht abschließen zu lassen. Eine verfrühte Heirat würde aus ihr eine Frau wie alle andern machen.

Sie wissen doch, Farid, ich hege in bezug auf Dalila große Hoffnungen. Sie ist intelligent und hat eine Zukunft vor sich... Wenn sie in letzter Zeit so begeistert von diesen Diskussionsgruppen sprach, hatte ich schon ihre Zukunft vor Augen. Sie wird eine Frau werden, die bereit ist, vielfältige Verantwortung zu tragen. Eine Heirat zu diesem Zeitpunkt würde ihre Persönlichkeit ersticken. Ich möchte, daß sie glücklich wird, und sie wird es werden. Aber ich möchte auch, daß sie eine bedeutende Frau wird, ein Vorbild...›»

Nach und nach hatte Sineb Lellas Sprechweise angenommen. Die Szene stand mir klar vor Augen.

«Ich allein habe darüber zu entscheiden, was ich sein will», rief ich. «‹Meine Zukunft, meine Persönlichkeit›, nichts als Worte; sie hat nicht das Recht, mich nach ihren Wünschen zu modeln. Ich werde sein, wie ich selbst mich haben will.»

Ich hielt inne, denn ich wollte wissen, wie es weiterging. Ich hatte bis jetzt nur Lellas schöne Phrasen vernommen, und wider Willen faszinierten mich ihre selbstbewußten Ausführungen.

«Was hat sie über Salim gesagt?»

«Über Salim?»

«Nun ja, über den Mann... über ihn...»

«Sie machte zunächst einige Bemerkungen über sein Alter. Dann behauptete sie, diese Werbung sei unannehmbar, sie bringe nur Risiken mit sich. ‹Ich ziehe›, so fuhr sie fort, ‹eine traditionelle Heirat vor, was dieser Herr auch darüber denken mag. Selbst wenn Dalila einige Worte mit ihm gewechselt haben wird, wird sie nicht fähig sein zu entscheiden, ob er der passende Mann für sie ist. Die Ehe ist eine ernste Angelegenheit. Dalila ist noch nicht reif genug, um sich allein für eine solche Bindung zu entschließen. Wenn wir ihrer Verheiratung zustimmen, dann liegt die Entscheidung bei uns; wenn wir aber, wie ich es vorziehe, sie ihr Studium fortsetzen lassen, wird sie erst in einigen Jahren ihre Verantwortung wahrnehmen können.›

‹Sicher›, gab Farid zu. ‹Aber Dalila wird die Universität besuchen. Wenn wir El-Hadschs Vorschlag ablehnen, wer wird ihn dann, falls er es wirklich ernst meint, daran hindern, ohne unser Wissen ihre Bekanntschaft zu machen?›

‹Sie vergessen, Farid, was Dalila ist und sein soll. Wenn sie ihr Studium fortsetzt, dann möchte ich, daß sie es als ehrbares Mädchen tut. Ich bestehe sogar darauf, daß sie während dieser Universitätsjahre mit keinem Mann Umgang hat.›»

Ich zitterte vor Wut in meinem Bett. «So ist's: ehrbar sein bedeutet in ihren Augen, mit keinem Mann sprechen!»

«Aber laß mich doch weitererzählen!» fuhr Sineb fort. «Sie hat entschieden, daß sie vor Schluß der Ferien mit dir sprechen will. ‹Ich werde ihr auseinandersetzen, daß sie der ersten Generation von studierenden Mädchen angehört und daher vor allem auf ein einwandfreies, sehr zurückhaltendes Benehmen Wert legen muß. Sie trägt vor den anderen große Verantwortung. Vor allem muß sie auf ihren Ruf bedacht sein.›»

Ich hatte Lust, dieser Frau ins Gesicht zu schreien: Es ist leicht, von Verantwortlichkeit, von Ruf und Vorbild zu reden! Ich aber will zunächst einmal ich sein. Weiter nichts. Ich suche nicht wie du die anderen mit meiner Würde und meiner Tugend zu bekleckern, mag auch...

«Mag auch...?» fragte Sineb aufmerksam. Ich hatte laut gesprochen.

«Mag Lella auch von Tugend reden, mir ist vor allem Ehrlichkeit wichtig; mag Lella auch von meiner Verantwortung gegenüber den anderen reden, mir geht es in erster Linie um die Verantwortung vor mir selbst.»

«Ich begreife nicht», seufzte Sineb. «Ist das nicht das gleiche?»

«Nein, ich glaube nicht. Ich werde es ihr übrigens sagen, wenn sie mit mir darüber spricht. Ich werde es sogar Farid sagen.»

«Weder er noch sie werden mit dir darüber reden. Farid wird, ohne El-Hadsch eine Absage zu geben, deine Jugend und das Studium vorschützen. Er wird ihn bitten, von diesem Heiratsplan erst in einem Jahr wieder zu sprechen. Bis du dir selbst klargeworden bist, ob du dein Studium fortsetzen oder es um einer Ehe willen aufgeben willst. Lella hat darauf bestanden, dir nichts davon zu sagen. In deinem Alter könne es dich nur verwirren. Ich bitte dich, sprich mit niemandem darüber; wenn sie wüßten...»

Ich lächelte kaum merklich.

«Ich hätte es auf alle Fälle erfahren.»

«Du hättest es erfahren?»

«Ja, und zwar durch Salim El-Hadsch selbst, denn ich kenne ihn. Ich habe ihn oft getroffen. Ich bin nur deshalb nicht im Bild, weil ich seit dem Unfall noch nicht habe ausgehen können. Was auch Lella mit meiner Zukunft vorhat, ich habe lange vor ihr meine Entscheidung getroffen.»

«Du? Du?»

Sie schaute mich bestürzt an. Plötzlich sah sie in mir ein neues, gefährliches Wesen. Sie hatte Angst.

«Angst, Sineb, du hast Angst? Um dich oder um mich?»

«Nein, ich finde, du bist verrückt. Nie hätte ich geglaubt...»

«Glaub mir, Sineb. Wir müßen lernen, Mut zu haben.»

Ich wollte hinzufügen: Mut, um über sich selbst zu entscheiden, um einzig sich zu wählen. Aber ich begriff, daß man hierzu zunächst einmal stark sein mußte. Diese Frau, die sich jetzt in Sicherheit brachte, die mir von nun an aus dem Weg gehen würde, diese Frau würde sich stets vor dem Wagnis fürchten. Und gerade deswegen würde sie von Farid niemals das erlangen, worum sie unbewußt dauernd bettelte: das nachsichtige, vertrauende Lächeln des Partners, mit dem man in allen Lebenslagen verbunden ist.

12

«Ich glaubte schon, ich würde dich nie mehr wiedersehen. Du hast mir so gefehlt.»

Ich antwortete ihm, indem ich auf dem Tisch meine Hand in die seine legte. Und mit dieser Geste schien ich die drei Wochen der Trennung in ein Nichts zu verwandeln. Der fade Geruch der langen Sommernachmittage erfüllte das fast leere Café. Ich erkannte es nur mit Mühe wieder. Hatten wir uns hier tatsächlich das letztemal getroffen? Hatten Salims Drohungen und Zornausbrüche denn nicht für immer die Ereignislosigkeit dieses Orts erschüttert? Die Erinnerung an unseren Streit war von einer ebensowenig überzeugenden Realität wie die Fratzenschneidereien eines Schmierentheaters. Nicht das Vergessen ist das schlimmste, dachte ich, sondern wenn die Vergangenheit zu einer Karikatur wird.

Und doch, als ich zu Salim aufblickte, war sein Gesicht

so sanft und lag in seiner Verwirrung solch eine aufrichtige Zärtlichkeit, daß ich sicher war, mich später dieses Augenblicks als einer Morgenröte zu erinnern. Als einer Sonne, dachte ich weiter, denn allein die Sonne läßt sich niemals vergessen noch trüben. Vergeblich versuchte ich meine Rührung in eine blinde Gefühlsseligkeit einzuschließen.

«Du hast mir so gefehlt, Dalila», wiederholte Salim in mattem Ton; dann, mit einer Traurigkeit, die ein wenig Angst durchschimmern ließ: «Seit deinem Unfall fürchtete ich dauernd, dich zu verlieren.»

Ich hörte ihm mit Gewissensbissen zu. Ich rief mir den Vorsatz in Erinnerung, den ich gefaßt hatte, ehe ich mich auf den Weg zum Café machte. Nach Sinebs Fortgang hatte ich Lellas Worte sorgfältig durchdacht, ihre Einwände gegen den Heiratsantrag, ihre Ablehnung. Aus allem hatte sich eines herausgeschält, was tief in meinem Innern seit langem eine Gewißheit war: Lella hatte Salim gekannt. Hatte sie nicht von sich aus, bevor Farid ihr Näheres mitteilte, gesagt: «Er ist für sie zu alt»? Ich würde Salim treffen. Rücksichtslos und ruhig würde ich ihn fragen: «Haben Sie Lella vor ihrer Heirat gekannt?» Ich sah mich, wie ich diese Frage mit der unerbittlichen Kälte eines Menschen stellte, dessen Rolle nur darin besteht, zu verurteilen.

Dann hatte ich dieses Café betreten. Kaum hatte ich an dem Tisch Platz genommen, an dem wir immer saßen, war bereits alles vergessen. Für mich gab es nur noch Salim, seine Worte, seinen Blick, seine Hand. Der Gedanke, daß dieser Mann auch zu andern Zeiten, an andern Orten sein Leben gelebt hatte, ließ mich gleichgültig. War diese Art, von einem Menschen Besitz zu ergreifen und seine Vergangenheit zu töten, bereits Liebe? fragte ich mich. Nein. Ich wußte es besser. Salim zählte nur, wenn er da war; er rührte mich nur, wenn er, wie jetzt, eingestand, daß er mich brauchte. Die wahre Liebe, das war die Angst, die er in seiner Stimme nur schlecht hatte unterdrücken können, als er gefragt hatte: «Hat dich schon ein anderer Mann geküßt?»

Es war die Hingabe seines ganzen Seins, das Sanfterwerden seines Blicks bei meiner Antwort. Ja, die Liebe war dieses Suchen des andern, diese ungerechte und vergebliche Besitzergreifung des andern.

Lange schwiegen wir. Ich hatte meine Hand in der seinen vergessen. Ich fühlte seine warme Haut; mir war wohl. Seine Stimme klang leise, und er sprach wie im Traum. Noch nie hatte ich ihn so gesehen. Zärtlich, fast schwach. Beide waren wir schüchtern und versuchten, uns dessen zu erwehren. Salim hatte begonnen, mir Fragen über meine Gesundheit zu stellen, in sachlichem Ton, aus dem ich spürte, daß er gewaltsam die Angst hatte verdrängen wollen.

Wenn zwei Menschen zu dem Punkt gelangen, wo ihre Wege zusammentreffen, drängt es sie, zu gleicher Zeit, in den ersten Augenblicken, alle jene unvollkommenen Gefühle zu empfinden, die zu ihrem Bestehen des andern bedürfen: Bangen, Zärtlichkeit, Eifersucht. Salim sah mich vor sich, ausgeruht nach diesen drei Wochen der Genesung; aber er konnte sich nur schlecht von seiner alten Angst freimachen, die er mir während dieser Tage in jedem Augenblick so gern offenbart hätte.

Ich weiß nicht, wer das Schweigen brach, diesen gemeinsamen Schlummer unsrer beiden Wesen. Seine warme Hand bedeckte die meine so vollständig, daß ich mich nicht zu rühren wagte. Vielleicht sprach ich als erste und ließ, um uns von dieser Mattigkeit zu befreien, in dem Lärm der Straßengeräusche und dem Gemurmel der Gäste im Raum irgendeine banale Bemerkung fallen. Aber es war seine Stimme, die mich weckte. Er lebte, das erriet ich, in einer ruhigen Beständigkeit. Während ich reglos, augenscheinlich passiv, meinen Geist ein schönes Rankenwerk von Gedanken zeichnen ließ, von den nichtigsten bis zu den klarsten, fühlte ich, daß ich in jedem Augenblick, wenn ich zu ihm zurückkehrte, ihn immer als den gleichen wiederfinden würde.

Er redete, und seine Worte ließen unsere Verbundenheit länger dauern. Da erst bemerkte ich, daß er mich, daß ich ihn duzte, eine Vertrautheit, zu der wir unmerklich gelangt waren. Als ich mir dessen bewußt wurde, überkam mich ein Gefühl der Geborgenheit.

«Ich liebe dich so sehr», flüsterte Salim.

Wir hatten unwillkürlich unsere Hände gelöst, als Gäste zu der fast leeren Empore heraufgekommen waren. Salims Stimme wurde feierlich; das Leben ringsum stockte, die Gäste, die Geräusche von unten, die Straßenbahn, die nicht mehr vorbeifahren würde.

«Willst du meine Frau werden? Willst du es wirklich, Dalila?»

Ich schaute ihn an und versuchte, mir dieses ergreifende Gesicht einzuprägen. Sein Blick war voller Hoffnung. Salim, der für mich bisher ein Schatten gewesen war, traf mit dieser bedingungslosen Selbsthingabe den Grund meiner Seele. Ich lächelte. Vertrauensvoll begann ich mit meinen Geständnissen.

«Seit langem bin ich deine Frau ... Erinnerst du dich an den Tag, als wir von diesem Tisch aufstanden? Du lächeltest und sagtest zu mir: ‹Gehen wir anderswohin.› Vorher blieben wir immer hier. Als du das Wort ‹anderswohin› so schnell aussprachst, da war mir, als ob eine innere Stimme mich vor etwas Ernstem warnte. Ich hätte Fragen stellen können. Aber ich bin dir gefolgt; ich wußte, daß ich dir nunmehr überallhin folgen würde... So ist es doch wohl, wenn man sich verschenkt, nicht wahr, Salim?»

«Ja», sagte er in aufmerksamer Dankbarkeit. «Ja, aber willst du nicht bald meine Frau werden? Möchtest du nicht, daß wir so bald wie möglich heiraten?»

Ich fürchtete zu lügen, wenn ich ja sagte. Ich fühlte mich in meinem Zustand wohl. Denn ich hatte ja seine Hand, seine Gegenwart, seine angsterfüllten Fragen. Mehr verlangte ich nicht. Beim Erbeben seiner Stimme, als er «bald meine Frau» sagte, war es mir, als stieße er mich auf einen Weg, der sich uns noch kaum enthüllte. Ich hatte es nicht eilig; ich wollte auf diesem Rastplatz des Vertrauens gerne noch verweilen, um mich selbst zu erkennen. Mich in seinem Blick wiederzufinden; mich in ihm zu spiegeln.

All dies hätte ich Salim gern erklärt. Aber er hatte das Ja, das ich noch abwägte, nicht abgewartet. Er glaubte es bereits zu haben. Er kam mir zuvor. Selbst in dieser Minute des Sichbindens wurde mir bewußt, wie sehr der Mensch, der liebt, durch seine große Hast, vom anderen Besitz zu ergreifen, das geliebte Wesen verrät. Aber noch war ich darüber nicht verwirrt. Angesichts dieser gierigen Leidenschaftlichkeit kam ich mir kostbar vor.

«Ich will dich nicht mehr auf diese heimliche Art sehen.» – Schon befahl er. – «Ich habe mit deinem Bruder gesprochen. Ich hatte dich auf dem Balkon beobachtet und brachte es nicht mehr über mich, dich weiter so zu betrachten, fern von mir und krank. Ich habe ihm meine Absichten auseinandergesetzt, aber ich habe auch die Freiheit erbeten, mich mit dir zu treffen, damit auch du deine Zustimmung geben kannst. Ich will nicht, daß die andern auf unser Verlöbnis Anspielungen machen, die dich verletzen.»

«Was liegt mir an der Meinung der andern!» rief ich lebhaft. «Wichtig ist nur, was du denkst!»

«Mir aber liegt daran, wenn es sich um dich handelt. Ach», rief er schwärmerisch, «ich möchte, alle sähen dich so, wie ich dich sehe: ein Engel.»

«Psst!» flüsterte ich erschreckt.

Schon in dieser Minute überkam mich die Angst, in seinen Augen ein Bild von mir zu sehen, das nie existiert hatte. Es ist dann so leicht, der Versuchung nachzugeben. Der Blick des Mannes braucht nur etwas mehr zu glänzen, und die Frau beginnt, für die ganze Dauer einer Liebe und eines Lebens, einen lasziven, einen grausamen, egoistischen Tanz der Selbstanbetung.

«Psst!» wiederholte ich noch leiser. «So etwas darf man niemals sagen.»

«Möchtest du, daß wir wieder zum Hafen gehen?» fragte er nach einer Weile.

«Wie du willst.»

Ich war durchdrungen von einem wollüstigen Gefühl der Fügsamkeit. Am Hafen erwartete uns am flammenden Himmel eine Sonne, die über reglos daliegenden Schiffen unterging.

«Willst du es, wie ich es will?»

Leidenschaft kam in seiner Stimme auf. Und ich begriff plötzlich die Verwirrung, die die Frauen treibt, ja zu sagen. Angesichts der Gefühlsverworrenheit in ihrem Herzen, in dem zugleich Trägheit, Mitleid und eine unerklärliche Zärtlichkeit hausen, angesichts der vielfachen Leere ihres Herzens geben sie sich dem Mann hin, und sei es in einer Vergewaltigung – um nach dem Akt einem endgültigen Bild von sich gegenüberzustehen. Und ihre Reinheit bricht plötzlich hervor wie eine seltsame Blüte. Nachher.

«Ja», sagte ich.

Am Ende der Kaianlagen war das Wasser wie immer: ruhig, grün, eine Ebene, die mit dem Horizont verschmolz. Als ich aufblickte, ahnte ich, daß der Tag bereit war, den Himmel zu zerreißen. Dann würden wir auf der Mole stehenbleiben. Und wenn nach ihrer blutigen Vermählung das Wasser, der Himmel und die Erde uns ein wahres, unendliches Gesicht darböten, dann würde ich vor mir nur das andere unendliche Gesicht haben, das Gesicht Salims. Von diesem überwältigenden Wonnetaumel der Elemente gesättigt, würden wir vereint in die Nacht einkehren.

Er lag da in einer Haltung, die mir von ewiger Dauer zu sein schien. Seine große Gestalt war hingestreckt, der Welt zugewandt, auf dem feuchten Boden, den man durch seine zahllosen Poren beinahe atmen hörte. Er hatte den Kopf in meinen Schoß gelegt.

«Ich möchte immer so liegen bleiben», sagte er.

Ich antwortete mit einem Lächeln, glücklich darüber, daß ich ihn nicht in einen Bereich hatte eintauchen lassen, wo er allein gewesen wäre. Von seiner Leidenschaft hätte ich dann nur die Heftigkeit seiner Stimme gehabt, die mich erschreckt hätte. Jetzt hingegen war er friedlich bei mir.

«Du bist schön!» murmelte er. «Du bist wunderbar schön!»

«Es ist das Abendlicht!»

Ich war nachsichtig mit seiner Begeisterung und stolz,

daß es mir gelungen war, ihn bei mir zu halten. So brauchte ich mir seinetwegen keine Fragen mehr zu stellen, sondern konnte ihm in einer großzügigen Geste all das Glück schenken, dessen ich fähig war.

«In einem Jahr wirst du meine Frau sein.»

«Ein Jahr ist schnell vorüber!» sagte ich, sein Gesicht streichelnd, um die Ungeduld zu zügeln, die seine beginnende Glut erwecken könnte.

«Ich bedauere sogar...» fuhr er fort, und der Klang seiner Stimme wurde so durchsichtig, daß ich beinahe wünschte, er möchte schweigen; «ich bedaure sogar die letzten Male, die wir hierherkamen. Ich hätte es nicht tun dürfen... Ich weiß, daß du dich geschämt hast.»

«Nein», antwortete ich mit dem Willen, es zu glauben, «es gibt nichts zu bedauern. Ich bin deine Frau... Wo ist denn da Böses? Eines Tages werde ich dir ganz gehören.»

«Ein Jahr ist lang!» sagte er traurig.

«Zwischen uns kann sich nichts ändern.»

Ich ließ ihn endlich und sehnsuchtsvoll an der Schwelle der Geduld und des Glücks anlangen. Jetzt kam es darauf an, wer von uns beiden sich am heldenhaftesten verhalten würde. Er kam zu einem Entschluß: «Ich werde von hier fortgehen. Wenn ich dich nicht wie bisher treffen kann, ist es besser, wenn ich fortgehe.»

Mir wurde einen Augenblick schwach zumute, und ich erkannte, daß ich alles von ihm ertragen könnte, nur nicht seine Abwesenheit.

«Ist das wirklich nötig?»

«Es ist ratsam.»

«Warum kann ich dich denn nicht weiter so treffen wie jetzt? Ich wiederhole, was die anderen denken, läßt mich gleichgültig. Wichtig ist nur, was wir denken, du und ich, Salim.»

Ich geriet in Feuer und ließ ihn zum erstenmal mein zur Auflehnung entschlossenes Gesicht sehen. Er konnte nicht begreifen, daß ich diese Züge und diese Stimme bereits hatte, bevor ich ihn liebte. Er würde jede Leidenschaft, die ich jetzt an den Tag legte, nur unter der Bedingung hinnehmen, daß sie unsere Liebe umhüllte. Er sah in mir einen Menschen, der bereit war, allen Gefahren Trotz zu bieten, um bei ihm zu bleiben. Das war aber nur ein Teil der Wahrheit.

Er übernahm also die Rolle des verantwortungsbewußten Älteren. Ich aber wurde das pflichtvergessene Kind. Es war an ihm, unserer Liebe einen vernünftigen Anstrich zu geben.

«Vernünftig!» protestierte ich wütend.

Er ließ sich nicht unterbrechen und versuchte mich zu beruhigen. Es komme doch nichts dabei heraus, die anderen herauszufordern. Schon vergaß er seine anfängliche Schwäche und meine Vorsicht, die ihn überhaupt erst an Vernunft und Einsicht hatte denken lassen. Ich hörte ihm zu, wie er über dieses Wartejahr bestimmte, und war schließlich glücklich, daß er solche Vorsichtsmaßnahmen traf, um meinem Leben jede Erschütterung zu ersparen. Aber ich wußte nicht, ob ich gehorchen würde.

Er werde fortgehen. Es treffe sich, daß er in Paris Geschäfte zu erledigen habe. Bis jetzt habe er die Absicht gehabt, eine neue Filiale des väterlichen Unternehmens einem Teilhaber anzuvertrauen. Nun aber wolle er selbst hinfahren und ein Jahr lang die Leitung übernehmen. Und ich, dachte ich, und ich?

«Du wirst auf mich warten. Die Zeit wird schnell vergehen. Es ist nicht nötig, Risiken einzugehen. Hast du daran gedacht, was geschieht, wenn dein Bruder und deine Stiefmutter etwas erführen?»

Ich hatte nur allzuoft daran gedacht. Lella den Namen Salim ins Gesicht schleudern und sie von neuem erbleichen sehen... Alle meine Fragen, die ich ihm stellen wollte, tauchten plötzlich wieder auf. Aber ich stellte nicht eine einzige. Jetzt hüllte die Nacht uns ein, und das Gesicht auf meinem Schoß erschien in der fahlen Dunkelheit unwirklich. Was kümmerte mich das übrige!

«Ach, weißt du», flüsterte er, «das Warten wird für mich viel schwerer sein... viel schwerer.»

Ich wußte es. Ich selbst hatte es nicht eilig. Ich fühlte mich wohl in dieser Friedlichkeit, mit einer animalischen Behaglichkeit, in die zu versinken ich genoß. Zu Hause aber würde ein hartes, haßerfülltes Mädchen sich weiter gegen die andern, gegen Lella auflehnen. Würde während Salims Abwesenheit dieses Mädchen nicht Gefahr laufen, sich in Freiheit zu entfalten?

Nein, Salim, das Warten würde für dich sehr viel einfacher sein. Denn dich drängte es bloß, ans Ziel zu gelangen, und du warst sicher, mich dort genau so, wie du mich jetzt vor dir sahst – unwissend und rein – wieder vorzufinden. Wenn du mich aber den anderen überließest, wen würdest du bei deiner Rückkehr vorfinden? Vielleicht ein Mädchen, das nicht auf dich zu warten verstand und das du nicht wiedererkennen wirst. Mir fehlte, um warten zu können, die Fähigkeit, mich auf der Oberfläche meines Ichs niederzulassen. Ich verging vor Ungeduld nach dem Leben. Und du als erster hattest mich ins Leben hineingestoßen.

13

Ich bat Salim, mich zu Scherifas Haus zu begleiten, denn ich kannte das Viertel nur schlecht, und wir hatten uns länger als sonst aufgehalten. Seit wir entschieden hatten, uns dem Willen der anderen zu fügen, hatte uns eine gelassene Heiterkeit erfaßt, die uns unverwundbar zu machen schien.

Wir kamen durch gerade, breite Straßen, die von hellen Häusern aus weißem Stein gesäumt waren. Die Palmen, die einige Villen umstanden, der pseudomaurische Stil andrer, aus deren offenen Fenstern Fetzen von Jazzmusik zu uns drangen, Stimmen, Gelächter, all das wirkte beim Schein der Straßenlampen wie Theaterdekor. An den Sommerabenden flüchten die meisten europäischen Familien aus ihren Häusern und ziehen in einer düsteren Flut die Hauptverkehrsstraße, die wir mieden, hinauf und hinunter. In den Nebenstraßen waren wir allein.

Bald mußten wir uns trennen. Es fiel uns schwer. Es kostete mich Überwindung, mich von ihm zu verabschieden.

«Wann sehe ich dich wieder?»

«Ich weiß nicht», antwortete ich traurig. «Ich kann nicht länger bei meiner Schwester bleiben. Und drüben zu Hause – ich weiß nicht, wie ich es machen soll.»

«Wie hast du es denn früher gemacht?»

«Das weißt du doch.» Ich bemühte mich, meine Verlegenheit zu verbergen. «Ich ging mit Mina aus. Ich sagte, ich ginge mit ihr zu diesen Diskussionsrunden.»

«Ja, ich erinnere mich», antwortete Salim nur.

Wie gut er ist! dachte ich. Er findet sich jetzt sogar mit dieser Seite unserer Begegnungen ab, die ich nicht mag.

«Ist Mina das Mädchen, das am Tag deines Unfalls bei dir war?»

«Ja», erwiderte ich mit matter, ausdrucksloser Stimme, «das war Mina.»

«Sie ist mir nicht sympathisch. Ich finde, sie macht einen dreisten Eindruck.»

Ich gab keine Antwort. Was hatte ich eigentlich befürchtet? Er schien von jenem Tag nur das dreiste Aussehen Minas behalten zu haben und seine Angst, er könne mich verlieren. Die andern, überlegte ich, vergessen offenbar leicht; ihr Gedächtnis ist ein Sieb, das die Erinnerungen einfach ins Nichts versinken läßt, Erinnerungen, die das Herz zum Pochen bringen, wenn ein Wort, ein Klang sie plötzlich anzukündigen scheinen. An ihre Stelle tritt Banales... Waren all die Verwirrung und die seltsame Erregtheit jenes Tages für Salim nichts weiter als ein belangloser Streit gewesen, auf den zufällig ein Verkehrsunfall gefolgt war? Ich wagte es nicht zu glauben. Später sollte ich noch daran denken, ohne zu wissen, ob ich mich darüber freuen sollte oder nicht.

Er stand gegen eine Hauswand gelehnt, ich ihm gegenüber. Sein Gesicht, von einer Straßenlaterne erhellt, verscheuchte alle meine Gedanken.

«Wann kann ich dich wiedersehen?» drängte er. «Ich muß jetzt gehen.»

«Ich will versuchen, noch zwei oder drei Tage bei meiner Schwester zu bleiben. Vielleicht könnten wir –»

«Und kannst du denn wirklich nicht ausgehen, wenn du wieder zu Hause bist? Deine Stiefmutter –»

«Es gibt keine strengere Mutter als Lella. Sie ist übrigens schuld daran, daß wir warten müssen.»

«Ich habe von ihr sprechen hören. Man sagt viel Gutes über sie. Alle Frauen finden, daß sie eine bemerkenswerte Frau ist.»

«Bemerkenswert! Dieses Wort paßt nicht gerade auf

sie.» Ich war gereizt und vergaß, daß ich selber bei unserer ersten Begegnung ihr Lob gesungen hatte. «Und wer findet sie denn so bemerkenswert?»

«Dudscha sprach kürzlich von ihr. Auf diesem Gebiet verlasse ich mich immer auf Dudschas Urteil.»

Fragen stiegen mir auf die Lippen. Aber er legte die Hand auf meine Schulter. Ich blickte auf die Uhr.

«Es ist spät!» rief ich erschrocken.

Der bevorstehende Abschied verdrängte alle Fragen, die ich stellen wollte.

«Beeil dich!» sagte Salim sanft.

Ich zögerte einen Augenblick lang. So wollte ich nicht von ihm gehen. Ich stellte mich auf die Fußspitzen und drückte ungeschickt einen Kuß auf seine Wange. Dann lief ich davon.

Bei den Worten «Beeil dich!» hatte seine Stimme unmerklich gebebt. Ich wußte nicht mehr, ob ich beim Abschiednehmen diese unschuldige Geste machte, um ihm Mut zu machen und Freundschaft zu schenken – ist Freundschaft im Herzen der Liebe nicht die rührendste Zärtlichkeit, das reinste Geschenk? – oder aus Vergnügen, weil ich mich vor einem Mann in Sicherheit wußte, der sich mühte, Leidenschaften zu zügeln, die ich nur dunkel ahnte.

Auf der Treppe stand ich plötzlich Thamani gegenüber. Ich schrie vor Überraschung auf. Sie blieb stehen und sagte grinsend: «Da staunst du wohl, mich hier zu sehen? Nun, ich vergesse niemand! Übrigens war Scherifa sehr froh, mich zu sehen. Ich hatte ihr mein Kommen zwar nicht angekündigt, aber ich wollte dich besuchen; man hatte mir gesagt, daß du krank wärst. Den ganzen Nachmittag habe ich auf dich gewartet.»

«Ich war bei Mina», erklärte ich mit ungeschickter Hast.

«Ach, es ist doch nicht notwendig, mir zu sagen, wohin du gehst. Das geht mich nichts an ... Im Gegenteil», fügte sie hinzu und beugte sich mit einem Ausdruck geheuchelter Nachsicht, der mir unerträglich war, über mich. «Ich finde, du hast recht, die Gelegenheit zu nutzen, solange du bei deiner Schwester bist. Bei deiner Stiefmutter wird es nicht so leicht sein. Die ist nämlich ein richtiger Gendarm. Da drüben würdest du nicht so spät heimkehren dürfen, nicht wahr?»

In ihrem Gesicht zeigte sich ein hinterhältiges Lächeln, das nicht verschwand. Ohne mir dessen bewußt zu werden, hatte ich mich gegen die Wand gepreßt, während sie, eine Hand auf dem Treppengeländer, sich zu mir neigte. Das Licht ging aus. Keine von beiden rührte sich. Ein Lichtschein von draußen erhellte Thamanis weißen Schleier, der ihr braunes Gesicht und ihre roten Haare unbedeckt ließ. Ich hatte Angst.

«Hör mal», flüsterte sie, «ich habe dich unter der Laterne an der Straßenecke gesehen. Da bin ich zurückgekehrt und habe auf dich gewartet; ich muß dir etwas sagen.»

«Was willst du von mir?»

Meine Stimme klang schrill, verstört.

«Sachte! Nur sachte!» sagte sie beschwichtigend. «Habe keine Angst. Ich will nur dein Bestes.» Dann gebieterisch: «Wer ist es?»

«Das geht dich nichts an.»

«Sieh an, sieh an! Ich weiß es schon seit langem. Ich wollte es bloß aus deinem Mund hören. Es ist der junge El-Hadsch. Er hat um dich angehalten, und deine Stiefmutter hat den Antrag abgelehnt. Du siehst, ich weiß alles. Eigentlich fängst du es richtig an. Er ist eine gute Partie und ein schöner Mann, das kann man schon sagen. Fürs erste Mal ist es nicht übel. Aber du glaubst wohl, daß das zur Ehe führen wird . . . Nun, bis dahin kann sich noch manches ereignen!»

«Laß mich! Das geht dich nichts an.»

Ich stieß sie weg, um vorbeizugelangen. Sie hielt mich am Arm fest und flüsterte mit drohender Stimme: «Reg dich nur nicht auf! Man sagt von dir, du seist scheu, wenig gesellig. Aber ich hielt dich immerhin für klug.

Du scheinst dir wohl nicht darüber klar zu sein, daß ich nur einige Worte zu sagen brauche, um bei dir zu Hause einen Skandal hervorzurufen. Alle Leute würden dann wissen, daß sich die Abdelasis-Tochter nachts mit einem Mann herumtreibt. Noch hat man in den Häusern Algiers den Namen Abdelasis nicht völlig vergessen. Und El-Hadschs Verwandte, seine Mutter, seine Schwester . . . Es wäre mir so leicht, von dir zu sprechen, bevor du in dieser Familie aufgenommen wirst . . . Du glaubst wohl, der Sohn werde auch dann noch so an dir hängen, daß er es wagen würde, seiner Familie die Stirn zu bieten?»

«Du kannst alles erzählen, das ist mir gleichgültig. Im Gegenteil», sagte ich lebhaft, sie herausfordernd. «Im Gegenteil, dann werde ich endlich das Vergnügen haben, ihn vor aller Augen treffen zu können!»

«Armes, ahnungsloses Geschöpf!» Sie lachte beinahe zärtlich, stockte und fuhr dann in ernstem Ton fort: «Ich habe es dir schon oft gesagt, und es tut mir weh, daß du zu mir kein Vertrauen hast: Ich will doch nur dein Bestes, denn ich sehe dich wie meine Tochter an. Was ich vorhin sagte, meinte ich nur im Spaß . . . Hör zu: wenn du nach Hause zurückkehrst, willst du doch ausgehen, ihn treffen, nicht wahr? Ich weiß, wie das ist, man vergißt die Vorsicht, wenn man jung ist, man kümmert sich nicht um die Gefahren.»

«Na, und?» fiel ich ihr patzig ins Wort.

«Und wenn ich es dir ermöglichte, auszugehen, wann du willst, mit jeder wünschenswerten Sicherheit?»

«Wie würdest du das denn zustande bringen?» fragte ich mit einer Neugier, in die sich Verachtung mischte.

«Laß das meine Sorge sein. Ich biete dir jedenfalls meine Hilfe an.»

«Danke», erwiderte ich. «Aber ich brauche keine Kupplerin.»

«Ich könnte es auch bewerkstelligen, daß du keinen Fuß mehr vor die Tür setzen kannst», zischte sie.

Ich zuckte die Schultern.

«Tu, was du nicht lassen kannst.»

«Du wirst mich noch eines Tages nötig haben, früher oder später. Wenn nicht heute, dann –»

«Warum liegt dir so sehr daran, daß ich dich nötig habe?» unterbrach ich sie gelangweilt.

«Das ist meine Sache», sagte sie. «Auf Wiedersehen.»

Sie verschwand, ohne daß ich ihre Enttäuschung erkennen konnte.

Scherifa sollte in zwei Tagen mit ihrem Mann und den Kindern aufs Land fahren, auf das Gut ihrer Schwiegereltern. Sie seufzte bereits und murrte wegen der Gewohnheit ihres Mannes, «sich dort unten einen Monat lang einzuschließen». Ich wußte, daß sie in seiner Gegenwart nichts zu sagen wagte; es war die einzige Frage, bei der Raschid einen gebieterischen Ton anschlagen konnte. Ich tröstete sie, so gut ich es vermochte: «Den Kindern wird es guttun. Wirklich, Sakina freut sich schon darauf, daß sie auf den Feldern und Wiesen herumtoben darf.»

«Ja», gab Scherifa mißgestimmt zu. «Ich für meinen Teil werde während dieser Zeit nicht das Recht haben, einen Fuß vor das Haus zu setzen. Nicht einmal in den prächtigen Obstgarten. Die Arbeiter könnten mich ja sehen! Aber was will man...»

Ich hatte Salim gesagt, er solle im Lauf des Nachmittags vor dem Balkon erscheinen. Wenn ich an einem der beiden Tage ausgehen könnte, würde ich herunterkommen. Am nächsten Tag behielt ich kurz vor der abgemachten Zeit den Balkon dauernd im Auge. Ich sagte zu Scherifa: «Ich glaube, ich werde ausgehen.»

«Bleib aber nicht so spät wie gestern. Ich habe solche Angst gehabt. Raschid hätte noch vor dir heimkehren können.»

«Hat er mir denn etwas vorzuschreiben?»

«Natürlich nicht, aber er würde sich dennoch seine Gedanken machen... Und du weißt, er mag dich sehr, er hält große Stücke auf dich.»

«Ja, ich weiß», erwiderte ich lächelnd.

Ich wollte fortfahren und ihr sagen, wie glücklich Raschid jetzt zu sein scheine und daß man, wenn man glücklich ist, alle Welt liebt. Aber da klingelte es an der Tür.

Als ich in der Diele draußen Lellas Stimme hörte, rannte ich auf den Balkon. Salim war da, aber Lella trat bereits ins Zimmer. Sofort kehrte ich zurück.

«Du liegst nicht mehr im Bett?»

«Nein», antwortete ich spitz.

Ihr Blick durchbohrte mich. Ihre Nasenflügel bebten, so sehr verhärteten sich ihre Züge. Ich wandte ihr den Rücken zu und lehnte die Stirn gegen die Glastür, die zum Balkon führte. Salim wartete noch immer auf mich.

Wenn ich mich zu Lella umdrehen, wenn Scherifa hinausgehen würde, dann käme es in diesem Zimmer zu einer Szene. Ich mochte Szenen nicht. Ich fühlte mich müde. Ich hörte Lella sagen: «Ja, heute morgen waren viele Leute unten... Lla Aischa ging es wieder mal nicht gut. Thamani war bei ihr... Ich mußte hinuntergehen... Zum Glück war es nichts Ernsthaftes...»

Thamani, dachte ich gedankenverloren, als ich mich umwandte... Bist du wegen Lla Aischa oder Thamani hinuntergegangen?

«Es ist Zeit, daß du nach Hause zurückkommst», begann sie. Sie wagte nicht, offen anzugreifen.

«Warum?» fragte ich leichthin. «Ich warte noch Scherifas Abreise ab, und dann komme ich.»

«Hier gefällt's dir wohl besser!» spottete sie. Dann zögerte sie und fragte plötzlich mit klangloser Stimme: «Hör mal, Dalila, ich möchte wissen, was du gestern getan hast, mit wem du auf der Straße warst.»

Ihr Blick suchte den meinen. Ich war nahe daran, nachzugeben. War sie in diesem Augenblick nicht das Bild der besorgten Mutter, die von ihrem Kind die Wahrheit verlangt? Ich blickte sie an. Ich zögerte. Bereit, ja, Lella, bereit, dir alles zu gestehen. Steif, bemüht, meine Verlassenheit zu verbergen, sagte ich: «Ich werde dir alles sagen.»

«Mit wem warst du gestern zusammen?»

«Mit Salim El-Hadsch.»

Ich wollte fortfahren, als sie plötzlich... plötzlich erbleichte, mit dem gleichen starren Blick wie neulich vor meinem Bett. Sie schrie fast, mit dieser schrillen Stimme, die ich nur ein- oder zweimal gehört hatte und die ich haßte: «Mit wem?»

«Mit Salim El-Hadsch. Du kennst seine Absichten besser als jede andre.»

Sie hörte mir nicht mehr zu. Sie erhob sich. Ich ließ sie nicht aus den Augen. Ich hatte Lust, ihr voll Überdruß zu sagen: «Wirst du denn niemals aufhören zu lügen?»

Aber sie schrie bereits, sie brüllte und überschüttete mich mit den unvermeidlichen Vorwürfen und beleidigenden Fragen. Es war die reinste Komödie.

«Seit wann triffst du dich mit ihm? Bei ihm also warst du, als du so oft ausgingst? Du hast uns belogen. Du hast dich mit einem Mann getroffen, du, in die ich mein ganzes Vertrauen gesetzt hatte, der ich die ganze Verantwortung vorgelebt zu haben gaubte, die ich auch von dir erwartete. Du, aus der ich ein aufrichtiges, seriöses Mädchen und später eine ehrbare Frau machen wollte ...»

Ich lauschte ihren Lügen. Ich wußte, daß ich die Stärkere war.

«Ja, ich kenne ihn. Und zu ihm ging ich. Wer hat dich denn, als du erkanntest, daß ich log, daran gehindert, Farid alles zu sagen? Ich habe nie Angst gehabt. Ich selbst habe dich sogar aufgefordert, ihn zu warnen.»

«Ich wollte dir Vertrauen beweisen. Ich glaubte, es handle sich um kleine harmlose Spaziergänge mit Mina. Ich wollte dir dadurch, daß ich Farid nichts sagte, nur zeigen, daß ich dir ein wenig Freiheit lassen konnte.»

«Du siehst», antwortete ich ironisch, böse und gelassen, «ich habe nicht gewartet, daß du mir ‹ein wenig Freiheit› gibst. Ich habe sie mir selbst genommen. Die Freiheit kann man sich immer selbst nehmen.»

«Du hast dich beschmutzt, du hast uns beschmutzt!»

«Ich bin bereit, in Farids Gegenwart die Wahrheit zu sagen. Es gibt nichts, dessen ich mich zu schämen hätte. Eine Frage nur habe ich: Wer hat dir von meinem gestri-

gen Ausgang erzählt? Nenn mir deine Quelle. Wenn du
es wagen kannst, nenn sie in Farids Gegenwart. Sag ihm,
daß Thamani, die du vor den andern nicht zu kennen
scheinst, sich im verborgenen mit dir unterhält. Sag ihm,
daß ihr insgeheim miteinander tuschelt...»

«Was willst du damit unterstellen?»

«Ich unterstelle nichts. Ich erkläre, daß ich bereit bin,
in den Dingen, die mich betreffen, die Wahrheit zu sagen. Ich mag keine Geheimnisse. Zu Hause aber gibt es
ein Geheimnis, das unbedingt enthüllt werden muß. Ich
kenne es.»

Ich hielt inne; sie war noch bleicher geworden.

«Und jetzt», fuhr ich langsam fort, während ich zur
Balkontür ging (draußen sah ich noch immer Salims Gestalt), «wenn du nicht zu feige bist, ruf Farid. Sag ihm,
daß ich in einigen Minuten bei Salim El-Hadsch sein
werde... Auf Wiedersehen.»

Ich ging hinaus, ohne sie anzublicken.

14

Ich existiere nur in andern; wenn ich mich, in Auflehn-
nung oder auch flehend, ihnen zuwende, geschieht es
doch nur, um in ihren Augen mein Bild zu befragen.
Armer Salim, den ich täuschte, dachte ich, während ich
zu ihm hinunterblickte. Sein Kopf ruhte in meinem
Schoß. Liebe ich den Widerschein von mir, der sich in
deiner Liebe spiegelt, oder dein im Schlaf vertrauensvolles Männergesicht? Ich wagte nicht, mich zu rühren.

«So fühle ich mich wohl», hatte er gesagt. «Es ist mir,
als schliefe ich bei dir, als verließe ich dich nicht in meinem Schlummer.»

Er schlief jetzt. Und ich dachte nach. Ich dachte darüber nach, daß ich diese sitzende Frau, die über den Schlaf eines Mannes wachte, der andern vorzog, dem haßerfüllten Mädchen, das sich gegen Lella empörte und vor nichts Achtung hatte. Nein. Ich würde Salim keine Fragen stellen.

«Ich möchte etwas mit dir besprechen», sagte Salim plötzlich mit geschlossenen Augen.

«Ich glaubte, du schläfst.»

«Nein. Ich habe gerade an das gedacht, was ich dir sagen will.»

«Ja?»

«Bleib so sitzen. Ich will die Augen nicht öffnen. Es ist so schwer. Ich muß dir nämlich alles sagen ... Siehst du, ich möchte, daß du mich so siehst, wie ich bin, so wie ich in der Vergangenheit gewesen bin.»

Ich unterbrach ihn.

«Glaubst du, daß es wirklich nötig ist, mir von deiner Vergangenheit zu erzählen? ... Ich frage dich nicht danach», fügte ich hinzu.

Ich verlangte nichts von ihm. Beinahe flehte ich ihn an. Was lag mir denn daran, was er gewesen war? Das Licht des Abends, das Licht unserer Jugend beschien uns beide. Warum mich zwingen, ihn in einem fremden Leben zu suchen?

Ich wußte: Der Tag würde kommen, da auch ich an die Grenze jenes schlüpfrigen Bereichs gelangte, wo Ungeheuer wie Leidenschaft, Eifersucht und Lust auf mich lauerten. Dann würde ich andre Gesten, andre Stimmen lernen. Ich würde mir diese banalen, ewigen Masken vorbinden. Ich würde mitten in der Nacht in Salims Zügen forschen, um gegen die Gespenster seiner Vergangenheit anzukämpfen. Und mit leiser Scham würde ich fragen: «Hast du vor mir andre Frauen geliebt? Hast du...»

Warum nicht diesen Augenblick abwarten? Warum sich nicht gedulden, bis ich bereit war, seiner Wahrheit zu begegnen? Denn so verfehlen wir unsere Begegnungen mit andern Wesen: durch Übereile – das wurde mir langsam klar.

Ich hörte Salim mit Schuldgefühlen zu. Weil ich seiner nicht würdig sein konnte. Aber, so hätte ich mir sagen müssen, entsprang diese Hast, sich zu entblößen, nur einem Gefühl der Demut oder vielmehr dem ehrgeizigen und naiven Verlangen, in seiner Ganzheit geliebt zu werden?... Er erzählte.

Er hatte viele Frauen gekannt. Er sagte es in überdrüssigem Ton. Ich hörte ihm zu, wie er seine Abenteuer aufzählte und die Erinnerung an all die Frauen, die flüchtig sein Leben durchzogen hatten, wieder wachrief. Ich betrachtete ihn. Vor diesem Sumpf, von dem ich bisher keine Ahnung gehabt hatte, bemühte ich mich, ungerührt zu bleiben. So viele Frauen in der Sünde hatten bei ihm einen Ekel hinterlassen, von dem er sich nicht mehr befreien zu können geglaubt hatte. Jetzt aber war ich da. «Du wirst nie wissen», fügte er hinzu, «was Laster sein kann.» Ich wollte es auch nicht wissen. Ich glaubte nicht daran.

«Vergessen wir dies alles», sagte ich in meinem Drang, alles auszulöschen, sogar seine selbstanklagende Stimme.

«Nein, nicht alles. Es gibt nicht nur Geschehnisse, die ich vergessen, nicht nur Menschen, die ich verleugnen muß.»

Eine innere Stimme sagte mir, daß ich endlich die Antwort auf all meine verdrängten Fragen bekommen würde... Er sprach von einer Frau, einer jungen Araberin, deren Namen er nicht nannte, einen Namen, nach dem ich nie fragen würde. Sie war nach Algier gekommen, um zu studieren. Sie gehörte zu den wenigen Mädchen, die dadurch, daß sie den Kampf gegen ihre Familie aufnahmen, einen Aufschub ihrer endgültigen Einschließung hatten erlangen können. Schon im ersten Jahr hatte sie sich übereilt mit einem Studenten verlobt, der einige Monate später von seinen Eltern verheiratet wurde. Das Scheitern dieser ersten Beziehung hatte den Bruch mit ihren Angehörigen und die Verachtung ihrer Freunde zur Folge. Aus Stolz brach sie den Kontakt zu all ihren Bekannten ab und ließ sich aus Verzweiflung auf Abenteuer ein.

«Zu diesem Zeitpunkt begegnete ich ihr», erzählte Salim. «Für mich war sie ein Mädchen wie die andern, mit denen man einige Nächte, höchstens Monate verbringt. Dennoch machten gleich am Anfang ihre Verschlossenheit, ihre Kühle und ihre harten Augen Eindruck auf mich. Sie erregte meine Neugier. Sie brach jedoch einige Tage später unsere Beziehung kurzerhand ab. Sie gestand mir, sie fürchte, sich an mich zu verlieren. Ich fragte sie aus. Sie erzählte mir alles. Ich entschloß mich, ihr zu helfen... Mir kam der Gedanke, mich der Mithilfe einer Familie zu versichern, die sie für Geld als eine Verwandte, eine Adoptivtochter, ausgab, und sie so auf ehrenhafte Weise zu verheiraten... Das ist mir schließlich gelungen.»

«Gibt es denn so was noch?» fragte ich.

«Hin und wieder kommt es vor. Ich hatte das Glück, einen Mann von zweifelhaftem Ruf kennenzulernen; er stammte aus der Gegend von Constantine und wohnte erst seit kurzem in Algier, war hier jedoch noch nicht im

Gerede. Er hatte eine verkrüppelte Tochter – sie hinkte –, und für sie raffte er Geld mit allen erdenklichen Mitteln zusammen. Er ging auf meinen Handel ein.»

«Und hat das Mädchen dann geheiratet?»

«Ja», sagte er, «kurz darauf. Der Alte selbst hat es mir mitgeteilt, vor fünf Jahren. Aber ich habe meine Ehre darangesetzt, nicht zu erfahren, wem er sie gegeben hat. Aus Respekt ihr und auch mir gegenüber; sie sollte völlig aus meinem Leben verschwinden. Bei solchen Dingen muß man sogar den Zufall fürchten.»

«Ja», sagte ich, «sogar den Zufall.»

Nach Hause zurückgekehrt, lebte ich in einer ständigen Anstrengung. Vergessen, nicht mehr an Salims letzte Sätze denken. Sogar den Klang seiner Stimme vergessen. Was ich am schwersten hinnehmen konnte, waren nicht die Enthüllungen über Lella, sondern Salims Selbstzufriedenheit. Von seiner schmutzigen Vergangenheit, von all dem, was ich leicht akzeptierte – denn ich brauchte es nur zu verzeihen, mich zu bemühen, es nicht zu verachten – von all dem hatte er allein diese Frau ausgenommen. Mich damit abzufinden, daß Lella Salim gekannt hatte, fiel mir schon schwer. Daß aber diese Begegnung in Salims Gedächtnis wie ein Leuchtturm war, der seine Erinnerungen erhellte, daß sie in Salims Leben eingetreten war, verstohlen, leidgeprüft und bereits für eine Verklärung bestimmt, das erfüllte mich mit einem Mißbehagen, dem ich noch keinen Namen zu geben wagte.

Abends im Bett dachte ich darüber nach, wie sich wohl, früher oder später und unvermeidbar, ihre Begegnung abspielen würde. Salim würde, von mir erfüllt, dieses Haus betreten und auf der Schwelle nach mir fragen. Und dann diese Frau zwischen uns. Ihre Blicke würden sich kreuzen. Würde Salim wohl die Augen senken, aus Achtung oder aber, wer weiß, aus Liebe? Aus Liebe vor sich selbst, vor dem, was er, welch gräßlicher Ausdruck, sein «einziges Werk» nannte. Lella, kerzengerade, würde sich dann nach einem Augenblick der Angst – dieser Angst, die ich in einem erregenden Spiel in ihr Herz träufelte – endgültig wieder aufrichten.

Was wäre ich dann zwischen diesen beiden Menschen, inmitten ihrer beherrschten Leidenschaft, um deren große Tiefe ich sie beinahe beneidete? Was wäre ich inmitten ihres stummen Zwiegesprächs, das für allezeit die Luft des Hauses schwerer machen würde? Vielleicht eine zweite Sineb, die von ihrem Mann nur den Nachgeschmack der Bewunderung für eine andere hätte. Und wenn ich nachts in Salims Augen mein Bild suchen würde, was fände ich da? Nein, soweit würde es nie kommen! Nie, wiederholte ich entschlossen. Denn schließlich liebte ich Salim, um mich selbst besser kennenzulernen. Er war mein Spiegel. Ich würde nicht hinnehmen, auf dem Grund seines Herzens ein trübes Wasser zu finden, das nicht ich wäre.

Der Schlaf ließ mich das alles vergessen. Für den nächsten Tag existierte nichts mehr als die Notwendigkeit, Salim ein letztes Mal zu sehen. «Ein letztes Mal», so hatte er gebeten. In meinen Ohren lag der Klang seiner Stimme; sie rührte mich noch.

Seit meiner Rückkehr hatte Lella ihre herablassende Haltung wieder angenommen. Mit Farid hatte ich in ruhigem Ton einige Worte gewechselt. Mir gegenüber war er heiter, wie es schien. Nachdem Scherifa mit ihren Kindern ausgezogen war, lag das Haus ganze Tage im Dämmerzustand. Tante Sohra unten schien noch trübseliger.

Sie hatte einen fragenden Blick auf mich geworfen. Die Neugier alter Jungfern hat etwas Schmerzhaftes an sich, das verletzt. Sie hatte von Salims Werbung erfahren, und nun sah sie mich bereits verheiratet, mit Kindern. Sie schnaufte nochmals auf und senkte dann den Kopf über ihre Arbeit, über ihr Leben.

Aus ihrem dunklen Zimmer rief Lla Aischa mit gebieterischer Stimme. Seitdem ihre Anfälle häufiger wurden, verschwendete sie in ihren lichten Augenblicken alle Kräfte, um ihre Schwester zu quälen; ihre Klagen verschafften ihr, so hatte Sineb mir erzählt, ein Gefühl der Rache. Sohra mußte dann herbeieilen, um ihr Kissen aufzuschütteln, ihr zu trinken zu bringen oder ihr Gejammer anzuhören. Manchmal konnte man die Kranke dabei überraschen, wie sie während ihrer Klagen verstohlen das Gesicht ihrer Schwester beobachtete, dic mit tränenerfüllten Augen versuchte, sie von der Notwendigkeit der Unterwerfung unter Gottes Willen zu überzeugen. Wenn Sineb mir diese Szenen schilderte, bewies sie einen Scharfsinn, den ich bei ihr nicht vermutet hatte.

«Mein ganzes Leben lang bin ich nur von alten Frauen umgeben gewesen», sagte sie erst, dann, von Angst erfüllt: «Das Sterben fällt so schwer!»

Ich lachte.

«Nein, glaube ich nicht.»

«Doch», sagte sie. «Es ist schwer.» Und, näher zu mir rückend, als habe sie all diese Tage gewartet, um mir dieses Geständnis zu machen: «Weißt du, wenn die Zeit der Niederkunft näherrückt, werde ich Angst haben, das fühle ich, große Angst.»

Ich lachte und erklärte ihr, sie mache sich wirklich unnütze Sorgen. In arabischen Familien sind Geburten so häufig und Schwangerschaften so zahlreich, daß alles mit

Zuversichtlichkeit zu geschehen scheint. Man brauchte sich nur die schwangern Frauen anzusehen, wie sie unter dem Blick der andern aufblühten. Denn an Eifersucht leiden unsere Frauen nicht als Ehefrauen – dazu müßten sie sich in anspruchsvollen Leidenschaften erschöpfen und ihre stärkste Waffe gegen den Mann, nämlich die gleichgültige Unterwerfung, aufgeben –, sondern als Mütter. Der Gegenstand ihrer Rivalität ist nicht der Mann, sondern das Kind, das sich in ihrem Leib regt und ihnen dieses heitere Madonnenantlitz verleiht.

Dennoch hatte Sineb alle Gemütsruhe verloren. Ihre Gesichtsfarbe war gelblich, ihr Blick fahrig. Sie war von der Angst besessen. Gern hätte ich sie beruhigt. Wie dachte Farid darüber? «Aber ich wage ja nicht, mit ihm darüber zu sprechen!» sagte sie schicksalsergeben. Mich packte der Zorn. «Man sieht es dir schon im Gesicht an», antwortete ich. «Man sieht, daß du Angst hast!» Und ich war wütend auf Farid, daß er es nicht erriet.

Sineb brauchte ihn. War es denn die Luft des Hauses, die die Frauen ihrer unbewußten Schönheit, ja sogar der Geborgenheit ihres Körpers beraubte? Ich wünschte, sie könnten wie ich einen beglückenden Frieden kennenlernen. Ich hatte ihn draußen gefunden – dort, wohin ich noch einmal entwischen mußte.

Wenn ich Lella sah, fühlte ich, wie schwer es mir fallen würde. Sie hatte die Feindseligkeiten bereits eröffnet. Das neue Schuljahr sollte bald beginnen. Nach einer Unterredung, bei der Farid und Lella gemeinsam zu einem Entschluß kamen, hatte mich Farid, da er mich nicht offen anzugreifen wagte, mit gespieltem Gleichmut gefragt: «Könntest du dich auf deine Prüfungen nicht durch Unterrichtsbriefe vorbereiten, statt zu den Vorlesungen zu gehen?»

«Sicher», hatte ich gleichgültig geantwortet. Man müsse sich erkundigen. Es werde bestimmt möglich sein.

Lella hatte mich erstaunt angeblickt. Sie wagte an so wenig Widerstand nicht zu glauben. Ich hatte beinahe Lust, ihr zu sagen, daß Salim abreisen werde und ich dann ebensogut ein ganzes Jahr hier eingeschlossen leben könnte. Aber dann überlegte ich, daß ich ihn noch einmal sehen mußte; ich hatte es ihm versprochen.

15

An diesem Morgen kam Thamani ins erste Stockwerk hinauf; ich hörte von meinem Zimmer aus, wie sie die langen Galerien entlangschlurfte und vor Sineb stehenblieb, die auf dem Fliesenfußboden saß und die Kühle genoß. Sie wagt es, dachte ich, sie wagt es! Und Lella wird nichts sagen. Ich wartete.

Lella war in der Speisekammer; von dort unten, das wußte ich, konnte sie Thamani hören. Und Sineb? Was wird Sineb ihrem Mann sagen, der ihr befohlen hat, in ihrem Zimmer zu bleiben, wenn die Hexe da sei? Aber Sineb war nur noch Gefangene der Angst, die ihren Leib erschütterte. Sie würde Farid nichts sagen. Sie fürchtete ihn nicht mehr.

Thamani hielt sich noch immer draußen auf. Welche geheimnisvolle Gewalt besaß sie über Lella, um ihr so zu trotzen? Ich empfand etwas wie Mitleid mit meiner Stiefmutter. Mich durchfuhr der Gedanke, zu ihr zu gehen und ihr zu sagen, daß ich alles über sie wisse, daß sie Thamani nicht mehr zu fürchten brauche. Und warum, überlegte ich, warum genügte es nicht, die Wahrheit zu sagen, mit lauter Stimme und am hellen Tag, um für sie alle Gefahr zu beseitigen? Ja, daß es so sein könnte, dessen war ich gewiß.

Thamani kam. Plötzlich stieß sie die Tür auf. Hinter ihr drang Sonnenlicht ins Zimmer. Das kam mir nicht ungelegen. Diesmal, im Licht, würde ich die stärkere sein. Thamani setzte sich neben mich und lächelte. Ohne Heuchelei, vielmehr mit der Sympathie, die sich zwischen zwei gleichen Gegnerinnen einstellt. Ihr Blick, der zwischen ihren dicken Lidern durchsickerte, beobachtete mich und wägte die Aussichten ab.

«Du bist also zurückgekommen.»

«Wie du siehst.»

Ich wartete. Sie fuhr fort: «Der junge El-Hadsch wird, wie es heißt, nach Frankreich reisen. Sie haben dort ein großes Unternehmen erworben.»

Ich mußte lächeln, als ich sah, wie sie sich gleich einer Anfängerin auf dem Pfad des Bösen, hinterhältig, mit vorsichtigen Schritten herantastete. Ihr Blick wurde unsicher, als sie meine Ironie spürte. Sie wechselte den Ton.

«Er reist morgen. Ich weiß, daß er in der Frühe das Flugzeug nimmt.»

«Das weiß ich auch.»

«Dann wirst du also heute ausgehen, um dich mit ihm zu treffen.»

«Genau.»

«Und deine Stiefmutter? Sie läßt dich ja jetzt nicht einmal für dein Studium aus dem Haus, um so mehr wird sie dich heute hindern. Übrigens weiß sie, daß Salim morgen abreist. Ich habe gestern mit den Alten unten darüber gesprochen und vorhin mit Sineb. Sie weiß es oder wird es noch erfahren. Es ist für dich also unmöglich, auszugehen. Diesmal wirst du mich brauchen!»

Sie hielt inne und wartete hoffnungsvoll. Ich zügelte mein Verlangen, sie fortzujagen; ich wollte diese Frau erst durchschauen. Unsere Neugier, andere kennenzulernen, entfacht sich immer an Menschen, die in sich eine solche Fülle an Leidenschaft vereinen, daß sie dadurch rein werden – und durchsichtig.

«Was würdest du denn tun, wenn ich deine Hilfe annähme? Welchen Vorteil ziehst du aus der Sache? Ich vermute, du bietest deine Dienste nicht umsonst an.»

Sie kicherte vor Genugtuung; denn sie faßte meinen ausfallenden Ton als ein Lob für ihre Durchtriebenheit auf.

«Stimmt», antwortete sie. «Bei dir aber geschieht es beinahe selbstlos.»

Sie lachte, rückte den Stuhl näher und beugte sich zu mir: «Ja, ja, du gefällst mir. Wirklich, du gefällst mir. Du bist gewitzt, intelligent und schlau. Wenn ich dir sage, daß ich dich wie eine eigene Tochter liebe, glaubst du mir nicht. Und doch ist es wahr», erklärte sie, mit dem Kopf wackelnd. «Es ist wahr.»

Sie schwieg einen Augenblick. Ihr Blick senkte sich verschleiert auf mich, und hinter diesem Schleier ließ sich eine zögernde Zärtlichkeit erahnen. Beinahe glaubte ich es.

«Ich habe dich etwas gefragt», sagte ich kühl. «Antworte mir.»

«Ja, du hast recht. Das Geschäftliche zuerst.»

Als ich sie endlich ihre Absichten mit einer Art Scham, die sie nach Worten suchen ließ, enthüllen hörte, brach ich in ein Lachen aus, in heiteres Lachen ohne jede Bosheit. Ich war beinahe erleichtert, als ich sah, wie Menschen von gemeiner Denkweise im verborgensten Winkel ihres Herzens dennoch eine gewisse Einfalt bewahren.

Denn es war bestimmt Einfalt, die sie antrieb, ihre ehrgeizigen Pläne darzulegen und zu verteidigen. In ihrer Rechtfertigung kam sie nicht von der Stelle. Und daß sie beim Vorbringen ihrer Gründe auf Schwierigkeiten stieß, gab ihr zum erstenmal ein Gefühl der Unterlegenheit. Sie erhob die Stimme und sagte gehässig: «Ich werde alles tun, damit mein Bruder ein angesehener Mann wird. Ich habe Ersparnisse; in einem Jahr werde ich sie verdoppelt haben. Glaubst du nicht, daß ich jetzt jedes Mädchen, aber auch jedes, haben kann, wenn ich für Sliman um ihre Hand anhalte? Jedes, welches auch immer, sage ich dir.»

«Und weiter?» fragte ich lächelnd.

«Und weiter? Dich, jawohl, dich will ich seit langem. Du gefällst mir, hast mir immer gefallen. Wenn ich deine Augen glänzen sehe, weiß ich, mit wem ich es zu tun habe. Und du bist schön. Sliman denkt zwar nie an Frauen; er ist dauernd in seine Bücher vertieft... Aber ist es so nicht besser?... Übrigens war die Familie Abdelasis früher einmal eine vornehme Familie... Landbesitz bis zur Wüste hin, zahllose Schafherden. Gewiß, dein Vater hat alles verschwendet. Mag man auch Schlechtes über ihn reden, ich bewundere ihn. Er war ein richtiger Mann, ja ein Herr. Nicht einer dieser knickerigen, sauertöpfischen Spießer wie dein Bruder und alle diese Männer heutzutage. Vor den Ohren der andern beschimpfen sie ihre Frau, in Wirklichkeit aber gehorchen sie ihr und hören sich all ihren Tratsch an. Ja, seitdem man die Frauen das Wort führen läßt, geht alles schlecht, angefangen mit diesem Haus...»

In diesem Ton ging es weiter. Sie verteidigte die «Familie Abdelasis», als wäre es die ihre. Sie allein hatte in fast naiver Weise die Erinnerung an eine Vergangenheit bewahrt, die alle, seitdem Lella ins Haus gekommen war, sich bemühten zu verleugnen. Ich begriff auch, daß Thamanis ehrgeizige Pläne eine Rache an dem darstellten, der einmal der «Herr» gewesen war, und an der Familie, der ihre Eltern und sie selbst gedient hatten. Die Hexe erwachte vor meinen Augen zu einem Leben, das mich rührte.

Aber ich nahm den Faden der Unterhaltung wieder auf.

«Eines begreife ich nicht: Du willst mir helfen, aus dem Haus zu kommen, damit ich Salim sehen kann, und wenn ich dich frage, warum du eigentlich so daran interessiert bist, gibst du mir zur Antwort: Ich will, daß du meinen Bruder heiratest.»

«Oh», antwortete sie, und ihre Augen leuchteten listig auf, «ich habe meine Waffen! Damit du ausgehen darfst, brauche ich es nur Lella zu sagen. In Gegenwart andrer zeigt sie mir ihre Verachtung; sie setzt dann ihre hochmütige Miene auf und behandelt mich wie eine alte räudige Vettel, an die eine ehrbare Frau nicht das Wort richten darf. In Wirklichkeit aber hat sie Angst vor mir. Ich brauche es nur zu wollen, dann tanzt sie nach meiner Pfeife, auch wenn es ihr nicht gefällt.»

«Angenommen, sie willigt ein. Welches Interesse hast du denn, mich in die Arme eines andern Mannes statt in die deines Bruders zu treiben?»

«Hauptsache ist, daß du Salim El-Hadsch nicht heiratest. Mehr will ich nicht. Ich bin, weißt du, nicht anspruchsvoll. Ich will für meinen Bruder ein Mädchen aus guter Familie, die ihm ermöglicht, sich Beziehungen zu verschaffen ... Weiter nichts. Wer wird sich außer mir um das kümmern, was du vor deiner Heirat getan hast?»

«Wer sagt dir denn, daß ich Salim nicht heiraten werde? Ich muß nur ein wenig Geduld haben: nur ein Jahr warten.»

«In einem Jahr», sagte sie mit nachdenklichem Blick, «kann er seine Meinung ändern. Und wenn er es nicht tut, werde ich einschreiten. Ich kann Lella zwingen, dich heute ausgehen zu lassen. Warum sollte ich sie nicht ebenso zwingen können, alle Partien auszuschlagen, die sich dir bieten?»

«Du rechnest nicht mit meinem Willen.»

«Nein. Und deshalb will ich dir heute helfen. Du bist zu klug, um nicht zu verstehen, wo im gegebenen Augenblick dein Interesse liegen wird... Und wenn alles nichts nützt», fuhr sie leiser fort, «weiß ich Dinge über deine Stiefmutter, die einem Mann die Lust nehmen, Einlaß in diese Familie zu suchen. Um so mehr als du die Unvorsichtigkeit begangen hast, seine Bekanntschaft auf der Straße zu machen. Dieses letzte Mittel führe ich dir deshalb vor Augen, um dir meine Macht zu zeigen. Aber mir wäre lieber, du würdest deine Entscheidung selbst treffen. Es ist stets gefährlich, die Wahrheit zu enthüllen.»

Ohne Haß blickte ich sie fest an: «Ich werde ausgehen, und zwar ohne deine Hilfe.»

«Wie willst du das anstellen?»

Sie sprach lauter, denn sie begriff, daß sie zu schnell an ihren Sieg geglaubt hatte.

«Ich werde Lella ganz einfach um Erlaubnis bitten. Ich werde ihr sagen, warum ich ausgehen will. Ich nämlich habe keine Angst, die Wahrheit zu sagen.»

«Aber die andern haben Angst davor. Sie werden dich zum Schweigen bringen.»

Mit verzerrtem Gesicht beugte sie sich über mich und

versuchte mich zu überzeugen. Sie flehte mich fast an. Ich blieb fest.

«Nein, Thamani. Alles, was ich wollte, habe ich getan, ohne mich um die andern zu kümmern. Ich werde es wieder tun, indem ich ihnen ins Gesicht schreie, wovor sie Angst haben. Du kannst mich nicht verstehen; du bist aus einer andern Welt.»

«Aus einer Welt, wo die Wahrheit mir anvertraut ist. Ich filtre sie, ich lasse sie Tropfen um Tropfen herabträufeln, und das jagt ihnen Angst ein», sagte sie mit triumphierendem Lachen.

«Ja, aus einer Welt, in der man letzten Endes die Frauen schonte. Man verlangte so wenig von ihnen; sie brauchten nicht tugendhaft, nicht keusch, bloß ‹ehrbar› zu sein. Aber der Tag wird kommen, wo man dich nicht mehr braucht. Du stammst aus einer Welt, in der man, aus Angst vor dem Wagnis, sein Leben durch andre bestimmen ließ. Deine Rolle ist überholt. Du hast keine Gewalt über mich und bald auch nicht mehr über die andern. Mit deiner Macht ist es vorbei.»

«Nein!» rief sie, von meinen Worten nur diejenigen erfassend, die sie ausschalteten. «Nein. Ich bin da, damit alles verborgen bleibt. Ich bin da, um den Skandal zu verhindern.»

«Der Skandal liegt ja gerade in der Absicht, ihn zu vermeiden», rief ich, bevor plötzlich alles in Stille versank.

Ich hörte sie keuchen wie eine Ringerin. «Du weigerst dich also?» fragte sie drohend.

«Ich weigere mich. Ich gehe zu Lella.»

«Sie wird nein sagen, weil sie Angst hat.»

«Lella handelt nicht aus Angst. Sie ist ein aufrechter, stolzer Mensch, sie...»

«Sie spielt die Tugendhafte aus Angst», sagte sie, jedes Wort betonend.

«Nein. Das glaube ich nicht. Ich will es nicht glauben!» rief ich. «Auf jeden Fall werde ich es schon noch in Erfahrung bringen.»

«Wie du willst!» Sie stand auf, die Enttäuschung verbergend, die sie vorhin hatte schreien lassen. «Ich gebe die Hoffnung nicht auf. Eines Tages wirst du zu mir zurückkommen.»

«Nein», antwortete ich. «Niemals.»

Ich drehte mich im Bett um. Vom Hof drang Lla Aischas Stöhnen zu mir herauf. Sie hatte wohl einen neuen Anfall. Sohra ließ ihre Arbeit im Stich; ich hörte, wie sie über den Hof rannte und nach Sineb rief. Thamani ließ sich durch diese Aufregung nicht aufhalten. Sie verließ das Haus.

Ich stand auf. Es kam mir gelegen, daß das ganze Haus sich um das Bett der Todkranken scharte, während ich Lella aufsuchte. In der Stille hörte ich das Pochen meines Herzens; ich wußte nur zu gut, daß ich ihr weh tun würde.

«Lella», sagte ich sanft, als ich das Zimmer betrat. «Lella, ich werde gleich ausgehen. Ich treffe mich mit Salim. Er reist morgen ab, für ein Jahr, die Frist, die du selbst festgelegt hast. Ich möchte den letzten Tag mit ihm verbringen.»

Im Halbdunkel hörte ich, wie sie näher kam. Sie stand vor mir. Ich blickte sie fest an. Sie zuckte mit keiner Wimper. Mit scharfer Stimme fragte sie bloß: «Ist das dein Ernst?»

«Mein völliger Ernst», antwortete ich, auf einmal traurig. «Ich muß ihn sehen. Wenn ich zu dir komme und es dir sage, dann darum, weil ich die Lügen satt habe.»

«Du wirst nicht hingehen.»

«Doch, ich werde hingehen, das weißt du recht gut. Farid wird im Lauf des Tages kommen. Sag ihm, was du willst. Die Wahrheit wäre mir am liebsten.»

«Du tust es mit Absicht», sagte sie, indem sie versuchte, ihren Zorn zu beherrschen. «Du willst nur den Skandal.»

«Nein», unterbrach ich sie rücksichtslos, denn ein kindisches Gefühl der Ungerechtigkeit brachte mich langsam zum Erbeben. «Nein! Wenn ich mit dir darüber spreche, dann nicht aus Trotz oder um den Skandal herauszufordern...» Ich hielt inne und sagte dann müde und zärtlich: «Du hättest Thamani nicht heraufkommen lassen sollen, Lella. Du hast in aller Öffentlichkeit erklärt, sie würde den Fuß nicht mehr hierhersetzen. Warum hast du sie bis zu mir vordringen lassen? Warum hast du Angst, ihr entgegenzutreten?»

«Was hat deine Verabredung mit Thamani zu tun?»

«Sie bot mir ihre Hilfe an; sie behauptet, sie brauche dir nur zu befehlen, damit du mich ausgehen läßt... Warum hast du Angst vor ihr? Warum?»

«Ich habe keine Angst.»

Sie leistete noch Widerstand, aber ich kannte ihre Stimme zu genau, um nicht zu fühlen, daß sie bereit war, aufzugeben. Ich lachte bitter auf.

«Ich weiß alles, Lella. Salim hat mir alles erzählt. Ach, er weiß nicht, daß du es bist. Aber ich habe alles begriffen. Ich weiß, warum Thamani dich in der Hand hat.»

Nahe an sie herantretend, flehte ich: «Warum sagst du nicht die Wahrheit?»

«Ich habe die Wahrheit gesagt», begann sie, und ihr Gesicht war wie immer undurchdringlich. «Als ich in dieses Haus kam, habe ich deinem Vater meine ganze

Vergangenheit gestanden. Mit dem Ergebnis, daß er Thamani vor seinem Tod einen Teil der Wahrheit enthüllte – gerade genug, daß sie mich erpressen und so daran hindern konnte, wieder zu heiraten. Dennoch habe ich aus freien Stücken alle Heiratsanträge zurückgewiesen. Du weißt es! ... Nein, Dalila, ich fürchte mich nicht.»

«Das werde ich erst glauben, wenn ich dich die Wahl treffen sehe», sagte ich mit einer Stimme, der ich einen unerbittlichen Klang zu geben versuchte. «Was wirst du Farid sagen, wenn er kommt? Die Wahrheit, um endlich deiner Pflicht als Mutter nachzukommen, oder die Lüge, weil du Angst hast, vor mir, vor Thamani, vor deiner Vergangenheit, die wieder aufzuerstehen droht?»

Sie antwortete nicht. Ich fuhr fort, langsamer, denn ich fühlte, wie vergeblich ich bislang gehofft hatte.

«Sag die Wahrheit über mich, wenn Farid kommt. Sag sie ihm auch über dich. Das ist das beste Mittel, um Thamani daran zu hindern, sich weiter bei uns herumzutreiben. Sag alles, Lella, und fürchte dich nicht länger.»

«Ich fürchte mich nicht», seufzte sie, «aber ich weiß, daß es nicht gut ist, jede Wahrheit zu sagen.»

«Hör mal, Lella! Alle hier achten dich wie eine Mutter. Du mußt jetzt mit der Wahrheit rausrücken... Thamani wird sich eines Tages nicht mehr begnügen, darauf aufzupassen, daß du nicht wieder heiratest. Ihr geheimster Wunsch ist, für ihren Bruder um meine Hand anzuhalten. Und sie rechnet auf deine Hilfe; sie hat es mir selbst gesagt. Früher oder später wirst du dich entscheiden müssen. Hab doch jetzt den Mut», flehte ich eindringlich von neuem. «Ich bin sicher, wenn Farid alles weiß...»

«Nein», rief sie. «Das ist unmöglich! Er würde alles Vertrauen in mich verlieren. In diesem Haus und in diesem Viertel sind alle Augen auf mich gerichtet. Ich muß ein Vorbild sein.»

«Aber nicht diese Art Vorbild», brach es aus mir hervor. «Man müßte dich so hinnehmen, wie du bist, und so, wie du gewesen bist. Red nicht von Vorbild, wenn du nur an Sicherheit denkst.»

«Nein», sagte sie, und ihre Augen glänzten. «Ich habe Sicherheit überhaupt nicht nötig.»

«Ich verstehe», sagte ich nach einem Augenblick des Schweigens mit der Ruhe der Verzweiflung. «Du wirst nichts sagen, nicht wahr? Ich höre dich bereits Farids Fragen über mich beantworten: ‹Ich habe ihr erlaubt, den heutigen Tag bei Mina zu verbringen.› Und Farid wird sofort finden, daß es in Ordnung sei, weil du es mir ja erlaubt, weil du dich zu dieser wunderbaren Großmut bereit gefunden hast... Ja, du hast Angst, und wenn du wieder lügen wirst, dann deshalb, weil man nicht dieses schöne Bild zerstören soll, das du von dir geschaffen hast. Nicht von Sicherheit hätte ich vorhin sprechen sollen, sondern von Prostitution. Solche von der schlimmsten Art. Denn so ist's», fuhr ich fort, endlich die Stelle findend, wo ich sie am empfindlichsten treffen konnte, «so ist's: Unaufhörlich prostituierst du dich in der Bewunderung der Männer, angefangen mit dem guten Farid. Ich verstehe gut, daß du auf deinen Platz hier nicht verzichten willst. Er hat schon seine Vorteile: die Sicherheit, die Achtbarkeit und obendrein all die Blicke der Männer, hier und anderswo, die du unablässig auf deine berühmte Tugend wie auf eine Fahne gerichtet glaubst.»

«Wenn diese Männer, von denen du sprichst, in mir den besten Teil ihrer selbst finden, das Beste, was sie für ihre Frau, ihre Töchter oder ihre Schwestern erträumen, dann ist mein Leben nicht unnütz.»

«Du bist keine Heilige, sondern eine Scheinheilige. Und um das zu beweisen, werde ich das Schlimmste tun. Ich werde mich nicht begnügen, den Tag mit Salim zu verbringen; du könntest Mittel und Wege finden, Farid auszuweichen. Salim reist morgen in aller Frühe. Ich werde ihn bis zu seiner Abfahrt nicht verlassen. Du hast eine ganze Nacht, um mich mit einer Lüge zu decken oder den Skandal entstehen zu lassen... Du hast die Wahl.» Ich machte eine Pause und fuhr dann fort: «Sieh dich vor, Lella, denn ich werde die Wahrheit wählen.»

«Aber hör doch...»

Sie flehte jetzt. Sie war bleich, als sie sich vor mir demütigte. Ich habe gesiegt, dachte ich, aber warum überkommt einen mitten im Sieg ein solches Schwindelgefühl, eine solch unendliche Traurigkeit?

«So hör doch! Überleg's dir noch mal, bevor du hier Verwirrung stiftest. Bring keine Unruhe in dieses Haus, stör nicht seine Ordnung!»

«Ich ziehe die Unordnung vor», antwortete ich ohne jede Ironie. «Ich ziehe den Skandal vor. Damit wenigstens einmal, ein einziges Mal in diesem Haus die Wahrheit ans Licht kommt!»

«Du hast überhaupt kein Gefühl für das Unglück und die Enttäuschungen andrer Menschen. Du bist die reinste Egoistin.»

«Genug geredet», sagte ich. «Ich geh jetzt.»

Ich ging; der Fehdehandschuh war geworfen. Meine Jugend war derart von Leben erfüllt, daß ich mich, einmal draußen und mein Gesicht dem Wind aussetzend, der durch die dunklen Gassen des Araberviertels strich, über das Wiedersehen mit Salim glücklich fühlte. Ich hatte einen ganzen Tag und eine ganze Nacht mit ihm vor mir.

16

Der Gedanke an seine Abreise schien Salim traurig zu stimmen. Ich tat so, als bemerkte ich es nicht. Ich dachte an das, was ich hinter mir gelassen hatte. Würde ich, wenn Lella nur Farid die Wahrheit sagte, den Mut aufbringen, morgen nach Hause zurückzukehren? Der morgige Tag erschein mir so unendlich fern.

Ich versuchte trotzdem, Salim aufzuheitern; denn ich hatte Angst, seine Traurigkeit könne die Stunden verderben, die uns noch blieben. Ich wollte für uns eine ausgefüllte, wirkliche Gegenwart, weit weg von den andern.

Wir standen am Meer, an ein Geländer gelehnt. Vor uns erstreckte sich der Hafen, erfüllt von rastlosem Treiben und von Lässigkeit zugleich. Ich hörte sein Lärmen, wie er plötzlich still wurde und dann von neuem in heftige Bewegung geriet. Er war ein guter Gefährte. Wenn ich den Kopf zurückbog, sah ich den Himmel wie ein unendliches Bett. Ich redete, sagte irgend etwas, allein um des Vergnügens willen, diesem grellen Blau meine Worte und mein Lachen entgegenzuschleudern. Sie würden Salim aufheitern.

«Ich möchte diesen ganzen Tag in einem Park verbringen», seufzte ich.

Einige Minuten später waren wir auf dem Weg zum «Jardin d'Essai». Gesättigt von Schatten und Kühle, kehrten wir am Abend in einer überfüllten Straßenbahn zurück. Alles war viel zu schnell vorübergegangen: unser Besuch im Zoo, wohin meine kindliche Erregung mir wieder gefolgt war und wo Salim über meine Entdeckungen lächelte; ich spürte das Vergnügen, das er empfand, mir alles zu zeigen. Er sagte mit rührender Nachsicht: «Aber du hast ja noch nichts gesehen! Nichts!»

Dann unser schweigsamer Spaziergang diese Allee entlang, die kein Ende nahm . . . unser Marsch in Gedankenverlorenheit, während der Tag immer mehr verblaßte, und Salims Ernst, als er mein Gesicht in seine Hände nahm. «Du wirst geduldig auf mich warten?» fragte er.

«Ja, geduldig», antwortete ich mit schmerzlichem Lächeln, gegen den Wunsch ankämpfend, den Kopf an seine Schulter zu lehnen, um bereits jetzt über seine Abreise und unsere verlorenen Stunden zu weinen. Dann hörte ich, wie er versprach: «Jetzt, da du meine ganze Vergangenheit kennst, schwöre ich dir, Dalila, daß von nun an . . .»

Er schwor mir die Treue. Nein, die Keuschheit, warum soll ich mich scheuen, es zu sagen? Denn zu schämen brauche ich mich nur über meine Reaktion, eine alberne, prüde Verlegenheit. Dennoch war mir in dieser Minute das Hochsinnige dieser Verpflichtung bewußt; aber ihre Form schüchterte mich ein. Eines Tages, sehr viel später, wenn ich eine Frau – seine Frau – geworden war, würde ich ihm zweifellos dafür dankbar sein. Einstweilen genügte mir seine Gegenwart.

All das bereits Erinnerungen, dachte ich mit klopfendem Herzen . . . Was bleibt uns an gemeinsamen Stunden? Ich bot all meinen Willen auf, um diese Bilder zu verjagen; erst später, wenn ich allein wäre, würde ich sie wieder beleben. Noch war Salim bei mir. Ich brauchte nur meine Hand auszustrecken, um ihn zu berühren. Da fiel mir ein, daß ich Lella in meiner Überreiztheit gesagt hatte: «Ich werde Salim bis zu seiner Abfahrt nicht verlassen.» Ich wiederholte den Satz; es waren die Worte der Versuchung.

Salim neben mir bereitete sich auf den Abschied vor. Ich gewahrte sein Profil mit den gespannten Zügen, seinen Blick, der im Moment des Abschiednehmens immer etwas hart wurde. Ich setzte bereits dazu an, ihm zuzuflüstern: «Wie wäre es, wenn wir die ganze Nacht zusammenblieben, die ganze Nacht?» Schon sah ich unsre beiden Schatten durch die Stadt irren, durch eine menschenleere Stadt, deren nachtschlafende Straßen ich lieben würde. In meinem Geist sah ich den Hafen, dessen nächtlichen Zauber wir seit langem nicht gesehen hatten, die Lichter, die auf den Schiffen tanzten, die Gegenwart des Wassers, wispernd wie eine Frau. Eine Nacht, aus der wir nie herausfinden würden.

Salim rückte so weit wie möglich den Augenblick hinaus, da ich wie gewöhnlich die peinlichen Worte sagen müßte: «Es ist spät. Ich muß jetzt nach Hause.»

Ich wußte jetzt, daß wir bis zum Tagesanbruch zusammenbleiben würden; aber einen Augenblick ließ ich ihn noch leiden. Zum erstenmal hatte ich das Vergnügen, ihm ganz nach meinem Gefallen Leid zuzufügen. Es ihm wie ein Opfer darzubringen: aus freiem Entschluß.

Als ich ihm endlich erklärte, ich könnte bei ihm bleiben – zu Hause glaube man, ich sei bei Mina –, hatte ich nicht den Eindruck zu lügen. Ich wollte diese Stunden. In seiner Überraschung bestand Salim nicht auf Erklärungen.

«Vielleicht ist es unvorsichtig», meinte er in einer letzten Abwehr.

«Das ist mir egal. Ich möchte gern länger bei dir bleiben.»

Mein Blick flehte ihn an; ich war glücklich, ihn in Versuchung zu führen. Als er «ja» sagte, überströmte mich ein Gefühl ungestümer Dankbarkeit, als ob allein dieses Wort vor mir eine Zeit öffnete, die tief genug war, mich zu verschlingen.

«Aber was sollen wir tun?»

Ich wollte ihm den Plan auseinandersetzen, der mich verführt hatte: eine lebendige Stadt für uns allein, unser endloser Gang durch die Nacht. Aber ich sagte bloß: «Ach, nichts Besonderes!»

Lachend brachte er mich wieder zur Vernunft: «Wir müssen irgendwo schlafen... Wir könnten zunächst in ein Restaurant essen gehen, dann ins Kino, aber dann...»

«Ist das wirklich notwendig?»

Die Aussicht, irgendwo zu essen und dann ins Kino zu gehen, verscheuchte meine Träume. Und er redete von Schlafen! Ich nahm es ihm übel, daß er so diese Stunden verkürzte, die ich mir bis zum Morgen lebendig ersehnte.

Schließlich entschied er: Hinter meinem Büro habe ich ein kleines Studio, wo ich hin und wieder übernachte. Dort könnten wir schlafen.»

«Ja», sagte ich.

Das Wort kam mir nur zögernd über die Lippen. Mit Unwillen.

Im Restaurant hüllte ich mich in Schweigen. Verzweiflung erfaßte mich, als ich sah, wie unsere Nacht in der Welt der andern dahinfloß. Ich betrachtete die Menschen an den Tischen ringsum und war niedergeschlagen.

Im Kino nickte ich ein. Mit einem Mal überfiel mich die Müdigkeit des ganzen Tages. Salim hatte ein entferntes Viertel in der Europäerstadt gewählt. Gleichgültig hatte ich ihn meinetwegen Vorsichtsmaßnahmen treffen lassen.

Beim Betreten des Restaurants bemerkte ich, daß auf meinem Haar noch der Staub des Parks lag. Ich erinnere mich, daß ich einen boshaften Stolz empfand, mich in diesem Zustand zu befinden, unter eleganten Frauen, die mir in ihren ausgeschnittenen Seidenkleidern prächtig vorkamen. Ich beneidete sie nicht; sie stammten aus einer andern Welt. Ihr Blick sagte es mir. Dieser Blick war leer und alt. Ich aber bin nicht geschminkt. Und eher schlecht gekleidet, dachte ich kalt, als ich mich in einem Spiegel betrachtete. Aber ich fühle mich erfüllt von Glück, Wonne und Müdigkeit. Ja, sagte ich mir, bestimmt bin ich vom Glück so müde. Und vielleicht bin ich die Schönste, die Begehrenswerteste, dachte ich weiter, ohne Eitelkeit und nur, weil ich gesehen hatte, wie Salims Blick auf mir ruhte. Die Menge hatte uns einen Augenblick lang getrennt. Ich fand ihn wieder wie einen Komplizen.

Er ließ mich in sein Zimmer eintreten, schaltete das Licht aber nicht gleich ein. Ich machte einige Schritte in der Dunkelheit und stieß gegen einen Stuhl. Ich blieb stehen und wartete, bis er den Lichtschalter gefunden habe; aber plötzlich fühlte ich, wie er neben mir stand. Ich sank in seine Arme. Sein Atem auf meiner Wange ging heftig, keuchend. Nach einer Weile wünschte ich nur noch, sein Gesicht in meine Hände zu nehmen. Laut sagte ich: «Bitte, mach Licht. Ich möchte dich sehen.»

«Ja», murmelte er.

In dem Licht, das uns blendete, trennten sich unsere Körper für einen Augenblick. Ich umschlang seine Schultern und legte meine Wange an seine Brust. Ich blickte zu ihm auf; ich liebte es, zu ihm aufzublicken, denn ich sah dann seine unmerklich zitternden Lider und das in geschmeidigen Locken in die Stirn herabfallende Haar. Ich seufzte vor Behagen, vor Trägheit: «Du bist schön!»

Er kam mir jetzt ein wenig ratlos vor. Vorhin, im

Dunkeln, stieg etwas in ihm auf wie eine finstere Gewalt. Ich verstand ihn, bereute aber nichts. In diesem Augenblick wußte ich, daß allem zwischen uns eine Zeit gesetzt war. Ich wollte nicht hasten; es sollte sein wie auf einer großen Reise mit ihm, deren Langsamkeit und kühle Ruhepausen ich vor allem lieben würde, bevor ich mich verlor, vielleicht, um uns dann besser zu verlieren.

Jetzt würde ich seine Leidenschaftlichkeit über mich ergehen lassen, wie man den Kopf beugt, um draußen in der Nacht das Ende eines Sturms abzuwarten. Auf seine Berauschung würde ich mit einem Gefühlserguß und viel Verwirrung antworten; etwas mehr Geduld war schon besser, etwas mehr Licht, damit wir diese bestürzende Verirrung unserer Atemzüge in dunklen Wäldern verdienen könnten, die uns gemeinsam gehörten und aus denen wir in gleicher Weise stumm und müde herauskommen würden, beide reich an Frieden wie an einem seltsamen Laubwerk, das wir mitgebracht hätten.

Diese ganze Reise sah ich auf dem Grund von Salims Augen abrollen. Und Salim begriff es an der Art, wie ich mich gegen seine Brust preßte, wie ich meinen Blick zu ihm erhob. Er begriff es, und mir selbst wurde es mit noch stärkerer Klarheit bewußt, so als hätten sich mein Verstand und mein Instinkt, alles was ich in höchstem Maße an Lauterem, Heftigem und Sauberem besaß, in ihm widergespiegelt, um klar zu mir zurückzustrahlen. Ich lächelte ihn an. Unsere Liebe war ein langer Korridor, und er willigte ein, mich dort zu erwarten.

Ich streckte mich dann auf dem Bett aus und machte mich schmal, um ihm am Rand gerade so viel Platz zu lassen, daß er sich hinsetzen konnte. Seine Hände, die mein Haar gelöst hatten, verloren sich in diesem Teil von mir, der ihm dämonisch erschien. Ich wußte in diesem

Augenblick, daß er das Vertrauen dieses hingestreckten Körpers und mein Lächeln liebte, das wunschlos war. Ich wußte, daß es Wörter gab, die dieser ruhigen Hingabe entsprachen; vielleicht die Begriffe Unschuld oder Unwissenheit oder Naivität. Ich stieß sie zurück, denn ich mochte sie nicht. Langsam sagte er: «Weißt du, daß du mir gefällst?»

Seine Stimme klang ernst. Daß er gerade so diese zerbrechlichen Worte aussprach, erfüllte mich mit überquellender Dankbarkeit. Ich schloß die Augen.

«Bist du schläfrig?» fragte er ganz leise.

«Ich bin immer schläfrig, wenn ich mich wohl fühle», antwortete ich.

«Dann schlafe», sagte er.

Seine leise Stimme erwärmte mich. Ich versank nach und nach in ein Wohlbefinden, das von seiner Gegenwart, von der Wärme, dem weichen Bett und der Stille herrührte. Ich hörte verschwommen, wie er aufstand, die Schuhe auszog und sich dann vorsichtig neben mir ausstreckte. Mit einer letzten Bewegung legte ich den Arm auf seine Brust. Dann schlief ich ein.

Als ich aufwachte, schlummerte er, den Kopf zurückgebogen und die Haare wirr. Sein Atem ging langsam. Sanft, um ihn nicht zu wecken, richtete ich mich auf den Ellbogen auf.

Lange, mit ernster Neugierde, habe ich sein Morgengesicht betrachtet. Mir war, als müßte der Tag, der seinen Anfang nahm, eine ewige Morgenröte sein.

17

Wir trennten uns auf der Straße, als der Morgen graute. Die Stadt lag verlassen da; wir gingen müde und übernächtigt nebeneinander her. Salim hatte den Arm um meine Schulter gelegt, und diese Vertrautheit, die er sich zum erstenmal draußen erlaubte, machte mich schwach. Ich preßte die Zähne zusammen. Mir war kalt. Als er mir heftig einen Kuß auf die Wange drückte, lächelte ich schnell, drehte dann den Kopf weg und eilte davon. Ich hatte noch rechtzeitig die Tränen zurückgehalten, um nicht zu lügen. Er hätte für Kummer gehalten, was bereits die Angst war vor dem, was mich erwartete.

Länger als eine Stunde irrte ich durch die morgendlichen Straßen des Europäerviertels. Ich war unschlüssig: Sollte ich nach Hause gehen? Würde ich den Mut haben, die Haustür zu öffnen? Aber noch war es zu früh. Ich mußte warten, bis ich Farid nicht mehr vorfinden würde.

Lange ging ich ohne Ziel dahin. Gern hätte ich mich in ein Café gesetzt, um mich auszuruhen, aber ich wagte es nicht. Ich gelangte auf einen großen überdachten Markt, der gerade geöffnet worden war. Es waren erst wenige Kundinnen da; vor ihren Ständen musterten mich die braungesichtigen und breitschultrigen Händler mit hochmütigem Blick.

Die Straßen belebten sich. Die Stadt regte sich trotz der Hitze, die jeden Augenblick hervorbrechen würde. Ich fühlte, meine Seele war leer und schlaftrunken. Die Angst von vorhin war verflogen. Statt dessen empfand ich ein Gefühl heroischer Stärke, als ich das Haus betrat.

Ich wunderte mich, im Hof Tante Sohra nicht bei ihrer Arbeit zu finden. Ich blieb stehen. Das Haus schien verlassen zu sein, ohne einen Laut, als ob seine Türen während der ganzen Nacht offengeblieben wären. Ich betrat Lla Aischas Zimmer. Im dunklen Hintergrund erkannte ich die Form ihres Körpers unter den Decken und zwischen den aufgetürmten Kissen.

«Bist du es, Dalila?» fragte sie mit zänkischer Stimme.

«Ja.» Ich wollte Fragen stellen, wußte aber nicht welche. Unter dem leeren Blick der Alten fragte ich schließlich: «Wo ist Sohra?»

Damit hatte ich für ihre Lamentationen den Anstoß gegeben.

«Ach, heute bin ich allein. Vorhin fühlte ich wieder, wie ein Kloß mir bis in den Magen stieg und dann wieder hinunterrutschte. Ich hätte sterben können, und niemand –»

Ich unterbrach sie: «Und Lella?»

«Weißt du denn nicht?» stöhnte sie.

«Nein, ich war nicht hier.»

«Sineb hat eine Fehlgeburt gehabt. Man hat den Arzt rufen müssen, und sie haben sie in die Klinik gebracht. Und Sohra ist gegangen, um ihre Eltern zu benachrichtigen. Sie hat Thamani bei mir gelassen.»

«Thamani?»

«Ja, sie ist seit gestern nachmittag hier. Ach, was macht man heutzutage ein Aufhebens wegen einer Fehlgeburt! Farid war fast wahnsinnig vor Schmerz... Kinder sind Geschenke Gottes. Die beiden sind noch jung; Gott wird ihnen noch welche geben.»

Ich ließ Lla Aischa allein. Ich war beinahe enttäuscht, eine Welt vorzufinden, die sich mit andern Dingen beschäftigte. Ich dachte an Sineb. Ich kannte ihre Angst und war nicht erstaunt, daß das Schicksal sie derart getroffen hatte. Ohne Mitleid dachte ich, daß diese Fehlgeburt die Niederlage in ihr Fleisch einzeichnete. Es war nicht mehr als gerecht. Sineb gehörte zu der Rasse der Opfer.

Auf der Treppe begegnete ich Thamani. Sie trug ihre Maske der bösen Tage, der Tage, da sie alle Welt herausforderte. Ich hörte sie an, ohne zu antworten.

«Ach, also jetzt kommst du nach Hause! Gestern hast du meine Hilfe ausgeschlagen! Nun, das wirst du ab heute bedauern!»

Sie hatte sich so dicht vor mich hingestellt, daß ich stehenbleiben mußte. Ihr dunkles Gesicht war verzerrt.

«Lächle nur», schimpfte sie, «gleich wirst du weinen. Da du keine Angst vor dem Skandal hast, wirst du ihn bekommen. Dein Bruder hat nach dir gefragt. Ich weiß nicht, was deine Stiefmutter ihm gesagt hat, aber ich habe vor der Treppe auf ihn gewartet, dort», sagte sie, mir die Stelle mit dem Finger zeigend, «und ich habe gesagt: ‹Wenn junge Mädchen nicht zu Hause sind, ist die Ehre in Gefahr.› Er hat nicht geantwortet, aber er hat meine Worte gehört. Ich habe dich gewarnt, daß ich die Wahrheit tropfenweise verabreiche.»

Sie ging die Treppe hinab, und ein siegesgewisses, stilles Lachen erschütterte ihren Rücken. Wortlos ließ ich sie gehen. Sie würde mich niemals treffen können.

Ich war bereit zur Auseinandersetzung. Statt dessen mußte ich zwei Wochen lang ein zäh dahinfließendes, heuchlerisches Leben ertragen. Sineb war nicht zurückgekehrt. In der Klinik hatten die Ärzte einen «Nervenzusammenbruch» festgestellt. Sinebs Eltern hatten sich aufgeregt und sie zu sich geholt. Die Frauen kannten diese neumodische Krankheit nicht. Mißtrauisch wiederholten die Alten das Wort. Farid war bei seiner Frau.

Scherifa hatte Sinebs Krankheit zum Vorwand genommen, um ihre Ferien zu unterbrechen. Sie hatte ihrem Mann erklärt, zu Hause habe man sie vielleicht nötig. Lella werde mit der Pflege vielleicht überfordert sein; und unten sei Sohra ausreichend mit Lla Aischa beschäftigt. Sie traf also zwei Tage später mit Raschid ein, ohne die Kinder. Als sie feststellte, daß Sineb nicht da war, bewog sie dies nicht zur Rückkehr. In Gegenwart aller sagte sie entschlossen zu Raschid: «Da ich nun mal hier bin, werde ich selbstverständlich nicht zurückfahren!»

«Tu, was du willst!» erwiderte Raschid.

Als er gegangen war, wandte sie sich in Lellas Gegenwart zu mir: «Und du? Wie ist's mit deinem Studium? Was tust du hier im Haus, wo doch der Unterricht überall begonnen hat?» Und mit leisem Vorwurf zu Lella: «Mina und all ihre Kameradinnen sind bereits fest bei der Arbeit. Worauf wartet sie?»

Lella antwortete mit unbeteiligter Stimme: «Farid hat entschieden, daß sie nicht zu den Vorlesungen geht. Sie kann sich auf ihre Prüfungen durch Unterrichtsbriefe vorbereiten.»

«Natürlich!» entrüstete sich Scherifa, zum erstenmal wütend. «Nur zu! Schließt sie ein! Verpfuscht ihr nur das Leben –»

Ich unterbrach ihr Ungestüm! «Mach dir wegen mir keine Sorgen, Scherifa. Mein Leben wird so sein, wie ich es haben will.»

Als Lella mich anblickte, begriff sie endlich, daß die vergangenen Tage meine Auflehnung nicht gedämpft hatten. Nein, ich würde mich nicht in Geduld fassen, wie Salim es von mir verlangt hatte. Ich wartete bloß auf Farid.

Sie kamen am Abend zurück. Sie bleich wie am ersten Tag, mit Ringen um die Augen vom vielen Weinen. Er steif und die Brauen über seinen kurzsichtigen Augen gerunzelt. Und sich äußerst gerade haltend, um allen zu zeigen, daß er, im Gegensatz zu Sineb, seinen Kummer zu beherrschen verstand.

Sie hielten sich zunächst eine Weile unten auf. Ich hörte, wie Lla Aischa über die neue Mode überschwenglichen Wehklagens zeterte, das sie nur außergewöhnlichen Anlässen vorbehalten wissen wollte. Dann ging Farid über den Hof, begrüßte Lla Fatma und richtete einige kurze Worte an sie, bevor er bei Si Abderahman eintrat. Da Sidi sein Gebet verrichtete, mußte Farid warten.

Scherifa und Lella kamen heraus, von den lauten Stimmen angelockt. Scherifa stürzte mit viel Geschrei auf Sineb zu; ich hörte, wie sie sich lärmend umarmten. Lella begrüßte sie zurückhaltender. Als sie heraufkamen, ging ich in mein Zimmer. Ich wollte mich auf meine Unterredung mit Farid vorbereiten.

Es geschah nichts. Bei Tisch gebot Farids düstere Miene Schweigen. Ich wußte nicht, worauf seine finstere Laune zurückzuführen war: auf Sinebs Unglück oder auf den Verdacht, den er in bezug auf mich hegte. Er hatte noch kein Wort an mich gerichtet. Unsere Begrüßung war knapp gewesen; kaum hatten wir die Lippen bewegt. Ich wartete, nahm es ihm beinahe übel, daß er keine Fragen stellte. Doch wußte ich, daß Thamanis Andeutungen nicht ohne Wirkung bleiben konnten.

Dessen wurde ich noch mehr gewiß, als Sineb, die mir gegenüber wieder ihre frühere Vertrautheit annahm, mir erzählte, daß Farid Lella in besorgtem Ton gefragt hatte: «War Dalila in jener Nacht wirklich bei Mina? Thamani

hat einige Anspielungen gemacht, auf die ich nicht einge-
hen wollte. Da Sie mir gesagt hatten, daß –»

«Aber natürlich», hatte Lella schnell und ziemlich laut
geantwortet, «wo soll sie denn sonst gewesen sein? Sie hat
mich um die Erlaubnis gebeten, und ich habe ja gesagt.»

«Ja», hatte Farid nachdenklich hinzugefügt, «natürlich.»

Als Sineb mir die Szene schilderte, geschah es mit einer
Lebhaftigkeit, die ihr wieder ihr früheres jugendliches
Aussehen verlieh. Alles begann wieder von vorne, jedoch
drückender; es war eine Gewitterschwüle. Sineb selbst
blieb davon nicht verschont. Vielleicht fühlte sie von neuem, daß sie ein Nichts war zwischen dem stets abwesenden Farid und der hochmütigen Lella. Als sie mir deren
Wortwechsel hinterbrachte, war es, ohne daß es ihr selbst
bewußt wurde, eine beginnende Vergeltung, die sie gegen
die beiden übte. Ich vergaß, was sie mir sagte, und betrachtete sie, die meine Geständnisse hinsichtlich Salims
nicht vergessen hatte, mit unruhiger Neugier, als sie mich
fragte: «Warst du wirklich bei Mina?»

Ich starrte sie an und dachte an Farid. Ich machte ihm
stille Vorwürfe, weil er nicht verstand, seine Frau vor
diesen schlammigen Gewässern zu bewahren, zu denen sie
sich hingezogen fühlte. Man braucht nur das Gesicht einer
Frau zu betrachten, wenn sie die Preisgabe eines Geheim-
nisses erfleht, nur ihre Stimme wie die der Versuchung
flüstern zu hören, um dann die Lust zu verspüren, dieses
Gesicht ins helle Licht zurückzustoßen und es in der Sonne
aufzuwecken.

Ich hatte für sie ein verächtliches Lächeln: «Nun, ich
werde Mina schreiben, sie soll mich nächstens mal besuchen. Dann kannst du sie selber fragen.»

Indem ich die Worte aussprach, wurde mir bewußt, daß

ich von dem durch Lella gewährten Aufschub nichts wissen wollte. Ich wollte davon nichts wissen, wie ich auch vom Warten und von der Geduld nichts wissen wollte, und dies sogar um den Preis meines Glücks.

Salim schrieb mir lange Briefe. Die Abwesenheit meines Bruders benutzend, hatte er sie mir ins Haus geschickt. Jetzt aber wußte er nicht, wie er es anstellen sollte. In seinem letzten Brief hatte er schließlich in der Form einer Bitte, doch im Ton eines Menschen, der weiß, daß sie bereits erfüllt ist, gebeten: «Sicherlich könnten wir durch eine Mittelsperson miteinander korrespondieren. Ich weiß nicht warum, aber das widerstrebt mir. Lieber möchte ich Dir überhaupt nicht schreiben. Du aber, wirst Du mir manchmal mitteilen können, wie es Dir geht? Wirst Du mein Schweigen ertragen können? Wirst Du diesen äußersten Mut aufbringen? Es muß sein. Die Zeit vergeht so schnell. Es ist bereits ein Monat vergangen, seit ich abgereist bin.»

Bereits ein Monat! Und doch, wie lang war die Zeit gewesen! Wie weit weg scheint das scheue, vor Kälte zitternde Mädchen, das du an jenem Sommermorgen verlassen hast! An jenem Tag war sie bereit, sich gegen alle aufzulehnen. Ein Monat der Geduld und der Lüge hatte mich altern lassen. Und in der letzten Zeit hatte ich mich fast an dieses trübe ereignislose Leben gewöhnt.

Ich genoß die Trägheit und die Gleichgültigkeit. Dennoch hatte ich auf dem Grund meiner Indolenz und meiner unausgefüllten Tage nicht mehr wie früher das Bewußtsein einer durchsichtigen Jugend, in der ich mich wie in einer kühlen Quelle hätte spiegeln können. Jetzt hatte ich Angst, auch ich könnte mich von der Heuchelei des Hauses einhüllen lassen.

Ich las Salims Brief nochmals. Allein in meinem Zimmer – Lella hatte, um mir aus dem Weg zu gehen, die Gewohnheit angenommen, ihre Tage in Scherifas ehemaligem Zimmer zu verbringen –, las ich laut seine Ratschläge und Bitten. Wie einfach erschien ihm alles! Wie romantisch war es, mich zu dieser Rolle der reinen Braut zu bestimmen, die auf die Rückkehr ihres Geliebten wartet!

Plötzlich kam mir der Gedanke, zu ihm zu fahren. Zu ihm zu fahren, um ihn nie wieder zu hintergehen. War es denn nicht ein Hintergehen, wenn ich so in einem Bereich lebte, der nicht der seine war? Wenn ich Gedanken hatte, die er nicht teilen konnte? Ja, ihm alles gestehen, von Anfang an. Ich ging zu meinem Tisch, um ihm zu schreiben. Doch ich hielt inne, bevor ich begonnen hatte. Ich war mir des Risikos bewußt. Allzugut fühlte ich, wie gefährlich es war, dem geliebten Menschen auf einen Schlag unsere andern Gesichter zu zeigen, unsere zahllosen und ebenso lebendigen, ebenso reinen und ebenso grausamen Gesichter wie das vertraute.

Deshalb wählte ich den leichtesten Weg, um mich zu befreien. Ich nahm den Füllfederhalter und schrieb:

«Mina,
ich möchte Dich sehen. Wie Du sicherlich erfahren hast, bleibe ich dieses Jahr zu Hause; ich setze mein Studium durch Unterrichtsbriefe fort.
Könntest Du mich dieser Tage einmal besuchen? Dann aber, ich bitte Dich darum und bestehe darauf: komm zur Mittagszeit. Nicht früher und nicht später. Du wirst uns alle bei Tisch antreffen und brauchst Dich nur zu uns zu setzen.
Wie Du weißt, wird mein Bruder da sein. Ich bitte

Dich darum, ihm diesmal nicht aus dem Weg zu gehen. Dalila

PS – Bitte stell keine Fragen.»

Sie würde glauben, ich litte darunter, eingeschlossen zu sein, und riefe sie um ihren Beistand an, Farid zu überreden, mir meine Freiheit wiederzugeben. An meiner Freiheit – dachte ich lachend – liegt mir so wenig! Ich lachte ein zweites Mal: Ich würde mich des Mädchens, dessen Falschheit ich kannte, bedienen, damit sie Farid und das ganze Haus wieder in den Besitz der Wahrheit brachte.

18

Es gibt bei uns keinen Herbst, keinen Übergang, dessen Milde die Menschen die Natur vergessen ließe. Am Morgen war ein Gewitter ausgebrochen, das binnen fünf Minuten alles überschwemmte. Bei dem Platzregen, der die Wände peitschte, waren die Frauen in die Zimmer geflüchtet, nachdem sie noch die verschiedenartigsten Geräte, die als letzte Überreste unseres sommerlichen Lebens auf den Galerien herumlagen, hereingeholt hatten. Als der Regen eine Stunde lang mit unerhörter Heftigkeit herabgeprasselt war, fiel er sanfter, als wollte er durch Beharrlichkeit die ganze frühere Pracht vernichten. Aber bei diesem Spiel würde er in diesem Land stets der Besiegte sein. Wenn am ersten Tag der Winter sich mit großem Geschrei einstellt, kann man mitten im Dezember mit strahlenden Sonnentagen rechnen.

Der Regen schlug gegen die Scheiben und ließ auf ihnen dicke Tropfen zurück, die bald unter ihrem eigenen Gewicht zerfielen. Als er aufhörte, ging ich in den Hof hinab. Dort standen nur noch riesige, nun randvoll mit

Regenwasser gefüllte Kübel, die die Frauen stehengelassen hatten. Mit nackten Füßen begann ich durch das Wasser zu planschen. Ich hatte Lust zu lachen.

Ich wußte, daß Mina heute mittag kommen und daß dann nach dem Deich der Hitze noch ein weiterer Deich bersten würde. Ich nahm mir vor, den Regen immer zu lieben, wenn er wie an diesem Morgen mit einem Schlage die ungesunde Schwüle des Sommers beseitigte.

Ich begleitete Mina bis zur Tür. Ich wußte, daß sie nach dem Essen noch gern bei mir geblieben wäre. In aller Gegenwart hatte ich sie gefragt: «Hast du heute nachmittag Vorlesungen?»

«Ja, um zwei. Aber –»

«Da bleibt dir gerade noch Zeit für eine Tasse Kaffee, wenn du pünktlich sein willst.»

Und ich hatte mich erhoben. Sie hatte sich verabschieden müssen, in einem Schweigen, das seit ihrer Ankunft andauerte. Ich wußte, daß sie nicht mehr wiederkommen würde.

Dennoch zögerte sie im Flur zu gehen. Nach einigem Zaudern meinte sie: «Ich fürchte, ich habe eine Dummheit begangen, als ich sagte, daß ich dich seit deinem Unfall nicht mehr gesehen habe.»

«Aber nein! Ich habe dich ja gefragt, was du seit unserer letzten Begegnung so gemacht hast.»

«Ich weiß nicht», antwortete sie nachdenklich. «Ich hatte den Eindruck, als sei dein Bruder in die Höhe gefahren.»

Ich lächelte. Ich hätte sie mit ein paar beruhigenden Worten wegschicken können. Aber mich überkam beinahe ein Gefühl des Mitleids. Sie würde sich so sehr freuen bei dem Gedanken, daß sie das Werkzeug des Schicksals gewesen war!

«Nun», sagte ich, «Farid hat geglaubt, daß ich eine Nacht, die ich ausgeblieben war, bei dir verbrachte.»

«Ausgeblieben?» fragte sie, die Augen aufreißend.

«Ja.»

«Mein Gott!... Und ich habe –»

«Aber nein», unterbrach ich sie, «begreifst du denn nicht, daß ich das absichtlich so arrangiert habe? Ich wollte, daß er die Wahrheit erfährt.»

«Deswegen hast du mich eingeladen!» Enttäuschung verstörte ihr Gesicht und machte es alt und glanzlos. Dann sagte sie mit kläglichem Lächeln: «Und ich hatte geglaubt, du wolltest mich sehen.»

Ich erwiderte nichts; ich schämte mich, weil ich plötzlich fühlte, bis zu welchem Grad ich Menschen demütigen konnte. Mina aber fuhr fort: «Ich verstehe nicht, warum du das getan hast. Ich habe Angst um dich, Dalila!»

«Wegen mir brauchst du nie Angst zu haben.»

«Was wirst du Farid sagen?»

«Die Wahrheit: daß ich die Nacht zusammen mit Salim verbracht habe, weil er am nächsten Morgen abreiste.»

Ihr Gesicht, rotüberglüht, näherte sich dem meinen. Ich wußte nicht mehr, was ich aus ihm herauslesen sollte: Erstaunen, Neugier, Furcht... Sie stammelte: «Du... du...»

«Dummkopf!» sagte ich mit leisem Lächeln. «Dummkopf! Nichts von dem, was du dir ausmalst. Leb wohl.»

Ich ging wieder ins Zimmer hinauf. Farid war allein. Ich wußte nicht, ob er mich ohne Zeugen hatte sprechen wollen oder ob Lella und Sineb sich von sich aus aus dem Staub gemacht hatten. Aber Lella wird zurückkommen, dachte ich, ich werde dafür sorgen, daß sie zur Stunde der Wahrheit zurückkommt.

Er saß noch immer an der gleichen Stelle, noch immer vor dem Tisch, an dem wir zu Mittag gegessen hatten, als ob er noch auf ein Gericht wartete. Mir kam der Gedanke, daß dieser Tisch zwischen uns jede Schwere aus unserer Unterredung ausschließen würde.

Farids Stummheit hätte mich rühren sollen. Ich wußte, er war schüchtern, ein Gefühlsmensch. Ich vermutete, daß er den Ereignissen nicht gewachsen war. Er war nicht geschaffen für die schwere Rolle, die die Gesellschaft ihm auferlegte: die des Mannes, der über die Ehre der Familie wachen soll.

Das Wort Ehre weckte Erinnerungen. Die einzige Erinnerung, die ich an meinen Vater hatte, stieg empor... Ein stolzes Männergesicht, Frauen ringsum, vielleicht meine Mutter, alt, zerfurcht und sanft, wie es hieß. Meine Schwester, eher noch ein Kind als ein junges Mädchen, erschien angsterfüllt vor dem Richterstuhl. Ich hörte, wie die klangvolle Stimme meines Vaters erklärte: «Gib acht auf dich! Ich will dich gern noch einige Jahre aufs Gymnasium gehen lassen, bevor ich dich verheirate. Aber ich warne dich: Wenn ich sehe, daß du dich auf der Straße herumtreibst und dich nicht untadelig aufführst, dann weißt du, was das für Folgen hat... Besser wäre, du lebtest hier eingeschlossen... Wenn eines Tages eine meiner Töchter die Ehre der Familie beschmutzte, würde ich mein Gewehr nehmen und ohne Zögern auf sie schießen...»

Ich erinnerte mich der dummen Tränen Scherifas, die von der Bravourrede meines Vaters nur die Drohungen behalten hatte.

Diese Kindheitserinnerung stieg jetzt sehr zur Unzeit in mir auf.

Vor mir bereitete sich Farid für die Szene vor, von der

er zweifellos nicht wußte, wie er sie spielen sollte, ob mit würdiger Strenge oder aber mit brutaler Autorität. Auf jeden Fall würde sie zu der pedantischen Art dieses Mannes passen. Thamani hatte recht, daß sie sich nach früheren Zeiten zurücksehnte. In dieser wieder ehrbar gewordenen Familie gab es keinen Mann, der stark genug war, um von der Ehre anders als mit der Geschwollenheit eines Rührstücks zu sprechen.

«Ich will wissen», begann Farid, seine Rolle recht und schlecht spielend, «ich will wissen, wo du an dem Tag warst, da wir dich bei Mina glaubten.»

Er sagte «an dem Tag»; dieses Wort kam mir als eine Feigheit vor. Ich sprach ruhig, meinen eigenen Worten zuhörend. Und alles verlief schnell, so schnell.

«Ich werde sagen, was ich getan habe und bei wem ich war. Aber nur in Lellas Gegenwart.»

«Warum ziehst du Lella in deine Lügen hinein?»

«Ich habe nicht gelogen. Habe *ich* etwa behauptet, ich sei bei Mina gewesen? Glaubst du, ich hätte, wenn ich lügen wollte, nicht auch Mina ins Bild setzen können? Ich versichere dir, in diesem Haus ist Verheimlichen leicht. Sehr leicht.»

«Reg dich nicht auf!» befahl Lella, die in diesem Augenblick das Zimmer betrat.

Da schrie ich, rasend, plötzlich besessen von einem Fieber, das mich fast schluchzen ließ. Gleichzeitig, in einer lustvollen inneren Spaltung, fühlte ich große Erleichterung, daß die Katastrophe nun endlich eingetreten war.

«Sie wußte, daß ich mich mit Salim El-Hadsch treffen würde. Ich hatte es ihr gesagt, bevor ich das Haus verließ. Sie wußte schon vorher, daß ich mich mit ihm traf. Was hast du», wandte ich mich an Lella, «mit dieser berühmten Mutterpflicht angefangen? Hast du Farid Bescheid gesagt? Nein. Sie hat mich gedeckt, obwohl ich sie nicht darum bat.»

Es trat Schweigen ein. Lella hatte sich nicht gerührt. Schließlich schrie ich: «An ihr liegt es, Rechenschaft abzulegen. Ich für meinen Teil habe nichts mehr zu sagen.»

Als ich auf der Schwelle das Haus betrachtete, erschien es friedlich und leer. Der feine Regen, der wieder eingesetzt hatte, ließ es einem riesigen Schiff gleichen, das von der Besatzung verlassen war. Als einziges Überbleibsel verlorengegangenen Glanzes stieg mitten im Hof der Strahl des Springbrunnens senkrecht in die Höhe. Dann verschmolz er nach kurzem Zögern an seinem Gipfel mit dem Regen, bevor er wieder ins Becken herabfiel, dessen Oberfläche wie ein Tuch aus zerkratztem Samt aussah. Ich stürmte bei Scherifa zur Tür herein.

«Gib mir ein Zimmer, wo ich allein sein kann», sagte ich, und meine Stimme klang heiser.

Sie stellte mir keine Fragen.

In meinem früheren Krankenzimmer sank ich erschöpft aufs Bett. Ich weinte. Dann begann ich in plötzlicher Neugier dem aus meiner Kehle hervordringenden Schluchzen zu lauschen. Es war ein seltsames Gespaltensein; es fesselte mich eine Weile. Mein Interesse für meine Tränen war erwacht, und doch, als sie zu fließen aufhörten, merkte ich es viel später. Ich hatte meinen Kummer getötet.

Als Scherifa eine Stunde später die Tür meines Zimmers öffnete, fand ich mich mit ihrem Töchterchen Sakina dabei, ein schwieriges Problem zu lösen: Wir versuchten uns in der schweren Kunst, nach traditioneller Art aus zwei Stücken Schilfrohr und einigen Stofflappen Puppen herzustellen.

Mit diesem Besuch hatte ich nicht gerechnet. Ich sagte es gleich, als Dudscha El-Hadsch eintrat, ein wenig schüchtern und jünger, als ich sie in Erinnerung gehabt hatte. Ich bat sie, Platz zu nehmen, und während wir die ersten Höflichkeitsformeln austauschten, überlegte ich, ob ich den Mut aufbringen würde, bis zum Schluß diese Rolle einer Mondänen durchzuhalten, die mich im Grunde langweilte. Vor allem hatte ich ein wenig Angst – wie mir das bei Menschen passierte, die mich zum Nachdenken brachten – vor dem langen Gespräch, das sich ankündigte.

Obendrein hatte sich Scherifa taktvoll zurückgezogen. Zwischen uns senkte sich Schweigen herab. Aber Dudscha begann mit einer Unbefangenheit, die ich bewunderte: «Du fragst dich zweifellos, warum ich gekommen bin?»

Mit gemischten Gefühlen und reichlich verwirrt, ließ ich sie reden. Salim hatte meinen Brief erhalten, in dem ich ihm das Wesentliche der letzten Szene berichtete – die durch Mina enthüllte Wahrheit, meine Verteidigung vor Farid und vor Lella –, und da er mir nicht schreiben könne, habe er Dudscha gebeten, mich aufzusuchen. Sie drückte mir ihre Freude darüber aus, auf diese Weise von unserer Verlobung zu erfahren; sie bot mir ihre Freundschaft und ihre Unterstützung in dieser schweren Zeit an. Sie begreife mich: Ich sei in einer peinlichen Situation und stehe vor einer schwierigen Frage. Gewiß, es sei verständlich, daß mein Bruder heftig reagiert habe, als er von meinem eigenmächtigen Vorgehen und der Durchsetzung meiner Unabhängigkeit erfuhr. Wir arabischen Frauen hätten doch vor den andern soviel Verantwortung zu tragen! Und die Volksseele könne sich von einem Tag auf den andern nicht derart schnell entwickeln. Trotzdem sei sie, Dudscha, überzeugt, daß es mir gelingen werde, meine Umgebung von der Lauterkeit meiner Absichten zu überzeugen. Es wäre nicht gut, wenn mein künftiges Glück auf einer Revolte fußte.

Ich hörte ihr zu, ohne etwas zur Erwiderung zu finden. Ich bewunderte ihre Anständigkeit und ihre Unbefangenheit, die sie stark machten. Warum hatte es Lella nicht wie Dudscha verstanden, mich diese Versöhnung erhoffen zu lassen?... Aber nun war es zu spät.

Mich ergriff ein Gefühl der Scham. Was sollte ich diesem Mädchen antworten? Daß ich selbst dieses Drama geschürt, diese Revolte betrieben hatte, die sie verurteilte? Und dies im Namen von Prinzipien, die sich jetzt, aus der Distanz, als verstiegene und leere Worte erwiesen? Wie konnte ich ihr meinen Haß auf Lella verständlich machen? Und diese Neugier auf mich selbst, die mich sogar im Herzen des Feuers, das ich entfacht hatte, gefrieren ließ? Ihr auch gestehen, daß diese Aufruhr nur die Ungeduld war, mich kennenzulernen. Sie hätte nicht verstanden. Seit ihrer Ankunft sprach sie von anderem: von der Umgebung, der Familie, der Gesellschaft und immer wieder von Verantwortung und Pflichten. Ich aber war nur von mir selbst erfüllt.

Da ich vor geliebten Menschen nicht zu lügen verstehe, gab ich dem Gespräch eine andere Wendung. Obwohl ihr anständiges Verhalten und die Selbstverständlichkeit, mit der sie mir ihre Hilfe anbot, mich gerührt hatten, glaubte sie, ich mißtraue ihr. Bis jetzt habe es überall geheißen, sie sei für ihren Vetter «bestimmt». Sie dachte, dieses Gerücht wecke meine Eifersucht. Ich sah einen Schatten von Traurigkeit auf ihrer Stirn, als ich unverfängliche Gesprächsthemen anschnitt und mit anscheinender Ungezwungenheit plauderte.

Die Unterhaltung schleppte sich gegen Ende ihres Besuchs mühsam dahin. Unsere beiderseitige Verlegenheit wurde immer größer. Um sie zu verscheuchen, verloren wir uns in liebenswürdigen Redensarten. Als Dudscha endlich ging, ärgerte ich mich über mich selbst wie nie zuvor: Einmal mehr hatte ich die Gelegenheit zu einem aufrichtigen Gespräch verfehlt.

19

Das also war's. Die Lösung, die sie zusammen ausgeheckt und mit all ihrem Vorrat an Heuchelei gesponnen hatten – in allem ihr schmutziges Werk ... Farid vergesse alles. Er verzeihe, fügte Lella mit dieser eintönigen Stimme hinzu, die sie jetzt hatte. Es sei ihr gelungen, ihn von der Harmlosigkeit meines Verhaltens zu überzeugen. Salim habe ja um meine Hand angehalten, sei das nicht der Beweis für die Ernsthaftigkeit unserer Beziehung? Man könne ihm Vertrauen entgegenbringen; er sei ein reifer Mann ...

«Das heißt?»

«Das heißt, das einzige Mittel, um zu verhindern, daß Thamani zuviel redet, besteht darin, daß Salim zurückkehrt und die Hochzeit sofort stattfindet. Wir müssen die Dinge beschleunigen, da ihr ja so unvorsichtig gewesen seid. Schreib an Salim und erklär ihm alles.»

Ja, an Salim schreiben, um ihm zu sagen, er solle zurückkommen und mich heiraten, bevor gefährliche Wahrheiten ans Licht kämen. Und er möge sich beeilen, um den Skandal zu ersticken, um unserer Familie ihre geachtete Position zu erhalten, die sie seit Jahren dank der bekannten und erwiesenen Tugend einer Frau erworben hatte.

«Und du? Hast du nichts dagegen, ihn zu sehen, ihn ...»

Sie errötete; an dem scharfen Blick, den sie mir zuwarf, merkte ich, daß sie mir diese Frage übelnahm. Bestimmt hatte ich wenig Taktgefühl.

Mit Widerstreben antwortete sie: «Ich vertraue seiner Ehrenhaftigkeit. Er wird nichts sagen. Ich bin mit allem einverstanden.»

«Aber ich nicht!»

Ich hatte es fast hinausgeschrien. Als sie sich umdrehte, denn sie wollte schon hinausgehen, wiederholte ich in noch härterem Ton: «Ich bin gegen eure Lösung... Und übrigens komme ich nach Hause zurück, um es Farid selbst zu sagen.»

Sie wurde von neuem von der Angst gepackt; noch ehe ich selbst mir dessen bewußt wurde, war sie bereits davon überzeugt, daß ich bis zum Ende gehen würde.

Das ganze Haus hielt Siesta. Als ich den Hof überquerte, hörte ich Si Abderahmans regelmäßiges Schnarchen und die Stimme Thamanis, die in letzter Zeit das Haus belagerte. Ich stieg zum ersten Stock hinauf. Sineb kam herbei, als sie meinen Schritt erkannte. Sie schlief tagsüber nie; wenn die andern ihren Mittagsschlaf hielten, wurde sie unruhig und fühlte sich einsam.

«Endlich kommst du! Du hast mir all die Tage so gefehlt.»

«Wo ist Farid?»

«Farid?» fragte sie mit erstauntem Blick; dann sagte sie nach einem Augenblick des Zögerns und als sie meine entschlossene Miene sah: «Er schläft. Stör ihn nicht.»

«Ich hörte nicht auf sie und betrat das Zimmer.

«Lella hat mir ‹euren› Vorschlag mitgeteilt und auch die Lösung, die ihr mir nahelegt, um ‹den Skandal zu ersticken›...»

«Was willst du denn?» fragte er verdrießlich.

Er hatte bereits seine alten Gewohnheiten wieder aufgenommen, glücklich darüber, ohne Risiko seinen Seelenfrieden wiederzufinden, den ich einen Augenblick lang erschüttert hatte. Der Ärger schüttelte ihn, als er sah, daß ich alles in Frage stellte.

«Ich möchte mit dir reden. Ich habe Lella erklärt, daß ich eure Lösung niemals annehmen werde. Ich will Salim heiraten, aber niemals auf solche Weise.»

«Was willst du denn eigentlich?»

Er sprach mit lauter Stimme. Der Zorn, zu dem er sich hinreißen ließ, war der gereizte Zorn von Schwächlingen.

«Was ich will? Daß du mir vertraust, daß du an mich glaubst, statt diese erbarmungsvolle Haltung anzunehmen, als ob ich weiß Gott welche Sünde begangen hätte... Laß dir gesagt sein: Ich bedaure nichts von dem, was ich getan habe.»

«Was willst du dann?» wiederholte er verdattert.

Er hätte bei mir niemals eine solche Kühnheit vermutet. Und daß ich mir eine derartige Blöße gab, erschien ihm als neuer Verrat ihm gegenüber.

Angesichts seiner Feindseligkeit verschanzte ich mich hinter meinem Starrsinn.

«Ich werde auf Salim warten und erst dann heiraten, wenn er will. Für mich verlange ich eines: meine Freiheit, um meine Vorlesungen zu besuchen.»

«Deine Freiheit», sagte er beinahe schockiert, als ob das Wort, von mir ausgesprochen, anstößig würde.

«Nun ja!» rief ich, ohne dem Vergnügen zu widerstehen, ausfallend zu sein. «Meine Freiheit. Du hast wohl Angst vor diesem Wort?»

«Und warum diese Freiheit?» fragte er, die Zähne zusammenpressend, eine Grimasse, die mir unter andern Umständen ein Lächeln entlockt hätte. Aber mein Bedürfnis, ihn zu überzeugen, war zu lebhaft.

«Ich möchte nur einen Beweis deines Vertrauens», antwortete ich. «Ich habe genug von all euren Kalkülen. Farid», fuhr ich fort, leiser und leicht gerührt, denn mir kam der Gedanke, daß dieser Mann schließlich mein Bruder war, daß er allein mir glauben und diesen Nebel hinwegfegen konnte – «ich weiß, Thamani wird verbreiten, was sie will: Wahrheit und Lüge. Trotzdem, versuch, mich zu verstehen.»

«Das Risiko ist zu groß», fuhr er mich an.

«Warum diese Angst vor dem Risiko?» erwiderte ich. Verachtung und Trotz überwältigten mich. «Fühlst du dich denn nicht fähig, den andern die Stirn zu bieten?»

«Du weißt wohl nicht», sagte er etwas bitter, «daß die üblen Nachreden der andern, durch Thamani geschürt, nicht nur deinen Ruf und damit deine Zukunft, sondern auch den Ruf unserer Familie gefährden können.»

«Ja, ich weiß», höhnte ich, «Lellas ganzes Werk!»

«Jawohl!» rief er. «Du solltest deine Mutter respektieren. Sie sollte für dich ein Vorbild sein... sie, die uns alles gegeben hat.»

«Salim wird sie mir nicht geben. Und von dir erwarte ich bloß eine Antwort auf meine Frage von vorhin.»

«Nein, ich kann dir nur eines zugestehen: die unverzügliche Heirat mit dem, den du gewählt hast.»

«Das will ich nicht. Ich habe Salim deswegen gewählt, weil er der reinste Teil von mir war. Ich will nicht, daß er dieses Haus betritt, wo die Lüge herrscht.»

«Welche Lüge?» schrie er.

Er wußte, noch bevor ich zuschlug, wohin ich den Schlag führen würde.

«Lella ist die Lüge! Lella, die ihr alle bewundert und die du mir als Vorbild hinstellst. Und doch hat sie Angst vor mir, und sie hat Angst vor Thamani!»

«Vor Thamani?»

«Ja, seitdem diese von meinem Vater den Auftrag bekommen hat, aufzupassen, damit Lella nicht wieder heiratet. In diesem Fall soll sie ihre Vergangenheit enthüllen, das, was unsere schöne Lella gewesen ist: beinahe eine Prostituierte.»

Die letzten Worte hatten mir selbst Angst eingejagt. Schluchzend rannte ich davon.

«Du bist zu weit gegangen», sagte Thamani. «Du bist wirklich zu weit gegangen. So darf man nicht mit dem Feuer spielen.»

«Mit der Wahrheit!»

Ich hatte versucht, mich zu verteidigen. Ich erbettelte ihre Zustimmung.

«Bist du nun zufrieden, daß ich diese Ehe ausgeschlagen habe?» fragte ich sie haßerfüllt. «Daß ich für lange Zeit darauf verzichte, ihn zu sehen? In einem Jahr kann sich, wie du sagst, manches ereignen.»

Sie schüttelte den Kopf, mit der tausendmal wiederholten Geste der Bettler, die an Sommertagen nur mehr ihre Heiterkeit haben. Sie war verändert; in dem traurigen Wasser ihres Blicks erkannte ich einen neuen Ernst. Nichts von dem, was ich erwartet hatte: keinen Triumph.

«Nein, jetzt will ich dich nicht mehr für meinen Bruder. Du bist gefährlich.»

Sie trat nahe an mich heran. In dem grauen Abendlicht, das vom Himmel herabglitt, zog sie mich in Bann. Ihre Stimme nahm den Klang uralter Autorität an, als ob sie nur die Verkünderin der Verfluchungen wäre, die sie hervorstoßen wollte.

«Du hättest schweigen oder aber den Vorschlag annehmen sollen. Ich hätte mich dann für besiegt erklärt; ich hätte dann sogar geschwiegen. Du hättest Geduld haben müssen... So aber rennst du in dein Unglück. Dieses Unglück, das du hinter dir aussäst, wirst du eines Tages zwischen Salim und dir finden. Ja, selbst er wird dich verstoßen, wenn er begreifen wird, welcher Bosheit du fähig bist. Denn, merk dir, Dalila: Gott liebt den Skandal nicht.»

«Laß Gott aus dem Spiel!» protestierte ich in einem Anflug von Schwäche und auch von Verzweiflung; denn ich wußte, daß sie zum erstenmal aufrichtig war.

Bevor ich ging, habe ich mich in dem leeren Haus wieder aufgerichtet. Ich werde mich nicht unterkriegen lassen. Ich bin allein, dachte ich, also stärker als je zuvor.

DRITTER TEIL

20

«40 000 Franc!» sagte die alte Jüdin, während sie mich aus dem dunklen Hintergrund ihres Ladens forschend anblickte. Ich wußte, daß das goldene Armband mindestens das Doppelte wert war. Ihr Blick hatte sich bei meinem Eintritt mit einem Schimmer der Vorsicht verschleiert. Sie hatte gesehen, daß ich mich von den zahlreichen arabischen Frauen unterschied, die in der letzten Zeit kamen, um ihren alten Schmuck gegen Modeschmuck umzutauschen.

«Einverstanden!» sagte ich schnell, da ich den Mut zum Feilschen nicht aufbrachte.

Ich verließ den Laden. Jetzt hatte ich das Reisegeld bis Paris. Nachher würde ich mir schon weiterhelfen. Ich hatte niemand von meiner Abreise unterrichtet. Am Abend vorher hatte ich das Haus verlassen, in der Gewißheit, nicht mehr dorthin zurückzukehren. Bei meiner Schwester, so schien mir, betrat ich eine andre Welt. Als sie meinen verstörten Blick sah, stellte mir Scherifa keine Fragen. Sie hatte mich in meinem früheren Zimmer untergebracht, und ihr mütterliches Verhalten hatte mir wohlgetan. Aber am folgenden Morgen hatte sie sich beeilt, Erkundigungen einzuziehen.

Mein Geld in der Tasche, kehrte ich wieder zu ihr zurück. Es ärgerte mich, daß ich beim Eintreten leise Angst empfand. Scherifa war wohl in der Frühe zu uns nach Hause gegangen. Sie empfing mich mit verschlossener Miene und plötzlich alt wirkenden Zügen, was ihr eine unerwartete Ähnlichkeit mit Tante Sohra verlieh.

«Thamani hat mir alles erzählt», begann sie.

Meine Gedanken gingen zu Thamani, die jetzt dem Haus ihres ehemaligen Herrn vorstand. Mit Autorität. Das war ihre Rache.

«Lella ist nicht zurückgekehrt», fuhr Scherifa in einem Ton fort, in dem ich einen Vorwurf zu erkennen glaubte. «Lella ist nicht nach Hause zurückgekehrt. Und Farid ist seit gestern abend nicht im Haus erschienen. Sineb meint, er ist Lella suchen gegangen.»

Ich verbrachte den Tag ausgestreckt auf meinem Bett. Allein. Draußen lastete Gewitterschwüle. Ich hatte die Jalousien schließen müssen; ein Lichtstrahl, in dem Staubkörnchen tanzten, sickerte in mein Zimmer. Zu Scherifa hatte ich, als sie herkam, in schroffem Befehlston gesagt: «Laß mich allein!»

Sie hatte die Tür hinter sich wieder zugemacht, nachdem sie mir einen langen Blick zugeworfen hatte. Als sie verschwand, überkam mich das Gefühl, sie habe mich einem Strafgericht überliefert.

Meine Reise begann in jenem unwirklichen Gefühl, das dem Augenblick der Trennung folgt. Ich hatte zwischen Flugzeug und Schiff geschwankt. Aber das Beförderungsmittel war nebensächlich: ob die Übergangszeit vier oder vierundzwanzig Stunden dauerte, kam auf das gleiche heraus. Wie es bei allen Reisen geschieht – auch bei der größten, dem Leben –, zieht erst in den letzten Minuten kurz vor der Landung innerhalb einer Sekunde klar das an einem vorüber, was man hinter sich gelassen hat. Man begreift dann, was abzulegen man bereit ist und warum man aufgebrochen ist.

Ich erinnere mich des Auftritts, der meiner Abreise vorausgegangen war. Teilnahmslos auf meinem Bett ausgestreckt, gewöhnte ich mich langsam an die Unruhe.

Da trat Sineb ins Zimmer. Sie drückte mir einen Kuß auf die Stirn, setzte sich ans Fußende des Bettes und wartete. Resigniert stellte ich die erste Frage: «Ist Farid zurückgekehrt?»

«Ja», sagte sie mit einem Seufzer. «Ja... Er ist mit Lella zurückgekommen.»

«Wo war sie denn?» fragte ich sanft.

«Bei ihren Verwandten, denen mit dem Hamman, du weißt doch... Sie war ja schon sehr lange nicht mehr bei ihnen.»

Ich brach in Lachen aus.

«Was hast du denn?» fragte Sineb verdutzt.

So waren also vierundzwanzig Stunden nötig gewesen, um jene Ordnung wiederherzustellen, die zu erschüttern ich so viel Zeit, so viele Worte und Gewalt aufgewendet hatte! Vierundzwanzig Stunden, um das Haus von neuem seinem Schweigen und seiner Langeweile auszuliefern. Es war besser, daß auch ich schwieg – oder aber ging.

Dann leuchteten Sinebs Augen auf; sie beugte sich über mich und sagte mit lebhafter Stimme: «Rate, was es Neues gibt...»

«Was denn?»

«Eine große Neuigkeit! Farid hat sie mir heute früh anvertraut. Ich bin rasch hergekommen, um es dir zu erzählen, denn zu Hause hätte ich mein Geheimnis bestimmt nicht bewahren können.»

Ich wartete noch immer.

«Lella heiratet wieder... Ein Kaufmann aus Mascara hat ihr vor kurzem einen Heiratsantrag gemacht. Jetzt hat sie eingewilligt.»

«Das war klug von ihr!» sagte ich in kühlem Ton.

Der Lautsprecher verkündete die bevorstehende Ankunft. Das Flugzeug würde in fünf Minuten landen. Ich
blickte durchs Seitenfenster. Durch zerrissenes Gewölk
gewahrte ich die Stadt als einen riesigen, unregelmäßigen
Fleck. Mein Lächeln, als ich Paris vor mir liegen sah, war
von neuem das der Sorglosigkeit.

Ich sah ihn aus dem Gebäude herauskommen, das die
Ecke der Rue de Médicis bildete. Zehn Minuten hatte ich
mit pochendem Herzen gewartet. Es fiel mir schwer,
meine Freude zu beherrschen und nicht schnell zu ihm zu
laufen. Ich hatte ihn nicht in seinem Büro aufsuchen wollen; denn das hätte er nicht gern gehabt. Von meinem
Platz aus sah ich die Fenster des dritten Stockwerks. Dort
ist er, dachte ich. Ich schaute auf meine Uhr. Hoffentlich
läßt er nicht lange auf sich warten. Vielleicht ist er bereits
im Treppenhaus...

Ich faßte einen Entschluß: der Bürgersteig auf der andern Seite zog sich am Jardin du Luxembourg entlang.
Ich überquerte die Straße, betrat den Park und stellte
mich gegenüber dem Gebäude hinter das Gitter. Von
dort sähe ich Salim aus dem Haus kommen. Ich würde
ihm in weitem Abstand folgen, während er zu seinem
Wagen ging, den ich gegenüber dem Odéon erkannt hatte. Bevor er ihn erreicht hätte, wäre ich bei ihm; ich
würde versuchen, ihm ganz ruhig guten Tag zu sagen, als
seien wir noch gestern zusammengewesen, als... Da
kam er aus dem Haus heraus.

Er kam heraus, und mein ganzer Plan, erst halb ausge-
dacht, stürzte zusammen. Er war nicht allein. Ein Mann
und eine Frau begleiteten ihn. Ich begann, im Parkinnern
der Gruppe zu folgen. Ich wollte meine Überraschungs-
idee nicht aufgeben. Sobald er sich von diesen Leuten

verabschiedete, würde ich zu ihm eilen... Ich verließ den Park. Er hätte sich jetzt nur umzuwenden brauchen, und er hätte mich gesehen. Ich dachte bereits an sein Gesicht, in dem ich die Freude aufleuchten sähe. Schon empfand ich selber Freude.

Sie waren an den Wagen herangetreten. Salim öffnete die Tür. Nicht der geringsten Bewegung fähig, schaute ich ihnen zu, wie sie in das Auto stiegen und davonfuhren. Einen Augenblick lang verharrte ich reglos, dann ging ich langsam in den Park zurück und setzte mich am Rand einer Allee auf eine Bank.

Vor mir diskutierten Gruppen junger Leute. Einzelne Kinder kamen vorbei. Ich erinnere mich auch an ein Liebespärchen, das Hand in Hand daherschlenderte. Die Arme schlenkernd und sich voneinander entfernend, rückten sie dann wieder näher und sahen sich tief in die Augen, mit starrer Miene, so wie traurige Pierrots. Die Passanten ringsum, gezwungen, ihnen auszuweichen, beachteten sie kaum. Alle schienen es eilig zu haben, ausgenommen dieses gelangweilte Tänzerpaar.

Ich stand auf und wußte nicht, was ich nun anfangen sollte. Ich ging verlassene Wege entlang. Ich war völlig vertieft in den Anblick der entlaubten großen Bäume und der vom Herbst versengten Rasenflächen, bis ich merkte, daß ich Salim vergessen hatte.

Das war meine Rache: diese Minuten des Glücks, allein an diesen Orten, die ich mit Gier entdeckte.

Als ich zum Flughafen zurückkehrte, um an der Gepäckaufbewahrung meine Koffer zu holen, faßte ich einen Entschluß: Ich würde Salim nicht aufsuchen, wenigstens nicht im Augenblick. Vorhin war ich zu ihm geeilt, um in seiner Gegenwart zu vergessen. Ich erinnerte mich an das matte Wohlbehagen, das mich einschläfernd bei unsern Begegnungen umfing, bei denen sich nichts ereignete und von denen ich dennoch, gereinigt von allen Haßgefühlen, nach Hause kam. Nein, sagte ich mir, ich durfte nicht mehr so feige sein. Ich war fortgegangen. Ich allein hatte dafür die Verantwortung auf mich zu nehmen.

Ich stieg im erstbesten Hotel ab, wohin der Taxifahrer mich brachte. Hinten in der Halle, hinter einem Schreibtisch, empfing mich mit breitem Lächeln eine etwa vierzigjährige Frau, deren Haar gefärbt war.

Ich mußte mich zusammennehmen, um nicht fortzulaufen. Ich zwang mich, an den Schreibtisch heranzutreten und mit gleichgültiger Stimme ein Zimmer zu verlangen. Die Frau ließ mich ein Formular ausfüllen; dann nannte sie mir einen Zimmerpreis. Als sie bemerkte, daß ich noch nicht mündig war, setzte sie ein noch breiteres Lächeln auf und nannte mir einen andern Preis. Ich war mit allem einverstanden.

Das Zimmer war klein und häßlich. Ich öffnete das Fenster, um den Geruch der früheren Bewohner zu vertreiben. Ich schlief bis zum Morgen; mitten in der Nacht hatten mich Straßengeräusche aus meiner Bewußtlosigkeit gestört. Gerade lange genug, daß ich mich erinnerte, anderswo, verirrt zu sein. Ich schlief bald wieder ein und versank in einen tiefen, traumlosen Schlaf.

Am Morgen galt mein erster Gedanke Salim, den ich mittags wiedersehen würde. Es drängte mich, in seiner Nähe zu sein. Schon war ich aufgestanden, um mich fertigzumachen. Aber nach und nach erlahmte mein Eifer.

Wie sollte ich ihm erklären, daß ich in dieses Hotel gekommen, in diesem Bett geschlafen hatte? Gestern, in

der ersten Freude des Wiedersehens, hätte ich zu ihm
sagen können: «Ich konnte unsere Trennung nicht mehr
länger ertragen.» Dann hätte ich nicht gelogen. Heute
aber, das fühlte ich, hätte ich ihm alles gestehen müssen.
Ihm erklären, daß ich vor seltsamen Haßgefühlen, vor
den Wortemachereien, vor den Lügen davongelaufen
war. Ihm sagen, daß ich hatte fortgehen wollen; daß ich
das Vergnügen haben wollte, eine Tat bis zum Ende zu
führen, die mir gefährlich schien, es für mich auch war.
Ihm schließlich noch sagen, daß ich mich stark fühlte,
weil ich den ersten Tag meiner Flucht allein verbracht
hatte.

21

Ich blieb drei Tage in diesem Hotel und verließ mein
Zimmer nur, wenn der Hunger mich trieb. Auf der Straße schlenderte ich an den Cafés und den Restaurants vorbei, in die ich nicht einzutreten wagte. Neugierig betrachtete ich die Menschen auf den Terrassen. Dann
kehrte ich mit Brot und Obst ins Hotel zurück. Vor der
Blondine am Empfang versuchte ich meine Stange Brot
zu verbergen. Ich war wütend auf mich wegen der zer-
knirschten Miene, die ich beim Emporsteigen der Treppe
aufsetzte, während ich auf meinem Rücken immer den
gleichen trüben Blick lasten fühlte.

In meinem Zimmer wusch ich den Straßenstaub ab.
Schnell fand ich zu meiner Sorglosigkeit zurück. Mit
Entzücken fühlte ich mich ohne Pläne, ohne Zukunft.
Manchmal streiften die Bilder Lellas, Sinebs und Salims
um mich herum. Ich überraschte mich dabei, wie ich
ihnen zulächelte und mit ihnen sprach. Ich wußte, es war

kindisch; aber diese Nichtigkeiten unterhielten in meiner Seele eine verschwommene Freude. Als ob all diese vertrauten Gesichter sich um dieses Hotelbett scharten, um mir mit rührender Aufmerksamkeit zuzuschauen, wie ich dahinlebte.

Am vierten Tag erwachte in mir ein berauschendes Glücksgefühl, für das ich keinen Grund wußte. Ich hatte Lust, hinauszugehen, den blauen Himmel zu sehen, die Welt anzulächeln und umherzuschlendern. Ich öffnete das Fenster: Dieser Herbsttag schien mir geeignet für einen Spaziergang, wie ich ihn ersehnte, lang, einsam, erfüllt von einer Begeisterung, zu der mein Schritt den Rhythmus schlagen würde.

Draußen umflutete der Morgen die Straßen mit staubigem Grau. Ich bewahrte meine Freude bis zur Seine. Dort setzte ich mich, ein wenig müde, an die äußerste Spitze der Seine-Insel, den Vert-Galant. Mich erfüllte ein übergroßes Glücksgefühl, mit dem ich nichts anzufangen wußte. Ich träumte vor mich hin.

Ringsum Gruppen lärmender Kinder und Touristen, die programmgemäß die Sehenswürdigkeiten erledigten... Plötzlich kam ein junger Mann in eng anliegendem rotem Trikot und mit wiegendem Schritt auf mich zu und fragte grinsend: «Na, wie wär's mit einem Spaziergang?»

Ich wandte den Kopf. Der Mann ging weiter. Meine Freude war hingestürzt, dort auf den Rasen. Ich stand auf und beugte mich vornüber, um im Fluß mein wassergrünes Gesicht zu betrachten.

Langsam ging ich durch enge Straßen ins Hotel zurück. Auf den Gehsteigen musterten mich Frauen mit geschminkten Lippen. Eingeschüchtert, beinahe schuldbewußt, senkte ich den Kopf. In dieser Nacht schlief ich unruhig, geschüttelt von quälenden Träumen. Ein Angstgefühl ließ mich auffahren. Mit klopfendem Herzen lauschte ich auf die Geräusche, die von draußen ins Zimmer drangen. Dann schloß ich seufzend die Augen.

Ich wollte allein sein, ganz allein, und hierzu brauchte ich Salim.

Nie werde ich das Wiedersehen mit ihm, nie sein Gesicht vergessen, als er mich vor der Tür des Bürohauses erblickte. Er blieb stehen und sah mich lange an. Aber schon lief ich erleichtert auf ihn zu.

Er sagte kein Wort. Nur seine Hand packte mich am Gelenk und zog mich schnell zum Park. Dort setzten wir uns auf eine Bank. Minuten vergingen. Sein Schweigen schüchterte mich schließlich ein; ich konnte aus seinen Zügen nichts herauslesen, nur den schamhaften Vorsatz, seine Rührung in keiner Weise durchschimmern zu lassen.

«Salim!» rief ich, als ob er weit weg wäre. «Salim!» Da erst sprudelte es aus ihm heraus, Worte, derentwegen ich glaubte, mir alles erlauben zu können, statt daß ich ihre Glut dämpfte.

«Ach, Dalila!» sagte er leidenschaftlich, «du ahnst nicht, wie dankbar ich dir bin, daß du einfach so gekommen bist. Wie danke ich dir!»

Den Kopf an seine Schulter gelehnt, betrachtete ich, während ich ihm zuhörte, die Passanten vor uns. Ich machte keine Bewegung, aus Angst, sein Glück zu stören, das er erst zu kosten begann. Ich aber fühlte mich traurig; ich wußte, daß ich eine Lügnerin war – und feige dazu. Ich wußte, daß ich nichts gestehen würde, oder nur das, was mir paßte.

Ich erzählte Salim, was ich für das Wesentliche hielt: wie man nach einem Besuch Minas entdeckte, daß ich die Nacht mit ihm verbracht hatte; wie ich dann zu meiner Schwester geflüchtet war. Daß Farid mir hatte verzeihen wollen, indem er eine sofortige Heirat vorschlug, um «den Skandal zu ersticken», und was ich darauf geantwortet hatte. Unsere letzte Szene, als ich von ihm als Zeichen des Vertrauens meine Freiheit verlangte. Er hatte es abgeschlagen. Zu meiner Schwester zurückgekehrt, hatte ich beschlossen, nach Paris zu fahren, und lediglich einen Brief an Farid hinterlassen, um ihm zu erklären, wie ich selbst mir diese Freiheit nähme, welcher Skandal daraus auch entstehen möge.

Als ich meinen Bericht beendet hatte, blickte ich zu Salim auf; er schaute mich lächelnd an.

«Wie denkst du darüber?» fragte ich drängend.

Er zögerte. Daß ich in seinem Blick ein Leuchten sah, das nicht Zustimmung bedeutete, wirkte auf mich ernüchternd.

«Ich bin bloß glücklich, daß du da bist», sagte er sanft, meine Hand umschließend.

Er konnte für mein Verhalten nur Nachsicht empfinden. Schon deutete er diesen Eifer, der mich zur Auflehnung gegen die anderen getrieben hatte, als Unfähigkeit, getrennt von ihm zu leben. Obwohl ich ungeduldig gewesen war vor Liebe, vor Haß und schließlich vor Lebensdrang, glaubte er, ich habe es nur eilig gehabt, zu ihm zu kommen. Das war unser erstes Mißverständnis.

Salim brachte mich in einem Studentinnenheim hinter dem Panthéon unter.

Wir trafen uns zweimal täglich. Mittags aßen wir zusammen; vom Restaurant aus kehrte ich ins Heim zurück, wo er mich gegen sechs Uhr abholte. Eine Stunde später mußte ich zum Abendessen und für die Nacht zurückkehren.

Noch wenig daran gewöhnt, uns so regelmäßig zu sehen, und vor allem – wie ich mit einem Seufzer der Erleichterung sagte – ohne die Notwendigkeit, uns zu verstecken und den andern aus dem Weg zu gehen, freuten wir uns über soviel Freiheit. Salim versprach, er würde sich mir bald ganze Nachmittage widmen können.

«Dann werden wir alles besichtigen!» rief er begeistert.

«Ich habe es nicht eilig, dafür haben wir ein ganzes Jahr», sagte ich, denn ich konnte es noch nicht fassen, daß das ganze Leben sich vor uns öffnete, langsam zuerst wie jene verlassenen Straßen im Herzen von Paris, die zwischen ihren düstern Steinmauern zu schlafen scheinen.

Eine Woche nach meiner Ankunft erhielt ich von Scherifa einen Brief. Sie schrieb, daß Farid sich nach dreitägigem Schweigen mit der vollendeten Tatsache abgefunden habe. Lella habe dabei sehr die Hand im Spiel gehabt. Unter der Bedingung, daß ich mich ernsthaft auf meine Prüfungen vorbereite, werde er mir so viel Geld schicken wie nötig.

«Was Lella betrifft», fügte sie hinzu, «so haben die Vorbereitungen für ihre Hochzeit begonnen. Das zwingt mich, so oft wie möglich dort zu sein. Wir alle sind traurig darüber, daß sie nun aus dem Haus geht. Je näher das Fest heranrückt, desto mehr scheint es, daß wir eher ein Begräbnis vorbereiten. Lella selbst zeigt ihre Gefühle nicht.

Gestern habe ich ihr gesagt, daß ich Dir schreiben wolle. Mit sanfter Stimme erwiderte sie: ‹Sag ihr, daß ich ihr alles verzeihe. Von ganzem Herzen. Die Hauptsache ist, daß sie sich zügelt und andern nicht soviel Leid zufügt.› Es ist jammerschade, daß ich Dir den Ton nicht schildern kann, in dem sie dies sagte! Mir selbst kamen die Tränen in die Augen. Sie hat Dich wirklich sehr gern...»

Ich hielt mit Lesen inne. Dann begann ich den Brief langsam zu zerreißen, in vier, in tausend Stücke. Ich wollte keinerlei Verzeihung.

Am gleichen Tag nahm ich Salims Hand, während wir in der Dämmerung durch die Alleen des Luxembourg streiften, und sagte nach einem langen Augenblick des Schweigens: «Salim, wenn ich dir eines Tages einmal Schmerz bereitete, würdest du mir dann verzeihen?»

Er schwieg einen Moment und antwortete dann nachdenklich und zögernd: «Ich weiß nicht –»

Heftig unterbrach ich ihn: «Nein, Salim, niemals darfst du mir verzeihen. Niemals!» wiederholte ich flehend.

22

Ein Monat verstrich. Salim ging jeden Nachmittag mit mir aus. Er führte mich überallhin. Die Tage glitten betäubend schnell dahin. Ich hielt dieses Leben für Ausschweifung.

Bald beschloß ich, dem ein Ende zu machen. Ich hinderte Salim, ernstlich zu arbeiten; und ich selbst mußte mich doch meinem Studium widmen. Zudem machte es mir keine Freude mehr, so von Restaurants in Cafés, von Cafés in Kinos zu ziehen. Es war immer das gleiche: Lichterfluten, Säle, die Vorzimmern glichen, Blicke. Diese Blicke!

Wenn ich mit Salim eines dieser Lokale betrat, spürte ich, wie sie aufleuchteten, sich dann senkten und auf einem niederließen. Vor allem die Frauen hatten eine besondere Art zu beobachten: schnell, in zwei Zeitabschnitten. Sie hatten bereits Salim blitzschnell gemustert, wenn ich bemerkte, daß sie mich erforschten, bevor sie uns beide gegeneinander abschätzten.

«Welch bedrückendes Leben», sagte ich zu Salim. «Sie stellen das Radio oder das Fernsehgerät ein; sie rennen ins Kino; sie stehen vor den Theatern Schlange. Und wenn sie nicht sitzen, um zu sehen oder gesehen zu werden, jagen sie wie besessen hinter ihrem eigenen Gespenst her. Sie sind dauernd geschäftig, haben aber überhaupt keine Leidenschaften. Gerade nur Seelenkitzel. Nein», schloß ich emphatisch, «dies ist keine lebende Welt!»

Lange hatte ich so geschwollen dahergeredet. Damit Salim über meine Ausführungen nicht spotte, fügte ich leiser, ihn beinahe anflehend, hinzu: «Wir müssen aufpassen, Salim. Wenn wir weiter so leben, laufen wir Gefahr, genauso zu werden wie sie.»

«Nein», erwiderte Salim. «Ich wollte dir bloß alles zeigen. Ich glaubte, dir wäre daran gelegen.»

«Anfangs ja», sagte ich. «Jetzt aber habe ich mich daran gewöhnt, überall bei dir zu sein. Jetzt sollten wir ein ernsthafteres Leben führen.»

Mein Ton wurde ernst. Aber ich konnte Salim nicht beikommen. Es ging eine Kraft von ihm aus, für die diese unbegründeten Gefahren nicht existierten. Er hatte mir mit jenem scharfen Blick zugehört, den er früher bei unsern ersten Begegnungen zeigte. Er ließ mich reden, um mich besser zu durchbohren.

«Was verstehst du unter einem ernsthaften Leben?»
Ich verlor an Boden.

«Ach, wie soll ich sagen... nun, geregelter... Du, zum Beispiel, dürftest mir nicht mehr weiter all deine Zeit widmen. Ich habe ein schlechtes Gewissen; ich bin sicher, daß du dich seit meiner Ankunft viel weniger um deine Geschäfte kümmerst.»

«Mach dir deswegen keine Sorgen», meinte Salim mit leicht herablassendem Lächeln.

«Doch», beharrte ich, obwohl ich genau wußte, daß ich ihn damit verärgerte, «doch. Und ich muß mein Studium wieder aufnehmen. Von morgen an besuche ich die Vorlesungen.»

Ich sah, wie Salims Miene sich verfinsterte. Ich wagte nicht die geringste Frage zu stellen. Nur reden, von irgend etwas, um diese Schatten zu verjagen, die sich zwischen uns drängten und die ich nicht begriff.

Tags darauf stand ich früh auf. Gilberte, meiner Zimmernachbarin, mit der ich mich angefreundet hatte und die von Anfang an meine Untätigkeit kritisierte, rief ich zu: «Heute gehe ich zur Vorlesung.»

Sie begrüßte diesen Entschluß erfreut. Bevor sie sich zu ihrer Fakultät aufmachte, versprach sie, mich nötigenfalls zum Durchhalten zu zwingen. Mit einem Gefühl der Dankbarkeit, in die sich Ironie mischte, sah ich ihr nach. Ich dachte an Mina, die sich früher ebenfalls um mich gekümmert hatte. Stets reizte ich andere zur Aufopferung. Sie alle, dachte ich, drängen mir ihre Sympathie auf, denn sie fallen auf meine Trägheit, auf meine berühmte Gleichgültigkeit herein. Unter diesem Schutzpanzer verbarg ich jedoch eine egoistische Aufmerksamkeit für alles, was sich in mir zu regen begann. Ich horchte in mich hinein, wie ich, halb schlafend, leben lernte.

Salim erwartete mich nach der Vorlesung. Ich freute mich über die Überraschung. Als ich zu ihm aufblickte, schwand meine Fröhlichkeit sofort dahin.

«Was hast du?»

«Nichts», sagte er finster. «Ich habe dich abgeholt, weiter nichts.»

Wir gingen nebeneinander her. Ohne es zu wollen, kehrten wir zu den gewohnten Orten zurück. Zu dieser Stunde war der Luxembourg kühl, seine Nacktheit majestätisch. Ich kannte den Grund von Salims Verstimmtheit nicht und hatte keine Lust, ihm Fragen zu stellen. Noch war in mir ein Rest von Freude; ich war Salim böse, daß er sie mir verdorben hatte.

Er ging mit gesenktem Kopf, als wäre er allein. Mit einem dunklen Gefühl von Rache verschlang ich mit den Augen die Aussicht: der dunkle Palast, die vom Regen benetzten Rasenflächen, die inmitten der Bäume nackt hervorspringenden Statuen.

Im Restaurant zog sich die Mahlzeit dahin. Draußen hatte hartnäckig und fein der Regen wieder zu fallen begonnen. Die Wärme im Saal legte sich dämpfend auf das Stimmengewirr und beschlug die Fensterscheiben. Ich versank in Gefühllosigkeit. Salim saß mir gegenüber und verharrte in aggressivem Schweigen. Nicht gerade liebenswürdig fragte ich: «Aber was hast du denn?»

«Nichts.»

Dann brachen wir auf. Ich stieg in seinen Wagen.

«Ich möchte ins Heim zurück», sagte ich kurz angebunden. «Ich habe mir vorgenommen zu arbeiten.»

«Ich habe etwas andres vor», antwortete er in gleichem Ton.

Er fuhr ruhig weiter, ohne ein Wort zu sprechen, und das machte mich wütend. Nein, nie werde ich, hatte ich einmal gesagt, ich weiß nicht mehr zu wem, nie werde ich einen Herrn über mir dulden, niemals.

«Laß mich raus!» rief ich.

Er hielt an. Ich erinnere mich, es war eine gerade, graue, endlose Straße. Die finstern Gebäude, die sie säumten, verschlangen sie im Hintergrund, nahe dem Himmel. Ich betrachtete sie. Ich starrte sie an. Ich konnte meine Augen nicht von ihr abwenden. Sie jagte mir Angst ein.

Salim hatte mir, über mich hinübergreifend, die Tür geöffnet. Ich hörte seine Stimme wie in einem Traum.

«Geh, wenn du willst; wenn du es aber tust, das laß dir gesagt sein, gehst du für immer.»

Ich sah ihn an; seine Worte klangen unwiderruflich. Ich erforschte seine Züge, sein Gesicht, das mir abwartend zugewandt war. Es ließ mich gleichgültig. Wichtig und schreckenerregend war nur diese gerade Straße, waren diese einzelnen Passanten, die sich wie Schatten verflüchtigten. Das kleine Auto kam mir wie eine Insel in einer nebligen, leblosen Welt vor, in der ich nicht einmal würde leiden können. Ich überraschte mich bei dem Gedanken, daß ich Salim haßte; aber ich liebte diesen Haß.

«Ich bleibe», sagte ich in schroffem Ton.

Es war keine Niederlage. Er setzte den Wagen wieder in Gang. Über sein Gesicht flog ein flüchtiges Lächeln... Du glaubst zu triumphieren, dachte ich. Aber nein. Wieder einmal wählte ich nicht ihn, sondern mich.

Er hatte meinen Entschluß zu bleiben nicht als Feigheit angesehen – wie ich in meiner feindseligen Stimmung gerne geglaubt hätte –, sondern als erneuten Beweis meiner Liebe. Als er endlich sprach, war sein Zorn verflogen.

Später, ein andres Mal, werde ich dich verlassen, Salim. Ich werde dir zusehen, wie du davongehst. Und in dieser Sekunde, da das Band zwischen zwei Menschen sich für das Aufleuchten des Bruchs, das schmerzhafte Aufleuchten des Endes spannt, wird mir nur dein Gesicht, nur deine Gegenwart, wirst nur du mir bleiben, dessen Bild ich mit verzweifelter Ruhe für immer festhalten möchte. Erst später, Salim.

Deshalb überfielen mich an diesem Abend Schuldgefühle, als ich in der Dunkelheit, die aus dem Fluß emporstieg, dein Gesicht zu erraten suchte, deine Züge, die zweifellos vor Rührung bebten.

«Hör, Dalila», sagtest du, «ich weiß, daß ich viel von dir verlange. Ich weiß, daß du arbeiten mußt; aber solange ich dich jeden Tag allein hier draußen weiß, kann ich es nicht ertragen.»

Ich dachte nicht einmal mehr daran, mich aufzulehnen.

«Hast du denn kein Vertrauen zu mir?» fragte ich in schmerzerfüllter Aufrichtigkeit.

«Ach, das ist es nicht», erklärte er; «ich weiß, daß du mit dieser Welt nichts zu schaffen hast. Aber ich kann es nicht ertragen, dich darin allein zu lassen.»

Ich hörte ihm zu. Seine ungeschickte Glut erwärmte mich, nahm mich gefangen. Er verlangte als höchsten Liebesbeweis ein Opfer: Wenn ich nur wollte, könnte ich mich auf meine Prüfungen auch vorbereiten, ohne zu den Vorlesungen zu gehen. Er ließe mir freie Hand. Wenn ich es nicht über mich brächte, würde er lieber seinen Schmerz hinnehmen. Das wäre dann sein Los; er würde sich damit abfinden, denn er konnte ja nicht anders als mich lieben.

Es kommt vor, daß man in Augenblicken gemeinsamen Hochgefühls, in denen man berauscht die Augen schließt, etwas zu gewähren vermag, das man nie gewähren zu können glaubte. Ich bemerkte voller Genugtuung, daß diese Hingabe an den äußersten Grenzen meines Stolzes, daß diese Fesselung meiner Freiheit für mich nur eine andre Art war, mich unabhängig zu fühlen und, wie gesagt, über mir niemals einen Herrn zu dulden.

Die Seine floß zu unsern Füßen; die Lichter der benachbarten Brücke ließen sie aufglitzern wie einen mit Perlen besetzten Mantel. Immer würden unsere besten Vorsätze so gefaßt werden: im Angesicht einer Wasserfläche, im Angesicht solch durchsichtiger Heiterkeit.

«Ja», antwortete ich sanft. «Ich werde alles tun, was du willst. Ich wollte, du verlangtest in diesem Augenblick, daß ich mein ganzes Leben mit dir allein verbringe; ich würde es tun.»

«Nein», protestierte er, «wenn ich dich bei mir fühle, wenn ich keine Angst zu haben brauche, dich zu verlieren, will ich dich frei und glücklich wissen.»

Ich lächelte ihn an. Ich war glücklich. In dem Wasser, das zu unsern Füßen schlief, und in seinen Augen, die sich über mich senkten, hatte ich den Widerschein einer unterworfenen, leidenschaftlichen Frau gesehen, und dieses Bild bezauberte mich.

Daß ich seinem ersten Wunsch nachgekommen war, gab ihm zwar nicht den Seelenfrieden, wohl aber Anlaß zu weiteren Forderungen. Sobald seine Eifersucht sich einmal enthüllt hatte, überschwemmte sie alles. Ich erkannte sie jetzt an den geringsten Äußerungen Salims. An seinem Schweigen, an seinen scheinbar zerstreuten Fragen. Vor diesem argwöhnischen Gesicht überkam mich dann das glückliche Gefühl meiner Einfalt.

Ich redete. Ich plauderte. Ich entwarf ein Bild der Welt, in der wir in Verbannung lebten. Mit geschärften Sinnen bemerkte ich, was mir vorher nicht aufgefallen war: die Ungezwungenheit und die Ungeniertheit der geschminkten, eleganten Frauen mit maskenhaftem, hartem Gesicht, die Schamlosigkeit der Paare, die stolze Haltung der Frauen, die nach Theaterschluß gleich düsteren Göttinnen eines geheimnisvollen Ritus auf dem Gehsteig warteten. Ich wunderte mich über alles. Ohne Verachtung, ohne Haß. Allein mit dem Vergnügen der Entdeckung.

Salim hörte mir wie immer aufmerksam zu. Er pflichtete mir bei, aber ich fühlte, es ärgerte ihn, daß diese Schilderungen nicht zu Anklagereden wurden. Ich erriet seine Unruhe, wenn er meine Themen mit größerer Heftigkeit wieder aufgriff. Er wollte mich überzeugen, daß das, was ihm plötzlich als gefährlich erschien – bloß weil ich davon gesprochen hatte, in welcher Form, war für ihn belanglos –, das Laster sei.

Ich stimmte ihm zu, doch ohne Eifer. Zu sehr spürte ich in seiner Stimme ein eigennütziges Verlangen, mich zu überzeugen. Die Gefahren, von denen er sprach, berührten mich nicht; ich brachte für sie nur Gleichgültigkeit auf. Salim hielt dies für Schwäche, für Unverdorbenheit am falschen Platz, und das brachte ihn noch mehr auf. Im Lauf der Unterhaltung wurde manchmal seine Angst sichtbar. Er geriet in Erregung, machte langatmige Ausführungen und hielt Predigten, die mich stets langweilten. Da ich meine Langeweile nicht zu verbergen verstand und dann wie geistesabwesend dreinschaute, wurde er ungeduldig. Er sah mich plötzlich von einer Welt getäuscht und vielleicht sogar verlockt, die er mir wütend als Stätte aller Ausschweifungen, aller Sünde ausmalte.

Bei dem öfters wiederholten Wort «Sünde» mußte ich

mich anstrengen, um nicht zu gähnen. Ich glaubte nicht daran. Schließlich vergaß er den Anlaß des Gesprächs, wo ich bedauernd festgestellt hatte, wie alt diese Welt doch sei. Er wurde mißtrauisch und reizbar. Er ereiferte sich.

Mir wurde der subtile Ablauf seiner Eifersucht bewußt, und ich zog es vor, die Waffen zu strecken, um den Zusammenstoß zu vermeiden, der aus einer solchen Verworrenheit entstehen konnte. Ich schwieg und war dann nur noch darauf bedacht, ihm ein wenig von seinem Frieden zurückzugeben, den er in der letzten Zeit nur mit immer größerer Mühe erlangen konnte. Ich beruhigte ihn, lächelte ihn an. Stets blieb in seinem Blick ein Schatten zurück, den ich durch neues Geplauder zu verscheuchen lernte.

Ich erzählte viel von Gilberte und wie wohl ich mich in ihrer Gegenwart fühle; sie verhelfe mir zu einem fast körperlichen Frieden. Ich hatte die Gewohnheit angenommen, meine Vormittage in ihrem Zimmer zu verbringen. Sie arbeitete an ihrem Schreibtisch. Ich streckte mich auf ihrem Bett aus und döste vor mich hin; zuweilen machte es mir Vergnügen, sie durch unnützes Gerede zu stören. Sie ging darauf nicht ein. An den Tagen, wo sie nicht da war, so erzählte ich Salim, langweilte ich mich fürchterlich.

Er hörte mir schweigend zu. Ich erriet seine Gereiztheit. Aber der Gedanke, daß er sogar auf Gilberte eifersüchtig sei, kam mir absurd vor. Er selbst fühlte es; wider Willen machte er Winkelzüge.

Er verbarg seine Eifersucht unter Mißtrauen. Er habe so viel gesehen, behauptete er, so viele junge Mädchen gekannt, die unter scheinbarer Harmlosigkeit bloß Verderbtheit verbargen, daß es ihn nicht verwundern würde, wenn auch Gilberte... Ich lachte schallend: Gilberte war die Unschuld selbst.

Da es ihm nicht gelang, mich zu überzeugen, trat seine Eifersucht offen zutage. Es sei doch lächerlich, daß ich einer andren, einer Fremden bedürfe. Genüge er mir nicht? Und warum übrigens so viele Stunden auf diese Weise im Zimmer dieses Mädchens nutzlos vergeuden? Ich täte besser daran, zu arbeiten.

Ich gab nicht mehr acht auf seine Worte, sondern beobachtete ihn bloß. Betrachtete ihn, während er sich in all seine Befürchtungen, all seine Phantastereien verbiß. Beinahe tat er mir leid. Er machte auf mich den Eindruck eines Unbekannten, der langsam im Treibsand versank und den ich aus der Ferne mit den Armen verzweifelte und clownhafte Ruderbewegungen ausführen sah.

Ich gab dem Gespräch eine andre Wendung. Oder ich ließ ihn mir zum wiederholten Mal versichern, welch stilles Glück er an dem Tag empfinden würde, da ich seine Frau wäre. «Aber dann wird es genauso sein wie jetzt», rief ich, «wir verbringen ja schon die Hälfte unsrer Tage zusammen.»

Er antwortete nicht; ich überraschte bloß seinen Blick, der träumerisch wurde.

«Du bist ein ganz kleines Mädchen», meinte er schließlich, mir tief in die Augen schauend. «Du bist ein ganz kleines Mädchen, das ich eines Tages zur Frau machen werde.»

In seiner Stimme klang eine derartige Hoffnung auf, daß ich mich für alle Zukunft zu dem noch ungeformten Lehm werden fühlte, dem er selbst Gestalt geben würde. In dieser Selbsthingabe überwältigte mich wie ein

Rausch das Verlangen, bis zu den Grenzen vorzudringen, die erreichen zu können ich mir nie zugetraut hätte.

23

Eines Tages kam er mit strahlenden Augen zu mir. «Mir ist eine wunderbare Idee gekommen», rief er. «Aber vorher will ich dir meine Wohnung zeigen. Du bist ja noch nie dort gewesen.»

Wir gingen in ein düsteres, prächtiges Gebäude. Im zweiten Stock betrat ich hinter ihm eine Wohnung, deren Stille und unauffälliger Luxus mir sogleich gefielen. Ich ließ mich in einen Sessel sinken.

«Hier ist es wie am Ende der Welt», seufzte ich. «Es fehlen bloß Blumen. Wenn du mir erlaubst, eines Tages wiederzukommen, bringe ich dir einen ganzen Armvoll mit. Ich werde mit ihnen den ganzen Fußboden bedekken. Und ich könnte hier den ganzen Tag allein zubringen und auf dich warten.»

«Komm mit», antwortete er. «Ich habe eine Überraschung für dich.»

Wir gingen hinaus und fuhren mit dem Aufzug bis unter das Dach. Am Ende eines Flurs ließ er mich in ein Zimmer eintreten.

Es war niedrig, aber lang. Wie ein tiefer Schrein. Das Mansardendach bildete eine Glaswand, die aus dem Himmel ein großes Stück herausschnitt. Das Zimmer schien wie vor den grauen Wolken aufgehängt. Der Fußboden war mit einem weichen Teppich in warmen Farben ausgelegt.

«Mir fiel ein, daß du Teppiche magst», begann er.

Ich starrte ihn an, da ich noch immer nicht begriff.

«Dies ist dein Zimmer», verkündete er heiter. «Hier wirst du von nun an wohnen, bloß durch einige Stockwerke von mir getrennt.»

«Aber wie hast du denn das fertiggebracht?»

«Seit langem trug ich mich mit dem Gedanken. Die Wohnung, die ich unten habe, war zu verkaufen. Ich habe sie gekauft, mit dieser Mansarde, die ich für dich einrichten ließ. Bist du nicht glücklich, fast bei mir zu wohnen?» fragte er gespannt.

«Oh, doch», sagte ich.

Ich fühlte mein Herz klopfen, als ich erkannte, wie weit ihn seine Ungeduld, über mein Leben zu verfügen, getrieben hatte. So sehr ich auch dagegen anging, ich war verwirrt durch diese Hast. Mit einem Lächeln fragte ich: «Warum fast? Genauso gern wäre ich ganz bei dir. Weißt du» – und mein Begehren erhob sich bereits, noch unbedingter als das seine, das mich anfangs befremdet hatte – «weißt du, ich habe gesehen, daß du zwei Zimmer hast. Eines davon könnte ich belegen, und ich könnte so, ohne dich zu stören, in deiner Wohnung auf dich warten.»

Er schüttelte ablehnend den Kopf, froh darüber, als einzigen Zügel seines Verlangens, von mir Besitz zu ergreifen, vernünftige Vorsichtsmaßnahmen und die Sorge um meine Sicherheit zu finden.

«Nein. Ich bekomme ab und zu Besuch von Geschäftsfreunden, und sie könnten sich dann wer weiß was denken...»

«Ach», sagte ich gereizt, «laß sie doch denken, was sie wollen.»

«Nein, denn es geht um dich.»

«Nun», fuhr ich fort, «ich werde also hier oben wohnen, über dir. Tagsüber werde ich dir wenigstens Blu-

men bringen können, und wenn du abends heim-
kommst, findest du etwas von mir vor.»

«Ja», sagte er.

Ich tat so, als bettle ich wie ein Kind: «Und jeden
Abend steigst du zu mir herauf, um mir gute Nacht zu
sagen; sonst habe ich, allein in diesem Zimmer, Angst
davor, Angst zu bekommen.»

«Ich steige zu dir hinauf», sagte er folgsam.

Nicht ein einziges Mal hatte ich an meine Freiheit gedacht, die auf diese Weise völlig mit Beschlag belegt
wurde. Schon seit langem fragte ich nicht mehr nach ihr.

Ich sah ihn wie vorher, zu den gleichen Stunden. Um
sieben Uhr abends ging ich zum Abendessen ins Studentinnenheim; er arbeitete stets bis elf Uhr.

Dann schlief ich bereits in meiner Mansarde. Mit seinem Schlüssel öffnete er leise die Tür. Sehr oft hörte ich
ihn nicht. Aber dann nahm seine Gegenwart in meinen
Träumen auf wirre Weise Gestalt an, so daß es mir, wenn
ich die Augen öffnete und ihn auf dem Rand meines
Bettes sitzen sah, kaum so erschien, als ob ich erwachte.
Ich lächelte ihn an, ohne Überraschung zu zeigen. Er
blieb meist nur kurz; bevor er ging, schlief ich wieder
ein. Manchmal fand ich ihn, wenn ich mitten in der
Nacht aufwachte, immer noch da; er betrachtete mich.

«Gehst du noch nicht?» fragte ich mit schlaftrunkener
Stimme.

«Schlaf», sagte er.

Bevor ich wieder einschlummerte, dachte ich verwor-
ren, wie mich, wäre nicht diese betäubende Müdigkeit
gewesen, die Zärtlichkeit seiner Stimme erschüttert hätte. Dann war mein Schlaf warm, tief und seltsam; bis tief
in die Nacht spürte ich seine Gegenwart.

«Heute bin ich frei. Ich fahre mit dir hinaus, wohin du willst.»

«Es ist so schönes Wetter», sagte ich, «mir wäre lieber, wenn wir einen Spaziergang machten, zu Fuß wie am Anfang, du erinnerst dich doch. Wir könnten an der Seine entlanggehen. Dort ist es bestimmt sonnig.»

«Einverstanden», erwiderte er.

«Und wenn wir müde sind», fuhr ich fort, glücklich darüber, daß mir meine Wünsche nach und nach einfielen, «dann setzen wir uns drunten beim Vert Galant, an der Inselspitze, mitten in der Seine.»

«Beim Vert Galant?» fragte Salim nachdenklich, als suche er nach etwas in seinem Gedächtnis.

«Aber ja», antwortete ich zaghaft.

«Du kennst den Vert Galant? Ich bin sicher, daß ich nie mit dir dort gewesen bin.»

«Ich bin allein dorthin gegangen.»

Ich kannte diese metallische Stimme, diesen Ton, der flach wurde, bevor alles zerbarst.

«Weißt du, Salim...»

Wie konnte ich verständlich machen, daß diese vier Tage wie ein in meinem Gedächtnis verscharrter Traum waren... nichts waren... Wie verständlich machen, daß ich sie vergessen, mich von ihnen gelöst hatte; daß ich jetzt eine andre war.

«So», sagte Salim, während die Wut bereits in ihm aufstieg, «du verbirgst mir also etwas. Du bist fähig, mir etwas zu verbergen!»

«Hör mir doch zu, ich kann dir alles erklären», flehte ich.

Ich erzählte; aber es hörte sich alles so banal an; diese vier Tage wurden eine lächerliche Flucht, eine verstiegene Herausforderung.

«Warum bist du nicht gekommen, als du mich gesehen hast?» fragte er.

«Du warst nicht allein. Ich wollte dich überraschen. Und da...»

«Und da?» fragte er arrogant.

«Nun, da dachte ich, ich könne schließlich ebensogut allein bleiben. Ich wollte nachdenken. Ich war müde und verschob darum alles auf den nächsten Tag.»

«Was hast du denn während dieser vier Tage gemacht?»

«Nichts», antwortete ich.

Nichts. Ich rief mir diese Augenblicke ins Gedächtnis, die ich reglos auf meinem Bett verbracht hatte, weit weg von allem. Ich war glücklich gewesen... Dumpf wiederholte ich: «Nichts.»

Dann erzählte ich ihm von meinem einzigen Spaziergang: zum Vert Galant, zur Inselspitze. Die Erinnerung an diesen Tag stieg so lebhaft in mir auf, daß ich begann, alle Einzelheiten heraufzubeschwören: den zarten Himmel, die Straßen, deren morgendliche Belebtheit mir so gefallen hatte, die Herbstsonne... und diese dumme Vulgarität, die die ganze Stimmung verdarb. Bei meiner Rückkehr hatte ich mir dann vorgenommen, zu ihm zu gehen.

Als ich zu Ende war, begriff ich meine Unvorsichtigkeit. Es war ungeschickt von mir gewesen, ihm von einem Glück zu erzählen, das ich ohne ihn genossen hatte.

«Am ersten Tag also, da ich dich gesehen habe, da ich so glücklich war, dich zu sehen, belogst du mich bereits?» sagte er, ohne Zorn, als könne er das, was ihm als Ungeheuerlichkeit vorkam, gar nicht fassen.

«Ich habe nicht den Mut gehabt», versuchte ich zu erklären. «Du hast mich ja nicht gefragt. Da habe ich lieber geschwiegen. Ich wollte dir die Freude nicht verderben.»

Ich verteidigte mich jämmerlich. Zwar fühlte ich mich nicht schuldig. Ich hörte, wie er mich in verbissenem Ton ausfragte, und antwortete darauf nur einsilbig. Ich gab überhaupt keine Antwort, wenn er die gleiche Phrase bis zum Überdruß wiederholte.

«So hast du mich also belogen. Du belogst mich jeden Tag.»

«Ach, wir wollen nichts übertreiben», sagte ich schließlich gleichgültig.

So geschieht es, daß ein einfaches Wort, daß der Klang einer Stimme einen blitzschnell erkennen läßt, wie wenig der andre unsre Leidenschaft nachvollziehen kann. Diese Worte, die ich gedankenlos, zerstreut aussprach, während ich mich in meinem Innern als Opfer eines ungeheuerlichen Irrtums fühlte, trieben Salims Wut auf die Spitze. Für ihn war meine Gleichgültigkeit eine Herausforderung. Er warf mir einen argwöhnischen Blick zu.

Ich hörte nicht mehr auf das, was er redete, auf seine zornigen Worte, die beinahe schon Beleidigungen waren. Phrasen wie: «. . . und ich hielt dich für . . .» genügten, in mir etwas wiederzuerwecken, das ich vergessen hatte, eine Auflehnung gegen diejenigen, die einem aus Bequemlichkeit nur ein einziges Gesicht zubilligen.

Erst viel später, Salim, begriff ich die Tragik deines Schweigens und daß Beleidigungen in Wirklichkeit Zeichen der Ohnmacht sein können.

Noch war ich von andern nicht in einem Maß abhängig, daß ich mir über sie voller Angst Fragen stellte, daß ich das Gefühl hatte, gegenüber Menschen ohnmächtig zu sein, nichts von ihrem wahren Wesen zu wissen.

Schließlich hatte Salim in einem Ton erklärt, in dem er aus seiner Niederlage eine Opfergabe machte: «Ich glaube dir.»

Im Verlauf der zweistündigen Aussprache hatte ich alles aufwenden müssen, um ihn zu überzeugen, daß ich wirklich meine Zeit wie angegeben verbracht hatte: mit Träumen.

Dennoch behielt er das dunkle Gefühl, ich ertrüge dieses eingeschlossene Leben nicht. Es kam vor, daß er in einem Anfall von Großzügigkeit vertraulich zu mir sagte: «Wenn du Lust hast auszugehen und wenn du dich langweilst, sag es mir. Ich lasse dann alles im Stich, um mit dir dahin gehen zu können, wohin du willst.» Dann, sich selbst überbietend: «Du kannst sogar, wenn du willst, einen Augenblick dein Zimmer verlassen und ein wenig spazierengehen. Du brauchst es mir bloß zu sagen.»

Ich beruhigte ihn, indem ich zurückwies, was er mir anbot, um ihn zu überzeugen, daß mir dieses Leben schon normal vorkam.

Als ich Salim eines Tages erzählte, Gilberte habe mich im Lauf des Vormittags besucht, stellte er die barsche Frage: «Warum?»

«Aus keinem besondern Anlaß, nur um mich zu sehen», gab ich zur Antwort, mein Geständnis bereits bereuend, als ich sah, wie sein Gesicht sich verfinsterte.

«Sie ist mir nicht sympathisch», sagte er nach einem Augenblick des Schweigens.

Ich antwortete nichts darauf; in der Folge aber erwähnte ich diese Besuche nicht mehr.

«Guten Tag, schöne Klosterfrau», sagte Gilberte ironisch beim Eintreten.

Ihr Besuch war mir immer angenehm. Sie zerstreute mich.

«Was treibst du eigentlich den ganzen Tag?»

«Nichts», sagte ich, «aber ich langweile mich nicht. Ich lese und träume.»

«Und was wirst du tun, wenn du verheiratet bist?»

«Ach, das weiß ich noch nicht», antwortete ich und wechselte das Thema.

Die Zukunft interessierte mich noch nicht. Ich hätte aus dieser Gegenwart nie heraustreten mögen, so wie ich mein Zimmer auch nicht verließ.

Wenn Salim mich an jenen Tagen im Restaurant fragte: «Was hast du heute morgen gemacht?» sagte ich schnell, sehr schnell: «Nichts Besonderes.» Ich fühlte, wie ich errötete, unendlich traurig darüber, etwas verbergen zu müssen, was doch nur ein Nichts war.

Um zu vermeiden, daß ich Salim verärgerte, hätte ich von mir aus auf diese Besuche verzichten können. Ich tat es nicht. Zwischen diesem Leben, das ich aus freiem Entschluß auf mich genommen hatte, und dem Gefängnis gab es eine nicht ganz klare Grenze. Ich fürchtete, eines Tages zu erwachen und in mir das Feuer der Revolte auflodern zu fühlen.

Seine Eifersucht und sein Mißtrauen nahmen dauernd zu. Ich dachte an das, was ich vor Monaten zu Scherifa gesagt hatte: Es sei mein Traum, zwischen vier Wänden eingeschlossen zu sein und doch bei dem, den ich liebe, ein Gefühl der Unruhe hervorzurufen. Ich glaubte damals in kindlicher Weise – wie alle glauben, die für die Liebe noch nicht reif genug sind –, diese Unruhe sei der beste Liebesbeweis. Jetzt zog ich vor, Salim möglichst keinen Grund zur Beunruhigung zu geben.

Wenn er abends zu mir heraufstieg, um mir gute Nacht zu sagen, kam es vor, daß er länger blieb als sonst. Ich war bereits eingeschlafen. Manchmal machte er sich dies zunutze, da er glaubte, mich dann besser überrumpeln zu können: «Hast du mir diesmal nichts zu verbergen?»

«Aber nein.»

«Sag mir die Wahrheit. Nicht wahr, du langweilst dich? Du erträgst dieses Leben nicht und möchtest ausgehen. Du bist vielleicht schon ausgegangen. Sag es mir, ich verzeihe dir, wenn du es mir sagst. Übrigens ist gegen einen kleinen Spaziergang nichts einzuwenden», fügte er mit schlecht verhehlter List hinzu.

«Nein, Salim. Ich bitte dich, hör auf damit.»

«Ich bin heute unvermutet heimgekommen, um fünf Uhr nachmittags. Ich bin sogar hinaufgefahren, um zu sehen, ob du da seist, und dann bin ich im fünften Stock ausgestiegen. Du siehst, ich habe dir vertraut . . . Ich habe dir vertraut!» wiederholte er, mich schüttelnd.

«Ja . . . laß mich schlafen.»

«Schlaf», sagte er, tief aufseufzend.

Am Morgen erinnerte ich mich an die nächtliche Szene wie an einen Traum. Ich wiederholte mir die geringsten Einzelheiten und realisierte, daß die Leidenschaftlichkeit eines Mannes der verführerischste aller Spiegel war. Ich genoß den brutalen Anstrich, den unsere Liebe annahm.

Eines Abends jedoch klangen seine Fragen auf einmal gefährlich: «Was beweist mir, daß du mich liebst? . . . Was beweist mir, daß du nicht nur bei mir bist, weil ich der erste Mann war, der dich kennenlernte?»

Ich war plötzlich hellwach; mein Haß war zurückgekehrt.

«Was hast du da gesagt?» fragte ich kampflustig.

Ja, das ist es, was man auf dem Grunde der Unterwürfigkeit aller arabischen Frauen findet: jene völlige Gleichgültigkeit gegenüber dem Mann, jene Unabhängigkeit, die härtester Stolz ist. Ich habe Salim still beobachtet, während er mir billige Beleidigungen an den Kopf warf.

Alles hätte ich ihm verziehen, nicht aber, daß er sich dieser Waffen bediente. Ich tat so, als schliefe ich, damit er, wie es immer geschah, mich allein ließ, sobald seine Wut verflogen war. Ich verhärtete mich unter dem zärtlichen, vorwurfsvollen Kuß, den er mir auf die Stirn drückte, und schloß die Augen.

Spät in der Nacht dachte ich über all das nach, was am Ende zwischen zwei Menschen bleibt: nach allem Leid, nach allem Glück ein unendliches Mißverständnis.

24

Eines Morgens hatte mich Gilberte früh geweckt; sie war in heiterer Stimmung.

«Ich arbeite heute nicht, ich kann den ganzen Vormittag bei dir bleiben.»

«Na», sagte ich träge, «dann könntest du mir ja das Frühstück ans Bett bringen.»

«Aber gewiß», erwiderte sie, «mit Vergnügen. Du weißt doch, daß du stets meinen Mutterinstinkt wachrufst.»

Sie war fünfundzwanzig Jahre alt, und das kam mir schon alt vor. Sie strahlte Ruhe und Heiterkeit aus. Dennoch glaubte ich in gewissen Augenblicken bei ihr eine Art Bitterkeit zu erraten. Ihre Munterkeit war wohl nur eine Maske. Aber ich hielt mich an das, was sie bei mir war. Die Probleme der andern machten mir angst. Ich ahnte, daß man für niemand das geringste vermochte. Ein bißchen Gegenwart, ein bißchen Lärm, um das Schweigen zu übertönen. Das war alles.

Wir plauderten, während wir frühstückten. Sie besaß ein schauspielerisches Talent, das die kleinen Begebenheiten ihres Lebens, die sie erzählte, lebendig werden ließ. Sie amüsierte mich, und ich lachte eben aus voller Kehle, als die Tür aufging. Es war Salim.

Linkisch machte ich die beiden miteinander bekannt. Salim murmelte etwas vor sich hin und setzte sich. Ich wagte nicht, mich ihm zuzuwenden; er zeigte wieder sein mißgelauntes Gesicht.

Gilberte erhob sich bereits; ich wußte, sie war eingeschüchtert. Salim gab sich keine Mühe, seine schlechte Laune zu verbergen. Gilberte verabschiedete sich. Ich begleitete sie bis zur Treppe. Als ich zurückkam, wußte ich, daß mir eine neue Szene bevorstand.

In Tat und Wahrheit drängte es mich, zu ihm zu kommen. Fast sehnte ich mich danach, sobald das Drama zu Ende war, wieder zärtlich und zutraulich zu werden – als spielten wir in Wirklichkeit ein gefahrloses Spiel. Ich rechnete nicht mit seiner Qual.

«Ich hab euch wohl gestört», begann er ironisch.

«Keineswegs», versicherte ich ruhig. (Ich spielte, wenn ich es wollte, ziemlich gut die Würdevolle.)

«Und seit wann besucht sie dich?»

«Von Anfang an. Das erstemal habe ich dir davon erzählt, aber es schien dir zu mißfallen.»

«Es hat mir mißfallen, und dennoch empfängst du ihren Besuch? Und du verschweigst es mir?»

«Aber hör mal», protestierte ich in aufsteigendem Ärger, «du täuschst dich wegen Gilberte.»

«Was liegt mir an Gilberte? Heute erfahre ich, daß du mir etwas verschweigst. Wenn ich daran denke, daß ich dich fast jeden Abend anflehte, mir die Wahrheit zu sagen... Es blieb mir ja nichts andres übrig, als dich zu überraschen. Ach, Dalila», sagte er bitter. «Ich habe mich in dir sehr getäuscht; ich hielt dich für einen Engel.»

Nach einem Augenblick des Schweigens fügte er leise hinzu: «Aber warum hast du mir denn nicht gesagt, daß du dieses Leben nicht erträgst?»

«Was ich nicht ertrage, ist, daß du dich als mein Herr und Gebieter aufspielst. Du hast mich dazu gebracht, zu lügen. Übrigens habe ich nichts Böses getan. Ich habe den Besuch einer Freundin empfangen; ist das etwas Schlimmes? Ich habe es dir nicht erzählt? Laß dir gesagt sein, daß ich immer nur das sagen werde, was ich will.»

Ich sah Salim nähertreten. Panik packte mich. Ich hatte gesprochen, ohne nachzudenken. Er brüllte. Ich hörte nichts, denn mein Kopf wurde sogleich durch eine Ohrfeige erschüttert, durch eine zweite, eine dritte... In mir eine große Leere und der Gedanke: Heb die Arme nicht, heb vor allem nicht die Arme. Ich bot mich den Schlägen dar, dem Gesicht mit den wutverzerrten Zügen, das bei jeder Ohrfeige keuchte. Während ich so meine Wange darbot, empfand ich einen düstern Rausch. Er schlug, als er diesen Willen zur Herausforderung bemerkte, noch fester zu. Schließlich mußte ich den Kopf senken, und nach dieser ersten Andeutung einer Verteidigung suchte ich nur noch Deckung. Ich schluchzte und hörte neben mir eine heisere Stimme unverständliche Laute hervorstoßen.

Plötzlich hörte alles auf... Meine Ohren summten, ich hatte nur noch einen Gedanken: schlafen, tief und ewig schlafen. Salim war noch nicht gegangen. In dieser plötzlichen Stille schien es, als wären wir zwei Verirrte nach dem Ende eines Orkans.

Eine seltsame Ruhe sickerte tropfenweise in mich ein, und ich versuchte, sie trotz meiner Ermattung zu verstehen. Sie hatte nichts zu tun mit Müdigkeit, weder mit Gleichgültigkeit noch mit dem Hochmut der Verzweiflung. Es war vielmehr eine wohltuende Befriedigung, im Mittelpunkt eines echten Dramas gewesen zu sein. Ich spürte, daß Salim in der gleichen Haltung wie vorhin neben mir stand: in voller Wut. Ich hörte seinen Atem keuchend gehen wie den eines Tieres, und ich hatte das Gefühl, einer wilden Entfesselung beigewohnt zu haben. Ich blickte auf; er starrte mich voller Haß an.

«Du bleibst den ganzen Tag hier im Zimmer», sagte er, jedes Wort betonend.

Er nahm seine Sachen, verschloß die Tür und verschwand. Ich hörte, wie sich der Schlüssel im Schloß umdrehte, wie Salims Schritte sich entfernten. Es wollte mir nicht in den Sinn, daß ich nicht ausgehen könnte. Ich werde ausgehen, dachte ich. Ich wiederholte es laut und zuversichtlich: «Ich werde ausgehen.» Dann warf ich einen Blick auf das ruhige Zimmer wie auf eine verlassene Bühne. Ich stand auf.

Zuerst kam mir der Gedanke, mich im Spiegel zu betrachten; ich tat es immer in Augenblicken, die ich für die bedeutungsvollen meines Lebens hielt. Ich denke jetzt an alle Spiegel der vergessenen Zimmer, die meine verschiedenen Gesichter widerspiegelten: das der Heiterkeit und der Sorglosigkeit, das des Ernstes und das des Traumes. Was das Glück betrifft, so waren Salims Augen der einzige Spiegel, in dem es gestrahlt hatte. Wenigstens, dachte ich, wird er jetzt nicht mein

Gesicht der Leidenschaft, des erstickten Zorns widerspiegeln. Ich betrachtete mich mit einem Gefühl der Rache.

Es war ein fremdes Gesicht, in dessen Augen noch ein verstörtes, träumerisches Leuchten lag und dessen wirre Frisur noch an das vergangene Drama erinnerte. Aber es waren darin bereits etwas wie eine erstarrte Verhärtung und in dem verkrampften Mund und dem spitzen Kinn ein kalter Wille zu lesen. Es war mein Gesicht, und ich fand es stumm wie das eines Menschen, der jäh aus einem schrecklichen und zugleich lustvollen Traum gerissen worden war.

Ich ging zum Bett und streckte mich auf dem Rücken aus. Das Dachfenster über meinem Kopf stand offen. Der Himmel war grau, von diesem kalten Aschgrau, dessen Zartheit ich nur in Paris gesehen hatte. Ich fühlte mich wohl. Ich war noch immer entschlossen, fortzugehen. Dennoch durchschauerte mich ein unbegreifliches Glücksgefühl so sehr, daß ich bebte.

Flucht und Freiheit, was konnten diese Begriffe mir noch bedeuten? Nichts. Vorhin hatte es eine Szene gegeben, die ich vor wenigen Tagen noch für entwürdigend gehalten hätte. Jetzt nahm ich sie hin, wie man eine mehrere Jahre alte Vergangenheit hinnimmt. Was machte es mir schon aus, wenn dieser Sturm wiederkehrte, da ich ja gleich danach trotz allem so glücklich sein konnte? Da ich ja in meiner Brust dieses reglose, reine Hochgefühl spüren und mich auf diese Weise allein und meiner sicher fühlen konnte.

Stets werde ich mich erinnern, wie Paris meinen Hochmut bezwang, den ich für unverwundbar gehalten hatte. Nachdem es mir mit Hilfe eines Messers gelungen war, das – zum Glück schlecht schließende – Schloß meiner

Tür aufzubrechen, stand ich draußen, mit blutbeschmierten Handballen und einem Lächeln auf den Lippen.

Stundenlang streifte ich durch die Stadt und versuchte langsam zu gehen, um meinen Überschwang zu zügeln. Ich betrachtete aufmerksam die flüchtigen Gesichter der Passanten, die vernachlässigten alten Straßen, den stets königlichen Fluß, und so gelang es mir, alles zu vergessen. Alles, ausgenommen meinen Stolz darüber, daß Paris seine Masken der Langeweile und des enttäuschten Alters abwarf und mir endlich sein wahres Gesicht enthüllte: das seiner teilnahmsvollen Zärtlichkeit gegenüber all denen, die sich frei fühlen. Denn ich bin frei! dachte ich und mußte mich zurückhalten, nicht enthusiastisch die Arme weit auszubreiten, um den Himmel zu umfangen. Frei! wiederholte ich, während ich unermüdlich weiterging, um mein Siegesgefühl auszuschöpfen.

Gegen Abend setzte ich mich in ein leeres Café. Vor mir erhellte sich eine Straße nach der andern im allmählichen Aufblinken der Lichter. Ich sah der Stadt zu, wie sie sich für die Nacht ankleidete, gemächlich, wie eine alte Dame. Ich mußte mir nun meine Müdigkeit eingestehen, und nicht nur die, die vom Hunger oder den schmerzenden Füßen herrührte. Meine ersten Tage in Paris kamen mir in den Sinn. Vielleicht waren sie ein Wink des Schicksals! Vielleicht mußte ich immer so leben in dieser gleichgültigen Welt, hin- und hergeschüttelt wie ein Strohhalm.

Wozu mich belügen? Das Drama, das sich in meinem Zimmer abgespielt hatte, machte sich jetzt in meiner Erinnerung breit, lebhaft und quälend, und schließlich war ich stolz darauf. Fast glücklich.

Es gibt dort einen Mann, dachte ich, dem ich Schmerz zufügen kann. Das also war mein Sieg, und meine einzige Feigheit war die Angst, eines Tages niemanden zu finden, dem ich die Stirn bieten, gegen den ich mich empören könnte.

Der Kellner kam mit Getränken. Ich stand auf und drängte mich an ihm vorbei. Ich mußte zurück zu Salim. Nie hatte ich den Wunsch gehabt, ihn zu verlassen und davonzugehen. Dann könnte ich ebensogut mein Ich, all mein Leben aus mir herausreißen.

Als ich in Salims Zimmer trat, lag er völlig angekleidet auf seinem Bett. Die Arme hinter dem Kopf verschränkt und vor sich hin stierend, schien er auf irgendeinen Aufbruch zu warten. Er machte nicht die geringste Bewegung, als ich eintrat. Ich setzte mich neben seinem Bett auf den Boden.

Von der Nachttischlampe flutete ein Streifen roten Lichts, der an der Wand emporzüngelte. Ich folgte seinen Umrissen an der Decke. Durch das Fenster, dessen Jalousien offengeblieben waren, drang nachdenklich und klar die Nacht herein wie ein eingeladener Gast. Mein Blick irrte im Zimmer umher, kehrte dann zu Salim zurück.

«Salim!» flüsterte ich, um ihn aus seiner Träumerei zu reißen.

«Ja?» antwortete er zögernd, ohne sich zu rühren.

«Du siehst, ich bin weggegangen... aber ich komme zurück... ich...»

Ergriffen hielt ich inne: Die Stille war so tief, daß es mir vorkam, Salims Antworten könnten nur das Echo meiner eigenen Worte sein.

«Ja, ich sehe, du hast immer das, was du willst», sagte er nach einem Augenblick mit gleichgültiger und müder Stimme.

«Verzeih mir, Salim. Ich werd's dir erklären.»

Ich redete und redete. Ich sagte ihm, warum ich gelogen hatte. Ich sagte ihm, daß ich dieses Leben liebte, daß ich es liebte, bei ihm zu sein. Übrigens sei ich ja zurückgekommen. Die Welt draußen habe mir Angst eingejagt.

«Du kommst also zurück, weil du dich fürchtest?» sagte er, sich zu mir umdrehend und mich scharf anblickend, ein bitteres Lächeln auf den Lippen.

Ich gab keine Antwort. Ich stand auf, um das in meinem Herzen aufsteigende schwere und verwirrende Gefühl zu unterdrücken, und auch, um nicht zu weinen. Ich hatte bis dahin, Gott sei Dank, nur aus Haß, aus Zorn oder aus Wut geweint. Niemals aus Verzweiflung. Ich ging zum Fenster und legte die Stirn an die Scheibe. Draußen schlief, breit hingelagert, die Stadt.

«Dalila!»

Ich wandte mich um. Sein Gesicht war sanft.

«Wir wollen all das vergessen, nicht wahr? Wir müssen...»

Ich ging zu ihm, setzte mich aufs Bett und nahm seine Hand. Er sprach weiter, mit gleichem Ernst und jenem Blick, der klar war wie frisches Wasser und den er so oft hatte: «Wir müssen Vertrauen zueinander haben. Wir beide müssen danach streben, für den andern durchschaubar zu sein.»

«Ja!» sagte ich. «Ich möchte es so gern sein, aber ich bin es nicht einmal für mich selbst. Erinnerst du dich an unseren ersten Streit? Ich hatte eine derartige Freude, als ich so über die Straße lief! Warum? Und heute, nachdem du gegangen warst, da überfiel mich auf einmal ein seltsames Glücksgefühl... Jetzt bin ich müde. Und, warum soll ich es nicht gestehen, ich schäme mich», sagte ich leiser, als ich plötzlich in mir eine bestürzende

Scham über uns beide aufsteigen fühlte. «Oh, Salim, wie nur sind wir dahin gelangt?»

«Denk nicht mehr daran; wir müssen Vertrauen zueinander haben», wiederholte Salim geduldig.

Nie ist mir eine Nacht so lange vorgekommen wie diese. Es schien, als webten wir sie hinein in das Gespinst unserer Worte, schüchterne, glühende und neue Worte des Sichwiederfindens.

Wir haben lange geredet, etwas oberflächlich anfangs, als ob die Worte zu nichts anderem dienten, als unsere Wunden zu lindern, dann plötzlich, gegen Ende der Nacht, mit ungestillter Glut.

Ich hatte die Lampe verdunkelt und das Fenster uns gegenüber ganz geöffnet. Dann hatte ich mich neben Salim auf dem Rücken ausgestreckt. Während ich dem Gemurmel unserer beiden Stimmen lauschte, spähte ich dauernd nach dem Augenblick aus, da der Morgen sich von draußen hereinbeugen würde.

Ich stellte anfangs Salim Fragen über all das, was nicht ich oder unsere Liebe war: über das Leben. Ich fragte ihn darüber aus wie über ein neues Land, das man entdecken will und vor dessen Betreten man einen Augenblick innehält, um es sich deutlicher vorzustellen.

«Du bist noch ein Kind!» sagte er.

«Vielleicht! Aber wenn du das Freudegefühl kenntest, das ich manchmal empfinde! Ich habe lange gebraucht, bis ich begriff, daß weder das Gefühl, jung zu sein, noch mein Widerstandswille der Grund dafür waren, sondern einfach die Tatsache, daß ich lebe. Leben, Salim, ist das nicht wunderbar? Alles übrige ist nur Vorwand... Wenn ich dies jetzt begriffen habe, ist es vielleicht der Beweis dafür, daß ich kein Kind mehr bin. Ich werde endlich verstehen, alt zu werden.»

Er lachte; meine Begeisterung amüsierte ihn. Ich jedoch fand meine Worte ernst und bedeutsam. Und um ihm meinen Enthusiasmus verständlich zu machen, begann ich mit ihm über unsere Zukunft zu reden: «Glaubst du, daß die Ehe in uns etwas verändern wird? Ich finde mein Leben sehr schön, so wie es jetzt ist...»

«Bestimmt wird sich was ändern», versicherte er, «du wirst dann eine Frau sein.»

Ich ließ ihn reden, und das hätte ich nicht tun dürfen. Vielleicht hätte ich es dann vermieden, gerade in dem Augenblick, da ich das dringende Bedürfnis empfand, mich ihm auszuliefern, diese Entdeckung zu machen: Ich hatte eine Rivalin; sie lebte in Salims Augen, wenn er mich so hoffnungsvoll wie jetzt anblickte.

«Du wirst bald meine Frau sein!» sagte er. «Eine wunderbare Frau, auf die ich stolz sein werde. Eine Frau, die ein Vorbild sein wird.»

«Du redest wie Lella!» antwortete ich mit traurigem Lächeln. Denn er wußte noch nicht, daß dieser Satz von Lella der Beginn meiner Beichte war.

Daß ich ausgerechnet jetzt Lella und Thamani und meine vergangene Revolte heraufbeschwor, rief bei mir keinerlei Gewissensbisse hervor. Auch nichts von meinem früheren naiven und grausamen Hochmut. Aber ich konnte nicht verhindern, in die unvermeidliche Falle einer jeden Beichte zu geraten: Ich war versucht, mich wirklich schuldig zu fühlen. Da mir Salim mit undurchdringlicher Miene zuhörte, versicherte ich, um mich zu verteidigen, ich habe mich mit Lella nur aus Eifersucht zerstritten: Ich habe nicht gewollt, daß sie zwischen uns stünde. In unge-schickter Weise versuchte ich, Salim in diese alte Ge-schichte hineinzuziehen.

Vielleicht hätte ich, statt mich zu verteidigen, anklagen sollen. Jetzt erst, jetzt da alles zu Ende ist, finde ich die richtigen Worte. Ich hätte sagen sollen: «Ich habe Lella erledigen wollen, weil sie die Lüge war, die dich vor allem andern täuschen konnte, so wie sie bei uns alle Männer täuschte: Lella äffte die Tugend nach.» Starrköp-fig hätte er für sie, für mich wiederholt: «Eine bewun-dernswerte Frau.» Ich wäre dann in Lachen ausgebro-chen. Und diese Art hellsichtige Verzweiflung, die uns so leicht Formeln finden läßt, hätte mich antworten lassen: «Das Bild, das man sich von der vorbildlichen Frau macht, übt bei uns zu Hause den gleichen Zauber aus wie in dieser Welt hier das der Femme fatale. Außer daß es weniger beunruhigend wirkt. Leider ist es auch nichts anderes als ein Bild.»

Ein Bild!... In Wirklichkeit war ich voller Demut darauf versessen, in jener Nacht das meine in Salims Her-zen zu zerstören.

Ja, weil ich hinter Lellas Geheimnis gekommen war, sei ich das erstemal zu Dudscha gegangen. In Wahrheit habe ich mit ihrer Angst gerechnet, um bei jeder Verabredung von zu Hause entwischen zu können. Gewiß, als ich zu-fällig durch ihn die Beweise über Lellas Vergangenheit in die Hand bekam, habe ich nicht unterlassen, es Lella zu sagen. Und ihr zu drohen. Sie zu erpressen? Nein, wohl nicht... Aber all diesen Schmutz hatte ich fliehen und vergessen wollen, als ich nach Paris kam.

Bei jedem Punkt meines Berichts unterbrach mich Sa-lim und stellte in beinahe sanftem Ton immer neue Fragen. Ich antwortete, denn ich hatte ein für allemal die Überheblichkeit aufgegeben. Zum erstenmal erkannte ich meine Ohnmacht.

In dem nun folgenden Schweigen bemühte ich mich, mein Denken auszuschalten. Ich wünschte nur eins: daß die Schatten verschwänden und die Nacht endlich ein Ende nähme. Salims letzte Frage überraschte mich kaum: «Was ist aus Lella Malika geworden?»

«Sie hat wieder geheiratet», sagte ich und fügte mit einem Rest Ironie hinzu: «Machst du dir jetzt ihretwegen Sorgen?»

«Natürlich!» schrie er in jäher Heftigkeit.

Er war mit einem einzigen Satz aus dem Bett gesprungen. Ich schaute ihm zu, wie er erregt im Zimmer auf und ab lief, abwechselnd in den fahlen Lichtkreis, den die Lampe noch auf die Wände warf, hineingeriet und daraus verschwand. Ich wartete reglos, da ich glaubte, allein die Geduld genüge, um diese beklemmende Morgendämmerung zu verscheuchen.

Als Salim endlich stehenblieb, schaute ich ihn an. Er stand neben mir, sein Gesicht war glatt.

«Woran denkst du?» fragte ich blöde, um seinem Blick auszuweichen.

«Ich denke an all das Böse, dessen du fähig bist», antwortete er.

Ich sagte nichts. Auf einmal gedankenabwesend, floh ich durch die langen Flure meiner Träume, in meinen Ohren noch den Klang von Salims letzten Worten: Es waren die gleichen wie die der andern. Endlich begriff ich, daß die Gnade, die man von dem geliebten Menschen erwarten kann, darin besteht, daß er einen nicht aus Furcht, aus Rache oder aus Mitleid verdammt. Bloß mit ein wenig Liebe und viel Abscheu.

Ich erinnere mich, daß er mich zuletzt nach Lellas neuer Adresse fragte. Ich sagte sie ihm, denn ich wußte sie auswendig. Ich hörte, wie er das Zimmer verließ und in der Wohnung umherging. Trotz allem wandte ich den Kopf zu ihm um, als er auf der Schwelle erschien und wie ein durchreisender Fremder sagte: «Ich gehe!»

Als er eine, dann eine zweite Tür hinter sich schloß, begann ich wieder durch das offene Fenster zu starren, denn die Nacht war nun zu Ende und der neue Tag angebrochen.

25

«Seit ich dein Telegramm bekommen habe», sagte ich zu Dudscha, die mich bei meiner Ankunft in Algier abholte, «hatte ich nur noch den einen Gedanken: noch einmal sein Gesicht zu sehen.»

«Du kommst zu spät», antwortete sie. «Du weißt doch, daß sich bei uns alles innerhalb eines Tages abspielt.»

«Ich will ihn sehen», wiederholte ich, ohne ihr zuzuhören. «Ich kann nicht glauben, daß er tot ist; ich werde es nie glauben können, wenn ich nicht den Tod auf seinem Gesicht sehe.»

Sie sagte nichts mehr. Ich ließ mich mitziehen. Im Taxi fragte sie mich: «Willst du nach Hause oder zu deiner Schwester gehen?»

«Ich will allein sein, ganz allein, und niemanden sehen.»

Allein, um Salims Gegenwart neu zu erschaffen; um auf ihn zu warten. Wie ich es drei ganze Tage in Paris getan habe. Ich hatte die letzte Nacht vor seiner Tür sitzend verbracht und war dann auf dem Treppenläufer eingeschlafen. Und am Morgen hatte mir ein Telegramm mitgeteilt, daß ich vor einer leeren Wohnung wartete, daß Salim, gleich nachdem er mich verlassen hatte, nach Algerien abgereist war. Dort hatte er drei Tage später den Tod gefunden.

«Weißt du, wie er gestorben ist?» fragte Dudscha sanft, während sie es mir in ihrem Studentinnenzimmer, wohin sie mich mitgenommen hatte, bequem machte. Ich mußte mich auf dem Bett ausstrecken, und sie zog die Vorhänge vor, um mir sogar das Licht zu ersparen.

Bei ihrer Frage schloß ich die Augen und zwang mich zu antworten: «Es ist für mich ohne Bedeutung, wie es geschehen ist. Ich kann nur nicht glauben, daß er nicht mehr da ist, nie mehr dasein wird.»

Ich wollte nicht mehr sprechen, kein Geräusch, keine menschliche Stimme mehr hören; ich wollte mich, so wie früher, in einen tiefen, ewigen Schlaf einschließen.

«Bitte entschuldige, wenn ich dir auf die Nerven falle», fuhr Dudscha fort. «Aber ich glaube, es ist nötig, daß du alles erfährst. Und zwar jetzt, um Mut zu fassen.»

«Mut...» seufzte ich. «Ich will nur schlafen. Schlafen und vergessen.»

«Du wirst eher vergessen», sagte sie, «wenn du alles weißt.»

«Dann erzähl», sagte ich schicksalsergeben.

«Auch Lella ist tot», begann sie.

Ich fuhr hoch, sagte aber nichts.

«Lellas Mann hat sie beide getötet», fuhr die Stimme fort, die unpersönliche Stimme, deren sich das Schicksal bedient, wenn es sich ankündigt. «Wir wissen nichts Genaues. Offenbar war Salim seit zwei Tagen in Mascara. Am dritten Tag muß er mit Lella wohl ein Treffen vereinbart haben. Sie ging hin. Aber ihr Mann folgte ihr. Er hat nach dem Verbrechen erklärt, am Morgen habe er bemerkt, daß sie einen Brief erhielt, den sie ihm nicht wie sonst vorlas. Als sie ihn gebeten habe, eine Freundin besuchen zu dürfen, sei er mißtrauisch geworden und ihr dann am Abend gefolgt... Kaum stand sie vor Salim, schoß er die beiden auch schon mit seinem Revolver nieder... Es war notwendig, daß du es erfährst», endete sie.

«Danke», sagte ich, «laß mich jetzt allein.»

Ich war müde und wollte schlafen. Ringsum schloß sich um mich wieder eine Ordnung, die ich zum erstenmal anerkannte.

Lange noch werde ich Salims Namen aussprechen; mit leeren Augen werde ich ihn in der Finsternis suchen. Vielleicht werde ich, wenn ich es auch nicht wage, ihn mit lauter Stimme zu sagen, sogar Lellas Namen aussprechen, um mir über das Gefühl klarzuwerden, das sie auf Salims Ruf hatte antworten lassen: War es Dankbarkeit, Liebe oder bloß eine nachträgliche Flucht vor den Lügen gewesen, die sie sich so geduldig aufgebaut hatte? Lange noch werde ich von diesen beiden Schatten träumen, die der Tod endlich vereint hat.

Die folgenden Tage sind mir als eine neblige Zeit in Erinnerung. Nichts andres existierte als die Decke über mir, die hellen Wände und die Geräusche von draußen, die die Zeit gliederten.

Dudscha kam jeden Tag gegen Ende des Vormittags.

«Störe ich dich nicht?»

«Nein», sagte ich, «im Gegenteil.»

Wenn sie da war und ich mich ihrer Fürsorge überließ, empfand ich ein körperliches Wohlbehagen. Sie brachte mir mein Essen. Ich hielt es nicht für notwendig, zu essen. Sie zwang mich dazu, und ich gehorchte ihr gern. Sobald ich einschlief, verschwand sie. Wenn ich aufwachte, war ich enttäuscht, daß sie nicht mehr da war. Und ich lauschte lange diesem einzigen Gefühl, das in meinem leeren Herzen Bestand hatte.

Nach und nach wurde sie gesprächiger. Brockenweise erzählte sie mir das Neueste von draußen. Unter ihrer augenscheinlichen Ungezwungenheit spürte ich ihre Absicht, mein Interesse an den Dingen der Außenwelt zu wecken. Es kam vor, daß ich sie unterbrach, um nachdenklich und erwartungsvoll zu sagen: «Es ist doch gut, daß ich dir jetzt begegne, nicht wahr? Jetzt, da ich niemand mehr sehen will.»

«Schlaf», sagte sie zärtlich, «du bist noch müde.»

Dennoch hatte sie in der letzten Zeit mehrmals vorsichtig tastend begonnen: «Dein Bruder...»

«Sprich mir nicht mehr von den andern», rief ich zornig. «Sprich nie mehr von ihnen.»

Sie schwieg. Eines Tages überrumpelte sie mich mit der Frage: «Glaubst du nicht, daß du nach Hause zurückkehren solltest?»

Ich fuhr in die Höhe.

«Ich habe kein Zuhause. Alle haben sie mich von sich gestoßen. Ich bin ihnen zu gefährlich. Sogar der Hexe», lachte ich höhnisch, «die mich verflucht hat... Wozu soll ich dorthin zurückkehren? Zudem kehre ich nicht gern zu etwas zurück, das hinter mir liegt.»

«Warum liegt es hinter dir? Auch sie haben gelebt.»

«Ich werde nicht gehen», wiederholte ich noch heftiger, um mein beginnendes Schwachwerden zu verbergen.

«Du mußt hingehen.»

«Nein... In diesem Haus, das weiß ich, wird mir

nur zu bewußt werden, daß es Tote in mir, hinter mir gibt.»

«Du kannst von nun an nur noch leben, indem du dich mit diesen Toten abfindest. Du mußt hingehen.»

«Ich bin so müde», seufzte ich.

«Du mußt hingehen», wiederholte sie. «Selbst wenn du weißt, daß sie dich zurückstoßen. Gerade das ist Mut!»

Sie hatte die letzten Worte zornig hervorgestoßen. Dann war sie, die Tür zuknallend, gegangen. Lange lauschte ich dem Echo, das sich bis ans Ende der langen Flure des grauen Heims fortsetzte. Dann stand ich auf und zog mich langsam an. Ich fühlte mich ein wenig schwach, aber die Luft auf der Straße würde mir guttun. Als ich das Haus verließ, beging ich eine letzte Feigheit: Ich wagte nicht, mein Gesicht in dem riesigen Spiegel der Eingangshalle anzuschauen.

Tante Sohra hieß mich als erste willkommen. Sie kam mir gealtert vor, aber ihr Gesicht drückte Lebhaftigkeit aus, die ich mir nicht erklären konnte.

«Und wo ist Lla Aischa?» fragte ich noch im Hof.

Lla Aischa war tot. Morgen war ihr siebter Todestag.

«War sie allein, als sie starb?» fragte ich gedankenlos, mich instinktiv wieder in die Atmosphäre des Hauses zurückfindend.

Sohra schüttelte mit ruhigem, fast stolzem Lächeln den Kopf.

«Wir alle waren bei ihr», sagte sie. «Schon einige Tage rechneten wir mit ihrem Tod. Alles verlief dann so einfach... Sie war wieder sanft und zärtlich geworden wie früher, bevor sie ihre beiden Söhne verlor. Einige Stunden vor ihrem Tod ließ sie Farid rufen. Ganz gerührt kam er nachher aus ihrem Zimmer. Es war, als verlöre er seine eigene Mutter. Glücklicherweise ist er erst nach ihrem Tod aus dem Haus gegangen. Sie hat alle gesegnet. In ihren letzten Tagen fragte sie dauernd nach dir. Übrigens haben wir dir geschrieben.»

Es stimmte. Ich erinnerte mich wieder; aber ich hatte den Brief nicht geöffnet, den ich erhalten hatte, während ich auf Salim wartete, als all mein ganzes Denken nur darauf gerichtet war, auf ihn zu warten.

«Ist Farid verreist?» fragte ich.

«Auch das stand in dem Brief. Farid selbst hat darum gebeten, daß wir es dir sagen.»

«Aber wo ist er denn?»

«Im Gefängnis», sagte sie. «Es ist eine Geschichte, von der ich nichts begreife. Am Tag nach Lla Aischas Tod ist die Polizei gekommen. Offenbar wird Farid irgendeine Sache angelastet, die sich an dem Abend ereignet hat. Er hatte aber keinen Schritt aus dem Haus gesetzt. Du weißt doch, wie er ist; selten geht er abends aus, und jetzt, da Sineb schwanger ist, kehrt er immer gleich nach Arbeitsschluß zurück. Stell dir vor, er hat nicht einmal versucht, sich zu verteidigen oder Einspruch zu erheben. Wir hätten doch alle für ihn zeugen können. Nun, zum Glück können wir ihn jede Woche besuchen.»

«Trek», rief Si Abderahman.

Wir gingen in ein Zimmer. Aber Lla Fatma kam und sagte mir, Sidi wolle mich sprechen.

«Mich? Mich sprechen?»

«Geh», sagte Sohra mit einer Autorität, die ich bei ihr nicht kannte.

Auf einmal eingeschüchtert, betrat ich das lange dunkle Zimmer, vielleicht das einzige im Hause, in dem ich noch nie gewesen war. Sidi saß hinten im Raum. Trotz der Dunkelheit trug er noch die Sonnenbrille, die mir vorhin bereits aufgefallen war, als er den Hof überquerte. Als ich zu ihm trat und mich beugte, um seine Hand zu küssen, erkannte ich den Grund. Hinter den dunklen Gläsern verbarg er leere Augen. Ich wurde von Achtung ergriffen angesichts dieses erblindeten Mannes, der in seinen Gewohnheiten nicht das mindeste änderte, der seine Ankunft ankündigte, damit sich die Frauen unsichtbar machten, der sich ein wenig aufrechter hielt als sonst.

«Du hast erfahren, was deinem Bruder zugestoßen ist», sagte er, «und du bist zurückgekommen. Du hast von selbst begriffen, daß dein Platz hier ist... Aber es hat sich nichts geändert. Du brauchst dein Studium nicht zu unterbrechen. Du kannst es hier fortsetzen. Mach dir keine Sorgen wegen des Geldes. Solange Farid nicht da ist, übernehme ich alles. Ich bin nämlich nicht so alt, wie man denkt. Du sollst also deine Arbeit wieder aufnehmen... Die Wissenschaft geht jetzt allem vor. Zudem», fügte er leise, mit kaum veränderter Stimme hinzu, «braucht man dich hier. Außer Sineb sind wir in diesem Haus alles Alte... Schau, wenn Scherifas Kinder den Tag hier verbringen, ist alles verwandelt. Der Mensch braucht ein wenig Leben um sich. Gott liebt das Leben und die Jugend.»

Ich hörte ihm nicht mehr zu. In mir stieg langsam Verwirrung auf. Man verlangt von dir das Leben an dem Tag, an dem du dich zerbrochen fühlst, dachte ich; man verlangt von dir deine Jugend an dem Tag, da du dich mit der Erinnerung an die Toten herumschlägst.

«Du wirst oben bei Sineb wohnen, vielleicht braucht sie deine Hilfe», fuhr er fort. «Aber ich verlasse mich auf dich, daß du dich auch um die andern Frauen hier kümmerst. Kann ich auf dich zählen?» wiederholte er.

«Ja», antwortete ich ernst, bevor ich ihn grüßte und hinausging.

Ich brauchte lange, um mich ans Haus und an seine neue Stille zu gewöhnen. Eine melancholische Sanftheit lag in der Luft.

Sohra geriet in Feuer, wenn sie von Lla Aischa sprach. Stundenlang schwelgte sie in Erinnerungen, die sie mit ihrer Schwester geteilt hatte, aus einer Zeit, die mir fremd war. Ich hörte ihren Erzählungen aufmerksam zu. Sie wurde geradezu schön. Ich begann, die Veränderung in ihrem Aussehen zu begreifen, die mir bei meiner Rückkehr aufgefallen war: Sie hatte alle Hoffnung auf eine Heirat aufgegeben; aber bei ihr war keinerlei Verbitterung zurückgeblieben. Es war, als verströme sie all ihre Schätze an verdrängter Gefühlswärme durch die Heraufbeschwörung ihrer toten Schwester, deren Tyrannei sie vergaß, um nur die Erinnerung an die Würde der letzten Augenblicke zu bewahren. Sie lebte wieder auf.

Ich wandte mich dann Sineb zu, die schweigsam geworden war. Mit der Geburt würde es bald soweit sein. Friedlich sah sie ihr entgegen. Ich erkundigte mich nach Farid, den sie jeden Donnerstag besuchte.

«Das nächstemal begleite ich dich.»

«Ja», sagte sie, «darüber wird er sich freuen. Er hat mich das letztemal gefragt, ob du dein Studium wieder aufgenommen hast.»

«Ich warte, bis ich mit ihm darüber gesprochen habe», entgegnete ich.

«Hör mal», sagte sie, mich am Ärmel zupfend, und in ihrer Stimme glaubte ich plötzlich einen Klang von früher wiederzuerkennen. Aber sie sagte: «Ich möchte dich bitten, wenn du allein mit ihm sprichst, ihn meinetwegen zu beruhigen. Seit er fort ist, macht er sich Sorgen und hat Angst wegen mir. Daß ich das erstemal eine Fehlgeburt hatte, ist doch kein Grund, um...»

«Natürlich», sagte ich, sie beobachtend. «Natürlich, du kannst auf mich zählen.»

Als ich eines Tages Scherifa besuchte und sie sich mit herablassender Miene nach Sineb erkundigte, konnte ich, ohne zu provozieren, sagen: «Sie ist glücklich.»

Scherifa zuckte die Schultern. «Findest du?» meinte sie. «Sie hätte besser daran getan, sich auszuruhen und nicht solche Eile zu haben, wieder ein Kind zu bekommen. Und jetzt, da Farid im Gefängnis ist, wird die Sache auch nicht besser.»

Ich erwiderte nichts, sondern schaute sie nur an. Von Anfang an hatte ich mit angesehen, wie sie sich ganz allein mit ihren neuen Freiheiten herumschlug. Ich empfand ein vages Mitleid, wenn ich sah, wie sie regelrechte strategische Pläne entwarf: die Orte, wohin sie jetzt ohne Schleier gehen konnte, nicht mit denen zu verwechseln, wohin sie «maskiert» gehen mußte, wie sie sagte... Ihre Entnervung, wenn sie Sakina und Nadscha tadelte, weil sie ihre Ermahnungen vergessen hatten: Auf offener Straße hatten sie in ihrer Muttersprache mit ihr gesprochen, statt das Französische zu gebrauchen, damit sie in den Geschäften in der Flut der andern Kundinnen nicht auffiel. Die sensible Sakina ließ sich dann von ihrem Vater trösten, der nie ein Wort sagte; während dieser Auseinandersetzungen begnügte er sich, sein Töchterchen auf die Knie zu nehmen und es zu beruhigen, indem er es an sich drückte. Scherifa hörte dann plötzlich mit ihren bittern Vorwürfen auf, blickte Vater und Tochter, die wie zwei Komplizen miteinander tuschelten, scharf an und verschwand, nachdem sie allen einen haßerfüllten Blick zugeworfen hatte, in ihrem Zimmer.

Als ich abends nach Hause kam, hielt ich mich unten noch etwas auf. Ich fragte Lla Fatma, die sich wie immer bescheiden im Hintergrund hielt: «Hast du Nachrichten von deinem Sohn?»

«Ja», sagte sie strahlend.

«Noch immer durch Thamani?»

«Thamani kommt lange schon nicht mehr hierher. Sie hat ihren Bruder mit der Tochter einer angesehenen Familie aus der Umgebung von Algier verheiratet. Sie hat sich ein Haus gekauft und geht nicht mehr aus wie früher. Sie spielt Schwiegermutter, aber es scheint, die Schwiegertochter läßt schon nicht mehr alles mit sich machen. Wie ich kürzlich hörte, drängt sie ihren Mann, eine eigene Wohnung zu beziehen.»

«Wie bekommst du denn Nachrichten von deinem Sohn?»

«Sidi läßt mich jetzt hingehen. Anfangs war ich derart glücklich, daß ich jeden Tag hinging. Aber ich glaube, ich fiel ihnen schließlich lästig. Jetzt gehe ich nur noch hin, wenn ich es nicht mehr aushalten kann.»

«Und Sidi?» fragte ich.

«Ach er», sagte sie in scheuer Ehrfurcht, «ich fürchte, er ändert sich nie.»

«Wer weiß...?» sagte ich nachdenklich.

Ein Monat ging dahin, vielleicht noch mehr. Eines Morgens wachte ich mit dem heftigen Bedürfnis auf, auszugehen. Den ganzen Tag war ich auf den Beinen. Im Halbschlaf meines Herzens fand ich die Stadt wieder wie ein geliebtes Wesen. Ich hatte kein Ziel; es trieb mich, immer geradeaus zu gehen. Immer geradeaus. Ich ging in eine Straße hinein, dann in eine andre. Wie gern hätte ich mich verirrt. Und die Stadt nahm kein Ende; mir kam es vor, als habe ich sie ganz durchstreift.

Dann kam der Abend, langsam zunächst wie gewöhnlich. Erst spät, wenn der Tag erschöpft ist, wird er von der Nacht in einem wahrhaft mörderischen Himmel erstickt. Inzwischen hatte die Kühle eine Menge Müßiggänger herausgelockt; ihr trauriger Vorbeimarsch, der nach den Riten einer ausgestorbenen Religion vor sich zu gehen schien, flutete die Rue d'Isly hinauf und hinunter, die einzige lebende Raupe in einer verlassenen Stadt. Das Meer liegt da, ganz nahe und von der nahenden Nacht mit einer Unzahl seltsamer Raubtieraugen versehen; man bemerkt es durch alle Baulücken hindurch. Dort unten liegt hingelagert die Kasbah, ein schräger weißer Fleck wie verschüttete Milch, wie eine Zunge, die am Hang des Hügels emporleckt.

Am Ende der Straße wurde ich durch einen Menschenauflauf angehalten. Es waren die Worte des Knaben, die mir zuerst auffielen.

«Sie lügen», schrie er auf arabisch, und es klang beinahe dramatisch. «Gott ist mein Zeuge, daß sie lügen!»

Ein Polizist hielt das Kind gepackt, einen etwa zehnjährigen Jungen, einen von denen, deren einziger Reichtum die der Sonne geöffneten Löcher ihrer zerrissenen Kleidung und die herausfordernden, vor Jugend strahlenden Augen sind.

«Sie lügen!» wiederholte er. «Oh, meine Brüder, Gott ist mein Zeuge, daß sie lügen!»

Der Mann, durch diesen Widerstand gereizt, schlug jetzt zu. Ohne Haß. Eher verdrossen, wie es schien, daß er sich auf offener Straße brutal zeigen mußte. Andere Polizisten rannten herbei, um die Passanten, die stehengeblieben waren, zum Weitergehen aufzufordern. Inmitten der Aufregung, der schrillen Pfiffe und der Neugierigen tobte das Kind weiter, bis es schließlich weggeschleppt wurde. Aber seine Worte waren solche des Triumphs: «Sollen sie mich mitnehmen! Sollen sie mich töten! Aber ich sage es nochmals: sie lügen! Gott ist mein Zeuge, daß sie...»

Einige Damen in meiner Nähe erkundigten sich, ob der Junge bei einem Diebstahl ertappt worden war. Oder schon vorher... Als ich mich entfernte, wiederholte ich für mich die Worte des Kindes. Ich wollte mir nur seine Stimme merken, nur seine Freude. Dann fragte ich mich, ob es wohl nur die Jugend war, die diese Freude mit Haß und Verzweiflung färbte. Oder ob es nicht vielmehr eine Art Gnade war, deren gewisse Menschen, gewisse Völker würdig sind.

Behutsam, denn es war seit langer Zeit das erstemal, dachte ich an mich. Hatte ich diese Gnade verloren? Ich wußte es nicht. Vielleicht ist es schwerer, überlegte ich, sie außerhalb aller Gefängnisse und außerhalb der Jugend zu bewahren, die schließlich nur ein andres Gefängnis ist. Ich kam mir alt vor, das heißt, gleichgültig gegenüber mir selbst. Aber glücklich. Erfüllt von jenem reinen Glück, das der Anblick der andern verschafft, wenn sie stolz sind, wenn sie sich gegenüber dem Leben, gegenüber all seinen Lügen und all seiner Beharrlichkeit mit vergeblicher Herausforderung bewaffnen.

Nach ein oder zwei Zuckungen hatte sich die Flut der Straße wieder hinter diesem Riß geschlossen. Trüb floß sie von neuem dahin. Das Gewicht dieses Tages senkte sich plötzlich auf meine Schultern.

Es war schon spät. Ich mußte heimkehren, bevor

sich Sineb Sorgen machte. Si Abderahman war bereits zurück. Er stellte mir keine Fragen.

Am gleichen Abend lag ich, allein in meinem Zimmer, mit offenen Augen auf meinem Bett. Es war eine klare, etwas kühle Sommernacht, eine von jenen, die ich einzuatmen liebte. Ich hatte das Licht gelöscht.

Das Haus schlief. Nur hin und wieder wurde es von Si Abderahmans Hustenanfällen erschüttert. Nur hin und wieder störten draußen die Schritte spät Heimkehrender die mir plötzlich in neuem Licht erscheinende Stadt. Ich sah in meinem Geist die Straßen – jene, durch die ich an Salims Seite gegangen, jene, durch die ich allein geirrt war, und andere, von denen mir keine Erinnerung verblieb, außer wie heute abend die Rufe eines unter Schlägen triumphierenden Knaben – alle meine Straßen sah ich wieder in meinem Geist, endlich befreit von den Menschen, nackt und reingewaschen vom Gesumm der Hitze.

Ich träumte lange vor mich hin. Mit behutsamer Vorsicht wollte ich einschlafen, ohne zu versinken und ringsum in die Stille lauschend. Ich hatte begriffen, daß Städte den Menschen gleichen: Auf ihrem Gesicht lassen die Leidenschaften, die man für tot, und der Stolz, den man für besiegt hält, einen Nachhall zurück, den man nicht zu bestimmen weiß.

Assia Djebar im Unionsverlag

Fantasia

Ein Roman wie ein Film, eine Autobiographie wie ein Geschichts-
buch. Berichte von der Eroberung Algeriens im neunzehnten Jahrhundert vermischen sich mit Erinnerungen an eine Kindheit in der
verschlossenen Welt der Frauen.
»Ein Lesegenuß ersten Ranges. Die Sprache tanzt. Bilder, die atmen.
Stimmen und Gesänge, Schreie und Flüstern, Murmeln und Stam-
meln.« *Badische Zeitung*

Fern von Medina

Aus alten Chroniken erweckt Assia Djebar siebzehn Frauengestalten
aus der Zeit des Propheten Mohammed zum Leben. Die Korrektur
einer über Jahrhunderte verzerrten Tradition, aber auch die Reha-
bilitierung der islamischen Frau und ihrer Geschichte.
»Nie aufs Schreiben verzichten, wenn man eine Frau ist und aus dem
Süden … Die Kontinente hören, Generationen in unendlichem
Schweigen, allzulange ohne ein schriftliches Zeugnis.« *Assia Djebar*

Die Frauen von Algier

Nach dem Besuch in einem Harem malt Delacroix 1832 sein Mei-
sterwerk »Frauen von Algier in ihrem Gemach«, das einen Blick in
eine verbotene Welt wirft. Assia Djebar greift das Thema wieder auf
und zeigt Frauen, die in einer Ära des Umbruchs an den starren
Traditionen zu zweifeln beginnen.
»Nicht *für* die arabischen Frauen spricht Assia Djebar, nicht *über* sie –
sondern dicht neben ihnen.« *Tages-Anzeiger, Zürich*

Nächte in Straßburg

Eine Frau erlebt mit ihrem Liebhaber neun Nächte voll sinnlicher
Trunkenheit, aber auch geteilter Erinnerungen. Selbst in den lustvollen Stunden können unter der Oberfläche beklemmende Schatten
der Vergangenheit aufbrechen wie schlecht verheilte Wunden.
»Assia Djebar vermag über Liebe zu schreiben, wie das wohl selten
gelingt – in deutscher Sprache wohl überhaupt nicht. Mit einer Freiheit, die für alles, was sich zwischen Liebenden ereignet, Worte hat.«
Ursula Püschel, Neues Deutschland

Bestellen Sie unseren kostenlosen Verlagsprospekt:
Unionsverlag, CH-8027 Zürich, mail@unionsverlag.ch

Assia Djebar im Unionsverlag

Die Schattenkönigin
Isma und Hajila – die zwei gegensätzlichen Frauen des gleichen
Mannes. Die eine, lange schweigsam und passiv, entschließt sich zur
Flucht. Die andere verharrt in den Erinnerungen an die Nächte voller Liebe und Lust. Ihre Geschichten verknüpfen sich.
»Dem Reiz eines solchen Buches kann man sich kaum verschließen.«
Kölner Illustrierte

Weißes Algerien
Mit ihren Erinnerungen an die Toten Algeriens beschwört Assia
Djebar ein genau beobachtetes Bild der neueren Geschichte Algeriens, an der sie selbst engagiert teilhat.
»Die algerische Tragödie hat durch Assia Djebars erschütternden Bericht ein neues Gesicht bekommen – das Gesicht von Menschen und
Schicksalen, die bisher in der Anonymität der Zahlen und Statistiken
untergegangen sind.« *Stuttgarter Zeitung*

Weit ist mein Gefängnis
Dieser Roman wächst aus dem Raunen der Frauen und dringt in
vergangene Epochen vor. Jede Welt öffnet eine Tür, und dahinter
liegt eine noch ältere verborgen. Assia Djebar erschließt sowohl autobiographisch als auch historisch das Algerien, das tief in ihr verborgen
liegt.
»In diesem Roman führt Assia Djebar ihre wichtigsten Themen und
Motive zusammen: die Identität der Frau in der islamischen Gesellschaft, die Suche nach anderen Traditionen, das Hohelied weiblichen
Aufbegehrens.« *Frankfurter Allgemeine Zeitung*

Bestellen Sie unseren kostenlosen Verlagsprospekt:
Unionsverlag, CH-8027 Zürich, mail@unionsverlag.ch